堕落与救赎

——威廉·戈尔丁小说中的悲观意识

侯静华　著

南开大学出版社

天　津

图书在版编目(CIP)数据

堕落与救赎：威廉·戈尔丁小说中的悲观意识 / 侯静华著. —天津：南开大学出版社，2022.5(2023.9 重印)

ISBN 978-7-310-06279-9

Ⅰ.①堕… Ⅱ.①侯… Ⅲ.①戈尔丁(Golding,William 1911—1993)—小说研究 Ⅳ.①I561.074

中国版本图书馆 CIP 数据核字(2022)第 046476 号

堕落与救赎——威廉·戈尔丁小说中的悲观意识
DUOLUO YU JIUSHU
——WEILIAN GEERDING XIAOSHUO ZHONG DE BEIGUAN YISHI

南开大学出版社出版发行

出版人：陈　敬

地址：天津市南开区卫津路 94 号　　邮政编码：300071

营销部电话：(022)23508339　营销部传真：(022)23508542

https://nkup.nankai.edu.cn

天津创先河普业印刷有限公司印刷　全国各地新华书店经销

2022 年 5 月第 1 版　　2023 年 9 月第 2 次印刷

230×155 毫米　16 开本　11.5 印张　2 插页　158 千字

定价：56.00 元

如遇图书印装质量问题,请与本社营销部联系调换,电话:(022)23508339

前　言

　　威廉·戈尔丁（William Golding，1911－1993）是英国著名小说家，自 1954 年发表代表作《蝇王》以后，笔耕不辍，一生共创作 12 部小说、1 个剧本、3 本随笔集和 1 部小说集。戈尔丁的作品常采用寓言隐喻的形式，以"深沉的暧昧与复杂性"揭示人类生存状况，表现人性黑暗，对人类命运流露出深深的悲观意识，因此被称为"寓言编撰家"。因其小说"以当代现实主义清晰的叙事体多样化风格，描绘了一个普遍存在的荒诞意识的神话，阐明了当今世界的人类状况"，戈尔丁于 1983 年获得诺贝尔文学奖。

　　戈尔丁 1954 年创作出《蝇王》后，在此后的十年间相继完成了《继承者》（1955）、《品彻·马丁》（1956）、《自由堕落》（1959）、《教堂尖塔》（1964）四部小说，所以这一时期被称为其创作生涯中"辉煌的十年"。在此期间，戈尔丁的作品赢得了读者和评论界的广泛关注和好评，他本人也借此获得了各种荣誉。但在随后，1967 年出版的小说《金字塔》中，戈尔丁没有继续使用他惯用的寓言隐喻手法，而是采用了现实主义手法表现人性恶的主题，因此饱受质疑。此后 10 多年，戈尔丁没有任何作品问世，从文坛销声匿迹。许多关注他的人开始怀疑戈尔丁创造力衰退，无法再写出像《蝇王》那样轰动文坛的作品。但戈尔丁在沉寂了 10 年后，于 1979 年完成了长篇小说《黑暗昭昭》。小说一出版就引起了极大轰动，好评如潮。戈尔丁也由此进入旺盛的晚年创作期，开始了创作的第二春。随后，他完成了"航海三部曲"（《航行祭典》《近距离》《甲板下的火焰》），并凭借其中的《航行祭典》获得 1980 年英国小说的最高奖项——布克奖。

　　评论界对戈尔丁的创作分期问题早已有所关注，并对其前后期作品中的差异做出了种种解读。其早期小说根植于西方传统人性恶观念的广袤土壤，抓住了"二战"引发的人们对人性问题的普遍思索和关注，把恶看成是先验的、超历史的人性本质，作品中反映的是对抽象人性的道德探索，充满了关注理念的隐喻性表达，对西方文明以及人类的前景表现出了困惑和悲观的情绪。而其后期小说在主题上继承了前期小说对人性的反思、对人类未来的关注，但在前期小说以寓言化手段反映抽象、先验的人性恶的基础上，将人性置于社会历史的环境中，使用实验与写实相联系的艺术手法，着力挖掘人性的复杂。把人性与人格的形成看作一个复杂的过程，把人性置于社会的大环境中加以考察，其前期小说惯用的寓言式隐喻结构退场了，现实主义表现和宗教意味的象征性更为突出。其小说创作从早期的神话书写转为后期的历史书写，从抽象的神话寓言转向具体的现实小说，从对伦理方面的探讨转为对等级世俗观念的揭露。而且戈尔丁在后期创作时采用了喜剧的模式，后现代主义的倾向越发明显。

国内的戈尔丁研究大多集中于单部小说，尤其是其代表作《蝇王》，而对其创作体系缺乏整体、系统的研究。本书试图打破戈尔丁研究的这种不均衡、不全面、不系统的局面，以戈尔丁的多部小说作为研究对象，采用社会历史学、文本细读、原型批评及比较文学研究的相关方法，系统研究戈尔丁在对人性和社会现状进行探究时流露出的悲观意识，分析其悲观意识在小说中的主题表达及艺术呈现，并从影响研究角度考察戈尔丁悲观意识的成因，从而说明戈尔丁的悲观意识源于对人最本质存在的深刻体察，是一种人生经验的体认，反映了20世纪这个文化断裂时代人性的堕落以及文明、理性、道德的脆弱现状和尴尬境地。同时，通过分析戈尔丁小说中隐含的希望——人类救赎之路，说明他的悲观不是单纯的消极，他希望通过展现人性恶，促使人类深刻认识并反思自我本性，弃恶扬善，在黑暗中寻找自我救赎的道路。

侯静华

2021 年 11 月 15 日

目　录

第一章 绪 论

第一节 生平与创作

威廉·戈尔丁（William Golding，1911－1993）是英国著名小说家，在当代英国和世界文坛享有极大声誉。《泰晤士报》（*The Times*）曾于 2008 年按照"写作质量、寿命、影响力持续时间的长短，自然也包括商业成功性，特别是作品和影响力的持久性"评选出"二战"后（1945 年以来）英国最著名的 50 位作家，威廉·戈尔丁仅次于菲利普·拉金（Philip Larkin，1922－1985，英国诗人）和乔治·奥威尔（George Orwell，1903－1950，英国小说家、散文家）排名第三。[①] 1983 年，瑞典文学院"因为他的小说用明晰的现实主义的叙述艺术和多样的具有普遍意义的神话，阐明了当今世界人类的状况"而授予戈尔丁诺贝尔文学奖。[②]

戈尔丁属于大器晚成却著述颇丰的作家。戈尔丁的代表作也是第一部正式出版的小说《蝇王》1954 年面世时，他已经 43 岁。他随后笔耕不辍，共创作了 12 部小说、1 个剧本、3 本随笔集和 1 部小说集。戈尔丁自幼爱好文学，他从小就阅读了大量的古典文学作品，7 岁就开始尝试写作，12 岁就计划写一部长篇小说。19 岁遵从

---

① 李庆建，吴翠. 2008.《泰晤士报》评出战后英国 50 名大作家[J]. 外国文学动态，第 3 期，第 33 页。

② 王佐良，周钰良，主编. 1994. 英国二十世纪文学史[M]. 北京：外语教学与研究出版社，第 132 页。

父母之命进入牛津大学学习化学，但对于文学的热爱使他入学两年后放弃化学专业转攻英国文学。大学期间，戈尔丁出版了自己的第一部作品《诗集》（*Poems*，1934），但该诗集反响平平。毕业后戈尔丁在伦敦一家剧团当编剧，有时也客串演戏。1939 年，他在家庭的压力下子承父业，到中学任教，教授英语和哲学，工作之余他仍然坚持文学创作，但作品一直没有得到认可。"二战"中，戈尔丁应征入伍，在皇家海军服役 5 年，参加过诺曼底登陆，获得中尉军衔。"二战"后他继续在中学任教，并重新拾笔写作。参战的经验给戈尔丁的文学创作提供了素材，注入了灵感，更重要的是使他对人性有了新的深刻认识。戈尔丁最初的写作并不十分顺利，只有一些小文章和评论在刊物上发表，当时写的四部小说都因没有得到出版社的肯定而未能面世。他的代表作《蝇王》（*Lord of Flies*，1954）在经历了 21 次退稿后，终于在 1954 年被费伯（Faber & Faber）出版社的编辑蒙蒂斯（Charles Monteith）慧眼识珠，得以出版。此书一经出版就获得巨大成功，戈尔丁也因此一举成名。英国小说家、评论家福斯特（E. M. Foster）认为《蝇王》是当年最优秀的小说。英国著名作家和评论家布拉德伯里（Malcolm Bradbury）也盛赞《蝇王》"有一种永恒的，不受时间限制的气派"。①这本曾被人认为是"儿童探险故事"的小说至今已发行上千万册，被译为近 30 种语言并先后于 1963 年和 1990 年被改编成电影，成为英国文学史乃至世界文学史上的经典著作之一。1962 年 6 月 22 日的美国《时代》（*Time*）周刊以"校园之王"的标题报道了《蝇王》畅销的盛况，说它是第二次世界大战以来，继塞林格（Jerome Salinger，1919－2010，美国作家）的《麦田里的守望者》（*The Catcher in the Rye*）之后在美国大学里影响最大的一部小说。

1961 年，戈尔丁辞去教职专心从事写作。此后他不断有佳作问世，相继发表了小说《继承者》（*The Inheritors*，1955）、《品彻·马

---

① Malcolm Bradbury. 2012. The Modern British Novel, 1878-2001[M]. Beijing: Foreign Language Teaching and Research Press, p. 315.

丁》（*Pincher Martin*，1956）①、《自由堕落》（*Free Fall*，1959）和《教堂尖塔》（*The Spire*，1964），这一时期被称为戈尔丁创作生涯中"辉煌的十年"。在此期间，戈尔丁凭借他的作品获得了各种荣誉，1955 年当选为英国皇家文学院成员，1960 年被授予牛津大学文学硕士学位，1970 年获得萨西克斯大学（University of Sussex）文学博士学位，1965 年被授予英帝国第三等勋章 CBE（Commander of the British Empire）。但 1967 出版的小说《金字塔》（The Pyramid，1967）没有延续戈尔丁一贯的写作风格，被人认为是出于商业目的拼凑的失败之作，引起一片批评，有人认为他的创造力在衰退，进入了创作的瓶颈期。此后 10 多年，戈尔丁没有任何作品问世，仿佛隐退文坛。

1979 年，时年 68 岁的戈尔丁再次轰动文坛，他发表的小说《黑暗昭昭》（*Darkness Visible*，1979）在当年就获得了"布莱克纪念奖"（James Tait Black Memorial Prize）。戈尔丁由此进入了旺盛的晚年创作期，佳作频仍，荣誉不断。1980 年，他的小说《航行祭典》（*Rites of Passage*）为他赢得了英国小说的最高奖项——布克奖（The Booker Prize）。这部小说与其后发表的《近距离》（*Close Quarters*，1987）、《甲板下的火焰》（*Fire Down Below*，1989）构成了戈尔丁晚年的重要作品——并称为《到世界的尽头》（*To the Ends of the Earth*）的"航海三部曲"。②戈尔丁于 1981 年获得麦康奈尔（MeConnell）出版者奖，1983 年获得诺贝尔文学奖，1988 年被英国女王册封为爵士，成为"Sir Golding"。1993 年戈尔丁在家乡康沃尔郡病逝。在他去世三个月后，即 1993 年 9 月，第一届国际威廉·戈尔丁研讨会在法国圣埃提尼大学举行。

戈尔丁在"二战"后英国文坛乃至世界文坛的地位是独特的，

---

① 该小说中文译名有《品彻·马丁》《平彻·马丁》和《平切尔·马丁》，本书为行文方便，统一使用《品彻·马丁》。

② "航海三部曲"中小说 Rites of Passage 的中文译名有《航行祭典》《过界仪式》《越界仪式》；小说 Close Quarters 的中文译名有《近距离》《狭隘之所》《近地点》；Fire Down Below 的中文译名有《甲板下的火焰》《地狱之火》。本书为行文方便，统一使用《航行祭典》《近距离》和《甲板下的火焰》。

"难怪有人说：没有任何一个战后的杰出的小说家比得上戈尔丁。戈尔丁，一个富有时代精神的人，坚强地站在古老传统的中间辛勤地耕耘着，他是如此地与众不同"①。戈尔丁的创作高峰期处于"二战"之后，当时英国文坛上正是"愤怒的青年"（Angry Young Men）②一派流行之时。与"愤怒的青年"将人类困境归结为社会问题，以尖刻的笔触抨击社会、愤世嫉俗的创作方式不同，戈尔丁把社会问题的根源归结到人性恶这一抽象的本质，采用寓言隐喻的形式阐释人性的黑暗。他将传统神话寓言与 20 世纪现实主义小说的写作手法融为一体，承袭西方伦理学的传统，着力表现人性恶的主题，流露出深深的悲观意识，因此被称为"寓言编撰家"。他对人性本质的探寻和挖掘、对人类境况的关注和担忧，深度和广度都是空前的。从形式上看，戈尔丁的小说"非常有趣，非常刺激"，读他的书"会使人心情愉快、获益匪浅，又无须劳心费神，也不要求读者有什么专门知识和过人的聪明"，适合普通读者阅读。同时，戈尔丁的小说又能在"职业文学评论家、学者、作家和其他阐释者当中引起异乎寻常的兴趣，他们在戈尔丁的小说中寻找并发现了深层的多重含义和错综复杂的内容"③，"广阔的诠释天地构成了极强的挑战性"④，所以戈尔丁的作品备受读者和评论家的关注。英国著名批评家普里切特（V. S. Prichett）把戈尔丁称为"我们近年作家中最有想象力、最有独创性者之一"⑤。1993 年 6 月 21 日《泰晤士报》的专文评价说："……他（戈尔丁）的作品中哪一本可以称作杰作，对此人们可

---

① 申家仁，江溶. 1992. 世界文学名著诞生记[M]. 北京：中国青年出版社，第 134 页。

② "愤怒的青年"是指 20 世纪 50 年代一些以作品表现愤世嫉俗情绪的英国青年作家和评论家。他们用小说和剧本愤怒地攻击英国社会的阶级壁垒、统治集团和教会，对因推行"福利国家"政策而造成的单调生活表示不满，对上层社会的虚伪和势利表示厌恶。但他们的言论对于社会主流而言相对极端，甚至带有无政府主义倾向。代表人物有约翰·韦恩（John Wain，1925－1994）、金斯利·艾米斯（Kingsley Amis，1922－1995）、约翰·奥斯本（John Osborne，1929－1994）等。

③ 宋兆霖. 1998. 诺贝尔文学奖文库：授奖词与受奖演说卷[M]. 杭州：浙江文艺出版社，第 167-168 页。

④ 张中载. 1995.《蝇王》出版四十周年重读《蝇王》[J]. 外国文学，第 1 期：第 82 页。

⑤ 董鼎山. 1984. 1983 年诺贝尔文学奖的风波[J]. 读书，第 1 期：第 96 页。

以见仁见智、各有不同，但没有人怀疑他确实写出了传世之作。"

第二节 研究现状综述

一、国外

戈尔丁的代表作《蝇王》1954 年一经出版，就在文坛引起了极大轰动，他随后发表的 11 部小说、1 个剧本、3 本随笔集和 1 部小说集也都引起了评论家和读者的广泛关注，所以国外的戈尔丁研究起步较早，而且在研究的深度和广度上都已达到较高的水平。著名的戈尔丁研究家伊恩·格勒格（Ian Gregor）和马克·金克德-威克斯（Mark Kinkead-Weeks）在《威廉·戈尔丁：批判性研究》（*William Golding: A Critical Study*，2002）一书中指出："戈尔丁小说的复杂性和多面性使之无法归结为某一题目和结论。"[①]戈尔丁 1983 年获得诺贝尔文学奖时，当年的瑞典学院评奖委员会曾在授奖词中提到戈尔丁的作品中具有"深层的多重含义和错综复杂的内容"。戈尔丁本人为评论界对他作品的解读和研究而感到"荣幸""敬畏""惊奇"，甚至是"恐惧"，他曾说："看看那整整一排关于我写的书的书——它们已经比我的书多多了。这种景象从来都令我感到有些荣幸，又有些敬畏，而且仍然惊奇不止；这时还有些恐惧。因为事情的真相是：……（它们）可以说没有主题，也可以说什么主题都有。"[②]

迄今为止，世界各国研究戈尔丁的学者多方面、多角度、多层次地用哲学、神学、心理学、社会学、语言学等理论，从社会历史、神话原型、女性主义、叙事结构等多重视角对其作品进行了阐释，大有形成一门"戈尔丁学"的趋势。

---

① Ian Gregor & Mark Kinkead-Weeks. 2002. William Golding: A Critical Study[M]. London: Faber and Faber, p. 6.

② 威廉·戈尔丁. 1999. 活动靶——1976 年 5 月 16 日在法国英国研究学会鲁昂分会的演讲[J]. 迎红，立涛，译. 外国文学，第 5 期：第 21 页。

戈尔丁研究中还有一个引人注目的现象，即对《蝇王》的解读和研究占相当大的比重。《蝇王》是戈尔丁的代表作，是世界文学史上的经典著作之一，戈尔丁也正是主要凭借这部小说获得了诺贝尔文学奖。《蝇王》这部小说一面世就引起了学者们极大的兴趣，他们在这部部头不大、表面上看起来与巴兰坦（Ballantyne）的《珊瑚岛》（*The Coral Island*，1857）相似的儿童历险记中，发现了"深层的多重含义和错综复杂的内容"。戈尔丁研究家伊恩·格勒格和马克·金克德-威克斯评论说："《蝇王》的艺术成就比其光洁的表面更具弹性和深度，可任由读者去想象"。

> 因为儿童读者只能把它当作一本普通儿童冒险故事或荒岛故事来读，难以诠释它的寓意，或者说，难以破解作者用密码传递的信息。它的晦涩的深层含义折射出的言外之意、弦外之音让西方许多博士生苦苦思索，孜孜研讨它的奥秘。文学评论家、政治家、历史学家、心理学家、宗教家等都可以从不同的视角去诠释这部不足二百页的小部头小说。①

综合所查资料，国外学术界对戈尔丁的研究主要集中在以下几个方面：

1. 作家研究

2009 年，在戈尔丁去世 16 年后，费伯出版社出版了由牛津大学英国文学教授约翰·凯瑞（John Carey）撰写的戈尔丁传记《威廉·戈尔丁传：〈蝇王〉著者》（*William Golding: The Man Who Wrote Lord of the Flies*，2009）。凯瑞的这部传记以时间为序，向读者展现了戈尔丁的生活、写作、出版、演讲经历。他详细介绍并深入分析了戈尔丁已出版和一些未出版的作品，巧妙地将作品与其生活联系在一起，展现了作品背后的故事，深入剖析了戈尔丁主要作品的深层含义。因为该传记的材料多来源于未公开的第一手资料，加之又

---

① 张中载. 2001. 二十世纪英国文学（小说研究）[M]. 开封：河南大学出版社，第 301 页。

是第一部戈尔丁传记，因此它的出版为戈尔丁研究提供了大量翔实的资料，意义重大。该传记以此获得当年的"布莱克传记奖"（The James Tait Black Memorial Prize）。2009 年 8 月 30 日的《观察家报》（*The Observer*）指出：这部传记是第一部关于戈尔丁的权威传记，它给那些想了解戈尔丁本人，想了解他创作这些作品的缘由和方式的人们，提供了不可或缺的帮助。

2. 文本研究

文本研究可谓各有所取、各有所重，包括以下方面的研究：

（1）主题：戈尔丁本人曾用"悲伤"一词来概括自己小说的主题。在谈到代表作《蝇王》的主题时，戈尔丁更是用了一连串的"悲痛"一词："悲痛，彻头彻尾的悲痛，悲痛、悲痛、悲痛。"① 评论家普里切特（V. S. Pritchett）和霍华德·巴布（Howard S. Babb）也都从感情基调入手，指出戈尔丁在小说中着力挖掘人性中恶的一面，因此他小说主题的核心就是"痛苦"。此后，弗兰克·科默德（Frank Kermode）在此基础上进行了更为系统深入的研究，他将"痛苦"或"悲伤"情感产生的根源归结为"原罪说"，认为人是生而有罪的，人往往既是受害者也是施害者。英国文学批评家伊文斯（I. Evalls）认为戈尔丁的代表作《蝇王》是一部关于"恶"的本性和文明的脆弱的哲学寓言式小说。

（2）寓言、神话说：1957 年，评论家约翰·彼得（John Peter）注意到戈尔丁小说独特的形式，提出了"寓言说"。他指出戈尔丁的小说大多将人类的生存境况置于寓言式的隐喻结构中，将人类生存的困境、危机归于人性恶。伊恩·格勒格和马克·金克德-威克斯在《威廉·戈尔丁：批判性研究》（*William Golding: a Critical Study*，2002）一书中也对戈尔丁小说的寓言性进行了分析，指出戈尔丁自《蝇王》开始就采用寓言形式表现主题，其后的《品彻·马丁》《教堂尖塔》比《蝇王》更为复杂与抽象，在形式上更接近"文化神话"。戈尔丁本人也表示相比起"寓言"这个词来，他更希望自己的小说

---

① William Golding. 1982. The Moving Target[M]. London: Faber and Faber, p. 163.

被称作"神话",因为"神话比寓言有更深刻的内容和更重大的意义"①。罗伯特·肖尔斯(Robert Scholes)揭示了戈尔丁小说的讽喻性质,将其称为"寓言编撰家"。迪克森(Dickson)注意到戈尔丁小说中使用的大量象征和隐含的道德教化意义,将其小说称为"现代寓言"。

(3)宗教象征:受家庭环境影响,戈尔丁并不是严格意义上的基督徒,不遵行或奉守宗教戒律和仪式。但许多评论家注意到戈尔丁的小说在主题呈现、人物刻画、象征设计等方面有很强的宗教色彩,也感觉到他对同时代人们宗教观的关注。1957年,杨格(Wayland Young)分析了小说《蝇王》《继承者》和《品彻·马丁》中宗教象征的应用。1961年,弗兰克·科默德对戈尔丁进行了系统深入的研究之后,注意到戈尔丁小说中所体现出的基督教基本观念"原罪说"。戈尔丁将人性异化、社会混乱的原因归结为人生而有罪。他还发现戈尔丁的宗教观不依赖于某个特定理论,戈尔丁试图处理宗教的原始人性来源,而不是具体的宗教信条或正统信仰。②

(4)女性主义:戈尔丁的小说中女性人物较少,而且大多都是次要人物,以配角身份出现,因此批评家很少从女性主义角度分析他的小说。1992年,莱利(Patrick Reilly)独辟蹊径,采用女性主义的批评方法分析了戈尔丁的代表作《蝇王》。他特意给自己的专著起名为《〈蝇王〉:父与子》(*Lord of the Flies: Fathers and Sons*,1992),因为"《蝇王》有父亲和儿子,却没有母亲和女儿"。莱利认为女性缺席是戈尔丁"一个骇人的省略""……省略了如此不可缺少的成分"。③1987年,伯纳德·迪克(Bernard. F. Dick)在分析《蝇王》中孩子们从文明退化到野蛮的原因时指出:"《蝇王》中仅仅是一帮6—12岁的学生,没有女性,也就难以建立一个和谐的家庭社会"。④

(5)叙事:随着叙述学的发展,不少学者运用叙述学理论探讨

---

① James Gindin. 1988. William Golding[M]. New York: St. Martins Press, p. 17.

② James Gindin. 1988. William Golding[M]. New York: St. Martins Press, p. 92.

③ Reilly, P. 1992. Lord of the Flies: Fathers and Sons[M]. Boston: Twayne Publishers, p. 57.

④ Bernard, F. Dick. 1987. William Golding[M]. New York: Twayne Publishers, p. 17.

戈尔丁小说的结构和主题。韩礼德（Halliday）从功能语言学的角度解读了《继承者》的语言特色，认为小说的语言与主题有着同一的指向，尼安德特尔人使用的词语简单、大多数句子中所用的动词为不及物动词，这与他们原始的思维能力吻合，也表现出他们将被历史淘汰，处于被动地位。而"新人"相对复杂的语言则体现出他们更发达的意识和更进化的社会关系，他们的句子大多选用及物动词，而且还是表示强有力动作的及物动词，这反映出"新人"在当时的历史社会进化中处于相对主动的地位。[①]1986 年，菲利普·雷德帕斯（Philip Redpath）在其著作《威廉·戈尔丁：对其小说的结构主义解读》（*William Golding: A Structural Reading of His Fiction*，1986）中，运用结构主义的方法分析了《蝇王》的叙事结构。

3. 影响研究

伯纳德·迪克在其著作《威廉·戈尔丁》（*William Golding*，1987）中，分析了戈尔丁小说中悲观意识的重要来源之一——希腊文化。他指出希腊文化尤其是希腊悲剧对戈尔丁产生了很大的影响。在希腊剧作家中，戈尔丁最崇拜的是欧里庇得斯（Euripides）和埃斯库罗斯（Aeschylus），他们的悲剧对戈尔丁的影响最大。这一新的研究观点拓宽了学者们研究戈尔丁的视角。同时，詹姆士·贝克（James R. Baker）在《威廉·戈尔丁评论集》（*Critical Essays on William Golding*，1988）中也提到了希腊文学对戈尔丁的影响。

戈尔丁的小说还受到其他文学传统的影响。伯纳德·奥德赛（Bernard Oldsey）在专著《威廉·戈尔丁的艺术手法》（*The Art of William Golding*，1965）中，就分析了《蝇王》对英国荒岛文学的发展。

4. 比较研究

塞林格的《麦田里的守望者》和戈尔丁的《蝇王》都是以少年儿童为主要人物的小说。小说中的儿童世界就是当时现实社会的缩

---

① Halliday, M. A. K . 1971. Linguistic Function and Literary Style: an Inquiry into the Language of William Golding's The Inheritors[C]// Seymour Chat man(ed.). Literary Style: A Symposium . pp. 330-368.

影，无论是《麦田里的守望者》中霍尔顿的成长困惑，还是《蝇王》中孩子们之间的野蛮斗争，都影射着现实世界中人们的精神危机和给全世界带来巨大影响的两次世界大战。两部小说都经常被归类为"少儿读物"，而且因为契合了人们在经历了两次世界大战和精神危机后产生的困惑、悲观情绪，都被青少年奉为经典，所以西方文学批评界经常将戈尔丁与塞林格进行比较。这种比较在 20 世纪 50 至 60 年代的英美批评界十分盛行。评论家把两位小说家的不同归因于社会和文化上的不同，"塞林格属于自由人文主义的传统"，戈尔丁的个人信仰是基督教的"原罪说"。另外，他们认为塞林格的个人信仰"以一种悲观主义和精神上的疲惫为特征"①，带有"二战"后美国社会的鲜明时代特征，而戈尔丁是从更深层次上、从本质上探索人性罪恶的原因，他在直面了人性的黑暗之后，又为人类指出了虽然模糊但意义重大的救赎之路。除此之外，还有许多学者将《蝇王》置于英国荒岛文学的源流中，通过《蝇王》与其他荒岛文学作品的比较，研究《蝇王》对荒岛文学的继承和发展。1985 年，尼尔·麦克伊万（Neil McEwan）将《蝇王》与《珊瑚岛》进行比较，指出戈尔丁小说的真正价值在于从人道的、文明的角度批驳、重写、修正了《珊瑚岛》所流露的乐观情绪。

除了代表作《蝇王》外，评论家们还将戈尔丁的其他小说与其他作家的作品进行对比研究，如把《自由堕落》和阿尔贝·加缪（Albert Camus，1913－1960，法国小说家、哲学家）的《堕落》（*La Chute*，1956）相比，把《继承者》和赫伯特·威尔斯（Herbert Wells，1866－1946）的《世界史纲》（*The Outline of History*，1920）相比。

5. 其他

随着现代心理学理论的发展，更多的研究者从心理学角度出发，借助弗洛伊德（Sigmund Freud，1856－1939，奥地利心理学家、精神病医师，精神分析学派创始人）的"三我说"，荣格（Carl Gustav Jung，1875－1961，瑞士心理学家，分析心理学首创人）的"集体

① James Gindin. 1988. William Golding[M]. New York: St. Martins Press, p. 95.

无意识"理论分析戈尔丁的小说。克莱尔（Claire Rosenfield）的文章"Men of a Smaller Growth"试图阐释弗洛伊德理论对戈尔丁的影响，使其研究迈入心理分析领域。但戈尔丁本人并不赞同这种说法，他曾在一次访谈中直截了当地说："我这辈子从没读过弗洛伊德。"①还有社会学者则从社会文明发展和道德规范入手，研究《蝇王》中文明与野蛮、理性与非理性、民主与专制的二元对立关系。

国外对于戈尔丁的研究基本与他的文学创作同步，所以在戈尔丁创作的第一个"辉煌的十年"（20 世纪 50—60 年代）和创作的"第二春"（20 世纪 80—90 年代），西方评论界对于戈尔丁的研究也达到了高潮，成果斐然。21 世纪后，西方对于戈尔丁的研究进入了相对平静的阶段，只有少数评论性的文章散见于网络媒体上。

二、国内

国外的戈尔丁研究起步较早，方法多样，成果斐然。而国内由于历史、意识形态以及译介等原因，直到 20 世纪 80 年代才开始关注戈尔丁及其作品，而当时西方文学评论界已进入对戈尔丁第二创作期作品的研究。在国内可查阅到的文献范围内，最早关注《蝇王》这部小说的是陈焜。他于 1981 年在《读书》杂志上发表了题为《人性恶的忧虑：谈谈威廉·戈尔丁的〈蝇之王〉》的论文。但当时这部小说还没有引起国内读者和评论家的关注。每年诺贝尔文学奖的评奖是引领文学阅读和评论的风向标，所以直到 1983 年戈尔丁获得诺贝尔文学奖之后，国内读者和评论家才开始关注他，掀起了阅读和评论的热潮。

在译介方面，目前戈尔丁的小说只有《蝇王》《品彻·马丁》《金字塔》《教堂尖塔》及《黑暗昭昭》五部小说被译成中文。作为戈尔丁的代表作，《蝇王》必然首先受到翻译者的青睐，在 20 世纪 80 年代，相继出现了三种《蝇王》中译本，分别是：陈瑞兰译本（浙江文艺出版社，1985）、龚志成译本（上海译文出版社，1985）和张镜

① James Gindin. 1988. William Golding[M]. New York: St. Martins Press, p. 101.

译本（北京十月文艺出版社，1987），另外商务印书馆在1987年还出版了由王国富注释的英文读本。其他小说的译介情况如下：《蝇王·金字塔》由梁义华、周仪翻译（漓江出版社，1992）；《金字塔》由李国庆翻译（上海译文出版社，2000）；《品彻·马丁》由刘凯芳翻译（上海译文出版社，2000）；《教堂尖塔》由周欣翻译（上海译文出版社，2001）；《黑暗昭昭》由张和龙翻译（译林出版社，2009）。

在研究专著方面，目前国内只有沈雁的两部著作：《戈尔丁后期小说的喜剧模式》（英文版，上海外语教育出版社，2011年），此书是沈雁在其博士论文的基础上整理而成的；以及《威廉·戈尔丁小说研究》（中文版，苏州大学出版社，2014年）。此外，一些文学史书籍中对戈尔丁有专章介绍，主要是对戈尔丁的生平、创作经历、主要作品及创作思想的简介。这一类，就目前掌握的资料看，主要有王佐良、周钰良主编的《英国二十世纪文学史》（外语教学与研究出版社，1994）、瞿世镜、任一鸣所著的《当代英国小说史》（上海译文出版社，2008）、王守仁、何宁所著的《20世纪英国文学史》（北京大学出版社，2006）、侯维瑞、李维屏编著的《英国小说史》（译林出版社，2005）、张和龙所著的《战后英国小说》（上海外语教育出版社，2004）、蒋承勇等著的《英国小说发展史》（浙江大学出版社，2006）和高继海主编的《英国小说名家名著评析》（中国社会科学出版社，2006）等。在这些专著中，戈尔丁的创作被归类为"二战后小说"或被归类为"实验小说"。在陆建德主编的《现代主义之后：写实和实验》（中国社会科学出版社，1997）、张中载主编的《二十世纪英国文学（小说研究）》（河南大学出版社，2001）和阮炜所著的《二十世纪英国小说评论》（中国社会科学出版社，2001）等书籍中，有专门的章节介绍评论戈尔丁的作品，主要是对《蝇王》的研究。

在研究论文方面，据不完全统计，自1981年至2020年底，在"中国期刊网"上以"戈尔丁"作为搜索条件可以查到发表在国内期刊（含高校学报）上的有关戈尔丁的介绍性文章、研究类论文450余篇。但经整理分析后发现，大多数研究论文挖掘不够深入，方法不够多元，视野不够开阔，主要是一些介绍性文字和纯文本解读，而且大部分论文集中于对其代表作《蝇王》的研究，这使得戈尔丁研究呈现出极不平衡的局面。在"中国期刊网"上可查到的450余篇文章（年限为1981—2020年）中，除31篇综述、43篇关于其他小说的评论（研究《品彻·马丁》8篇；研究《金字塔》6篇；研究《继承者》6篇；研究《黑暗昭昭》11篇；研究"航海三部曲"3篇；研究《教堂尖塔》6篇；研究《自由堕落》1篇；研究《巧舌》1篇；研究《纸人》1篇）外，其他380余篇都是关于《蝇王》的研究。

国内对戈尔丁及其作品的研究主要集中于下列几个方面：

1. 主题研究：主题研究是国内学者最为关注，也是研究最为深入的领域。

1981年，陈焜在《读书》杂志上发表论文《人性恶的忧虑：谈谈威廉·戈尔丁的〈蝇之王〉》。从题目可知，这篇论文揭示出《蝇王》"人性恶"的主题，同时也挖掘出戈尔丁对人性黑暗的忧虑与悲观情绪。陈焜认为《蝇之王》的主题是探索人性恶，它强调人心中存在着一种黑暗，基本的观点和基督教的原罪是差不多的"[①]。作为国内最早研究戈尔丁的论文，他的这一观点对其后的研究者产生了极大的影响，"人性恶"或"人心的黑暗"成了人们分析、研究这部小说常用的切入点。刘若端的《寓言编撰家》分析了戈尔丁小说中的寓言特色，指出戈尔丁经常采用寓言隐喻的形式，揭示出人性黑暗的主题，试图实现小说的道德教化功能，是寓言编撰家。裘小龙在《传统神话的否定——评戈尔丁的一组小说》中认为"《蝇王》阐述了一个关于'人心的黑暗'的神话"。是"性恶决定论"的神话。[②] 蒋承勇认为，"戈尔丁的小说创作自始至终贯穿了对人性恶主题思想的阐述，无论是人类的战争也好，还是社会的荒诞也好，都是人性

① 陈焜. 1981. 人性恶的忧虑：谈谈威廉·戈尔丁的《蝇之王》[J]. 读书，第 5 期：第 107页。

② 陆建德，主编. 1997. 现代主义之后：写实与实验[M]. 北京：中国社会科学出版社，第 109 页。

恶的原罪表现形式"①。

除了《蝇王》之外，研究者们还对戈尔丁其他小说的主题进行了分析。裘小龙在以《传统神话的否定——评戈尔丁的一组小说》为题的论文中，分析了戈尔丁的一组小说：《蝇王》《继承者》和《品彻·马丁》。这三部小说都把人放在远离社会文明的背景中，都是"性恶决定论"神话，都包含了对传统作品中神话的戏仿。②张鄂民在论文《半个世纪的呼唤——谈威廉·戈尔丁小说作品的主题》（《当代外国文学》，1999 年第 3 期，第 131-136 页）中，分析了戈尔丁早期的四部小说（《蝇王》《继承者》《品彻·马丁》和《自由堕落》）和后期的两部小说（《黑暗昭昭》和《航行祭典》）。他指出戈尔丁的小说经常将人物置于荒岛、牢房、未来或远古等不受文明、道德、规则等因素控制的时空环境中，这样的安排能使人性的恶在这些"道德真空""文明真空"中肆意横行，从而起到发人深省、警醒世人的作用。田俊武的论文《威廉·戈尔丁的宗教人性观》（《烟台大学学报（哲学社会科学版）》，2010 年第 2 期，第 63-68 页）则探讨了戈尔丁在小说中表现的人类背弃上帝后的结局。他以《自由坠落》《黑暗昭昭》与《蝇王》为例，分析了人类童年时期对上帝的背弃；以《品彻·马丁》和《塔尖》为例，分析了人类成年时期对上帝的背弃，探讨了人类的邪恶本性导致的堕落与毁灭。

研究者们在分析戈尔丁小说"人性恶"主题的基础上，还揭示出其小说中隐含的救赎思想。瞿世镜、任一鸣（2008）分析了戈尔丁的写作意图，指出作者展示出一幕幕触目惊心的人性黑暗的场景，用意是促使人类正视自身残酷、丑恶、贪婪的本性，从而使人警觉、深思，防止兽性泛滥的悲剧。③还有研究者经过分析发现："从故事情节的道德评断上看，戈尔丁实为一个具有乐观生活情怀的悲观主义者。《蝇王》促使人类认识自身之恶，以达解救并改善自身之目的，

---

① 蒋承勇，等. 2006. 英国小说发展史[M]. 杭州：浙江大学出版社，第 454 页。

② 陆建德，主编. 1997. 现代主义之后：写实与实验[M]. 北京：中国社会科学出版社，第 103-122 页。

③ 瞿世镜，任一鸣. 2008. 当代英国小说史[M]. 上海：上海译文出版社，第 92 页。

这为人性恶之救赎提供了可行之治"①。

2. 创作艺术研究

（1）象征

戈尔丁在创作中常常使用象征手法，赋予主题、背景、人物形象、实物意象等要素丰富的象征意义。他通过象征体系的构建隐喻性地揭示人类的生存境况，表现出对人类本质的怀疑与思索。国内许多学者对戈尔丁小说中象征手法的应用进行了研究。

阮炜（1988）认为，在《黑暗昭昭》这部小说中，象征与哲学探索才是作者的主要创作手段和兴趣所在。②徐明（2000）认为，《蝇王》中的象征是动态的，随着情节的发展变化而变化。象征与反讽、对比等其他艺术手段相结合，对于主题的表达、情节的发展、人物的塑造发挥了重要的作用。③

（2）滑稽模仿研究（互文性研究）

瞿世镜、任一鸣（2008）通过对戈尔丁多部小说的分析认为，《继承者》带有对威尔斯《世界史纲》的戏仿；《品彻·马丁》含有暗示的"模拟戏作"，包括从弥尔顿、艾略特、康拉德作品中吸取的各种因素；《航行祭典》有意地模仿了19世纪英国传统小说的叙述技巧和结构框架。④王卫新的论文《原始社会历史的滑稽模仿——评威廉·戈尔丁的〈蝇王〉》（《燕山大学学报（哲学社会科学版）》，2001年第1期，第34-37页）通过分析《蝇王》中孩子们落难荒岛后的生活经历，论证了戈尔丁对原始社会人类进化过程的滑稽模仿；通过分析杰克盗火种、西蒙之死等情节，论证了戈尔丁对历史神话及传说的滑稽模仿。戈尔丁在形式上采用的是滑稽模仿，但反映出的主题却是严肃的。孩子们在荒岛上的表现证明了人性恶是无时间性

---

① 朱雁芳. 2011. 戈尔丁的人性救赎之路——兼论《蝇王》透视下的"悲观的乐观主义"情怀[J]. 求索，第1期：第223-225页。

② 阮炜. 1988. 茫茫黑夜中的一线希望之光——戈尔丁《黑暗昭昭》初探[J]. 外国文学评论，第1期：第60-65页。

③ 徐明. 2000. 论《蝇王》的象征手法[J]. 西北大学学报（哲学社会科学版），第2期：第112-116页。

④ 瞿世镜，任一鸣. 2008. 当代英国小说史[M]. 上海：上海译文出版社，第101页。

的普遍存在。来自文明世界的纯真儿童没有在荒岛上展现文明、理性、进化的力量，反而上演了一出人类退化的野蛮闹剧，这揭示出文明、理性的脆弱，表现出戈尔丁对历史进化论的怀疑。在对《蝇王》《继承者》《品彻·马丁》的研究中，戏仿是经常被提及的艺术手法。即使是在不受人们关注的小说《金字塔》中，也有人注意到戏仿这一手段的应用。覃亮杰在其硕士论文《戏仿在威廉·戈尔丁〈金字塔〉中的运用》（湖南师范大学，2010）中指出，该小说在情节设计上戏仿金字塔的结构、在人物形象塑造上戏仿狄更斯《远大前程》（*Great Expectations*）中的人物、在主题上戏仿"爱"的主题。戈尔丁通过戏仿手法的运用实现了主题的突破，表现出社会对人的道德的影响。

　　除了上文提到的象征和滑稽模仿，戈尔丁在创作中应用的其他艺术手法也引起了评论家的研究兴趣。沈雁在其博士论文基础上形成的专著《戈尔丁后期小说的喜剧模式》（英文版，上海外语教育出版社，2011 年）通过对戈尔丁前后两个创作时期的比对，指出其后期创作的喜剧转向。戈尔丁在《金字塔》中应用社会喜剧模式，对20 世纪初期英国社会中森严的等级制度和人与人之间冷漠的关系进行了讽刺；在《黑暗昭昭》中运用模仿讽刺剧模式对《圣经》进行了戏仿；在《纸人》中运用闹剧形式讽刺了文学界的浮躁；在"航海三部曲"中应用悲喜剧模式体现出戈尔丁在创作中超越悲剧、走向喜剧的趋势。还有一些论文研究了戈尔丁小说中的哥特元素，探究了戈尔丁在情节设置、人物塑造方面应用的传统哥特因素，而且从主题和叙述技巧方面探讨了戈尔丁对传统哥特文学的进一步发展。

　　3. 文论：以现代西方文论某个流派的观点研究戈尔丁的作品，是国内戈尔丁研究比较常用的方式。

　　（1）原型批评研究

　　许多学者在戈尔丁小说的人物形象中提炼出日神与酒神原型、智者原型、上帝原型、英雄原型、魔鬼原型等。胡蕾的论文《狄奥尼索斯的报复——〈蝇王〉之神话原型分析与重释》（《山东外语教学》，2000 年第 2 期，第 49-53 页），从神话原型批评角度分析了《蝇王》中的主要人物，将他们解读为古希腊酒神狄奥尼索斯（Dionysus）神话中人物的置换变形。胡文认为杰克为狄奥尼索斯的变形，代表着酒神身上的动物性潜能，是反对理性、规则的代表。拉尔夫和猪崽子是彭透斯的双重置换，他们都反对杰克一伙的非理性力量，骄傲而固执地坚守文明理性。猪崽子是主要置换者，他是科学、理性、智慧的化身，在小说中一直处于杰克的对立面。罗杰是阿高厄的变形。像阿高厄狂热地崇拜狄奥尼索斯一样，罗杰是杰克最疯狂的追随者。通过人物原型分析，胡蕾重释了小说的主题：抵抗狄奥尼索斯就是抵抗人的本性、人的原始力，必将招来狄奥尼索斯的报复。

除了人物原型，还有学者将研究范围扩大，打破了《蝇王》研究"拘泥于人物原型，单一、肤浅的沉闷状况"[①]。周峰的论文《现代讽喻语境下的神话——试析〈蝇王〉中的几个原型意象》（《山东师范大学外国语学院学报》，2000 年第 2 期，第 99-101 页），从希腊神话和圣经故事两方面挖掘了《蝇王》中出现的日神与酒神、耶稣殉难、斯芬克斯之谜、失乐园等原型意象，以此证明戈尔丁试图在现代讽喻的语境下运用神话原型来反思人性堕落的根源。王晓梅、李晓灵的论文《试论〈蝇王〉神话原型体系的建构》（《北京第二外国语学院学报》，2009 年第 4 期，第 79-83 页）以加拿大文学批评家弗莱（Northrop Frye，1912－1991）的"整体文学观"为依据，研究了戈尔丁在《蝇王》中"精心建构了（的）一个系统完整、繁复曲折、灵光四射的原型王国"。[②] 王晓梅认为戈尔丁建构的这个原型体系以主题原型为目的、人物原型为中心，以情节原型、场景原型、象征原型、意象原型为基础，几者互为因果、互相作用，成为其探索人性的最佳手段。

---

① 王晓梅，李晓灵.2009. 试论《蝇王》神话原型体系的建构[J]. 北京第二外国语学院学报，第 4 期：第 79 页。

② 王晓梅，李晓灵.2009. 试论《蝇王》神话原型体系的建构[J]. 北京第二外国语学院学报，第 4 期：第 81 页。

（2）叙事结构研究

20 世纪 80 年代，西方结构主义叙述学理论被引入中国，不少学者开始运用小说叙述学理论来分析戈尔丁小说的结构和主题，为戈尔丁研究开辟了新思路。陶家俊的论文《论〈蝇王〉的叙述结构和主题意义》（《四川外语学院学报》，1998 年第 3 期，第 46-52 页）独辟蹊径，以克劳德·布雷蒙（Claude Bremond，1929－ ，法国符号学家）等批评家的小说叙述学理论为依据分析《蝇王》的叙述结构，梳理出以猪崽子、拉尔夫、杰克和西蒙为中心的四个叙述程式，深入分析了它们各自的表现功能、内容功能及符指语境。四个叙述程式平行、交叉发展，形成了复杂、循环的叙述结构：不良状态－改善不良状态－令人满意的状态－恶化状态－不良状态，揭示出"当代西方文化语境中人性的泯灭和文明的尴尬境地"。[①]刘华先后两次撰文，从叙述学角度对《蝇王》的叙述视角和叙述话语进行分析。刘文认为在叙述视角的选择上，戈尔丁在《蝇王》中除了选用占统治地位的全知叙述者视角外，还选用了小说中人物拉尔夫和西蒙的有限视角。[②]从叙述话语角度看，戈尔丁在《蝇王》中使用了自由间接引语，他有选择地将这种可以透视人物内心的方式应用在拉尔夫身上。[③]通过这些特殊的叙述方法，戈尔丁成功地将读者的同情和认可吸引到拉尔夫和西蒙身上，有效而隐蔽地向读者传递了道德好恶，表达了道德批判，从而揭示出戈尔丁在"人性恶"的主题下隐含的对人性及人类未来的乐观立场。

王卫新的论文《从叙述学角度谈品彻·马丁的二度死亡》（《解放军外国语学院学报》，2005 年第 2 期，第 81-85 页），使用现代叙述学中的叙述视角破解品彻·马丁的二度死亡之谜。王卫新指出戈尔丁使用双重视角，即内视角和外视角两个叙述层面对读者心理

① 陶家俊.1998. 论《蝇王》的叙述结构和主题意义[J]. 四川外语学院学报，第 3 期：第51 页。

② 刘华.2009. 从叙述视角解读威廉·戈尔丁小说《蝇王》中的希望之光[J]. 四川外语学院学报，第 2 期：第 10-13 页。

③ 刘华.2009. 从叙述话语再看《蝇王》中的希望之光——细读威廉·戈尔丁小说《蝇王》[J]. 贵州民族学院学报（哲学社会科学版），第 2 期：第 163-165 页。

交叉产生作用。外视角叙述了马丁的"自然死亡",而他粉饰自我、扭曲现实的内视角则让读者产生了其"二次死亡"的幻觉。宋月秋的硕士论文《〈蝇王〉的叙事策略研究》(中南大学,2011),从叙事结构、叙事声音和叙述视角出发展开分析,认为《蝇王》叙事结构的构建反映了政治、人性和两性的深刻主题。

(3)女性主义解读

戈尔丁小说中的主要人物都是男性,女性均处于附属地位。"当他不得已而把女人写入背景时,戈尔丁必然以某种方式把她们隔开。"[1] 但有些学者另辟蹊径,从女性主义角度解读戈尔丁的小说,以对《蝇王》中"女性缺席"现象的分析为主。于海青的论文《"情有独钟"处——从〈蝇王〉中的杀猪"幕间剧"说开去》(《国外文学》,1996 年第 4 期,第 32-37 页)从《蝇王》第八章"献给黑暗的贡品"中的杀猪情节这一小视角着眼,展现出女性主义分析的大视野。《蝇王》创作之时正是"二战"后"反女性主义"浪潮兴起之时。于海青经过分析认为"杀猪一幕中杰克等人对付母猪的'假脸+刀和木棍'的做法与'二战'后文坛的儿子们对付'新女性'的'面具+阳具'的方式同出一辙"。[2]杀猪"幕间剧"的描写正是"二战"后面对"新女性"而备感焦虑的男性作家的宣泄机制。

王卫新的论文《〈蝇王〉的女性主义解读》(《河南大学学报(社会科学版)》,2006 年第 3 期,第 102-106 页)则从另一个角度分析了《蝇王》中的"女性缺席"现象,他认为《蝇王》并不是人们定义的男性经典,实际上是一部旨在颠覆菲勒斯中心主义(Phallocentrism)[3]的现代文本。小说以落难荒岛的男孩们"团结—分裂—对立"的经历入手,展现了"菲勒斯文化的确立—女性诱惑与挑战下男性的恐惧与分裂—菲勒斯文化的崩溃"的历史进程,以

---

① William Golding. 1959. Lord of the Flies[M]. New York: Cuprieorn Books, p. 171.

② 于海青. 1996."情有独钟"处——从《蝇王》中的杀猪"幕间剧"说开去[J]. 国外文学,第 4 期:第 32 页。

③ 菲勒斯中心主义即男权中心主义,是通过绝对肯定男性的价值,从而维持其社会特权的一种态度。

此证明戈尔丁用"女性缺席"作背景并不是为了维护菲勒斯中心主义，而是暗示出"女性在场"的重要性。①于开颜、朱利娟的论文《此处无声胜有声——为〈蝇王〉中女性缺席正名》（《东北大学学报（社会科学版）》，2007年第6期，第548-551页）认为戈尔丁在《蝇王》中刻意沿袭了荒岛小说中"女性缺席"的故事背景，但目的却是运用"脱衣求真"（disrobing）的策略，让男孩们在女性缺席的纯男性世界中肆意地暴露人性恶的本质，上演一出天堂变地狱的悲剧。同时，戈尔丁通过小说的结局也暗示出：没有女性的参与，人类无法繁衍生息，继续发展，所以女性的不在场正说明了女性在场的重要性和必要性。

（4）精神分析研究

戈尔丁的小说大多反映在不同时空背景下人内心深处的黑暗。他将对社会、对人性探索的目光由"向外"转为"向内"，将现代社会道德沦丧、文明崩溃、人性异化的原因归结为人性固有的恶，而不是社会历史原因。因此很多学者热衷于从精神分析学角度研究戈尔丁的小说对人性的探索与挖掘。王彦兴、龚璇的论文《孤岛上的荒唐游戏——对〈蝇王〉的心理分析批评》（《外语研究》，2005年第1期，第64-68页）分别运用弗洛伊德的无意识理论和拉康（Jacaueo Lacan，1901－1983，法国结构主义精神分析家）的能指所指理论，分析了孩子们的游戏及游戏中的符号所蕴涵的深刻含义；运用法国社会心理学家古斯塔夫·勒庞（Gustave Le Bon，1841－1931）的群体心理理论，分析了游戏中的群体所具有的天然的破坏性和易受暗示性；运用弗洛伊德关于女性和文明的论述，分析了小说中的女性缺席对男孩群体野蛮行径和分裂行为的影响。

张少文的论文《漂浮的能指与语言的困惑》（《外国文学》，2001年第4期，第71-76页）采用拉康的"能指的漂浮"理论分析了《黑暗昭昭》中的语言，指出能指的独立存在和流变不定的特点造成了

---

① 王卫新.2006.《蝇王》的女性主义解读[J].河南大学学报（社会科学版），第3期：第103页。

语言的无效性，使得人在语言面前困惑、误解与孤独，人与人之间无法进行直接有效的沟通。戈尔丁在面对这一现象感到失望和无奈的同时，也在小说中寻找解决之道，即"抛弃腐朽的人类语言，建立心灵的交流、精神的联系"。①颜婉西的硕士论文《纳克索斯的追求——威廉·戈尔丁〈教堂尖塔〉之拉康式解读》（浙江师范大学，2009）采用拉康的"理想自我"理论，分析了《教堂尖塔》中主人公乔斯林的心理成长，指出尖塔象征着乔斯林的理想化自我，建造尖塔的过程其实是他理想自我的朝圣之旅。

（5）生态批评研究

随着生态环境的不断恶化和人类对此问题的日益关注，许多经典文学著作被研究者从生态批评角度加以重新解读。王卫新的论文《向上喷的瀑布——戈尔丁〈教堂尖塔〉的生态寓言》（《当代外国文学》，2010 年第 1 期，第 5-11 页）从生态主义角度出发，将戈尔丁的小说《教堂尖塔》定义为一部具有生态意识的寓言小说。王卫新认为教长乔斯林违背客观建筑规律建造的尖塔是"人类中心主义"的产物，象征着人对自然永不满足的征服。这座像"向上喷的瀑布"一般的尖塔最终因为没有牢固的地基而倒塌，象征着自然对贪婪无度的人类的惩罚。肖霞、周梦筱的论文《天真与成熟的困惑——〈继承者〉的生态学解读》（《徐州师范大学学报（哲学社会科学版）》，2009 年第 2 期，第 24-27 页）从生态主义角度解读了小说《继承者》。该文认为《继承者》中"尼安德特人"和"新人"这两个部落与自然的关系，体现的正是美国生态思想史家唐纳德·沃斯特（Donald Worster，1941－ ）所提出的两种自然观，即"生命中心主义"和"人类中心主义"。戈尔丁通过对两个部落不同生活的描写，表现出他对继承和被继承问题既悲观又辩证的态度：赞同尼安德特人与自然和谐相处的关系，批判"新人"对自然的无度利用；但同时又暗示尼安德特人的灭亡是大势所趋，是人类进化的必然。此外

---

① 张少文. 2001. 漂浮的能指与语言的困惑[J]. 外国文学，第 4 期：第 76 页。

还有论文从蓝色批评①这一新的生态批评理念重新解读《蝇王》中的海洋书写。戈尔丁通过反传统荒岛叙事的生态寓言，谴责了在人类中心主义思想影响下人对自然的征服和利用，讽刺了罪恶黑暗的人性，表达了构建健康和谐的自然生态和社会生态关系的美好愿望。

4. 比较研究

国内关于戈尔丁的比较研究多集中在将戈尔丁及其作品（主要是代表作《蝇王》）与西方其他作家及作品进行比较，通过异中求同或证同辨异的方法分析主题、题材、人物形象、艺术手法，发掘戈尔丁与其他相关作家的异同，凸显戈尔丁独特的艺术魅力。也有少量研究将戈尔丁的《蝇王》与东方作家的相关作品进行比较。

（1）与西方作家、作品的比较

戈尔丁的代表作《蝇王》经常被归入英国荒岛文学的范畴，所以许多研究者将目光定位于《蝇王》与其他荒岛文学作品的比较，研究《蝇王》对荒岛文学的继承和发展。田俊武（1999）通过比较《蝇王》与笛福（Daniel Defoe，1660－1731，英国作家）的《鲁滨逊漂流记》（*Robinson Crusoe*，1719），认为文明与野蛮的主题对立反映了两位作家所处的不同时代以及由此产生的不同的人生态度。笛福运用写实的艺术手法，书写文明战胜野蛮，表现了乐观主义精神；而戈尔丁使用讽喻或象征手法，书写野蛮战胜文明，表现出对人类未来的忧虑。②薛家宝（1999）将《蝇王》放置在英国荒岛文学体系中，将其与《鲁滨逊漂流记》《珊瑚岛》《金银岛》（*Treasure Island*，1881）等荒岛小说进行对比，发现它们在创作指导思想、场景设置、情节设计上有许多共通之处，但《蝇王》对荒岛文学不仅有继承，更重要的是有紧贴当时社会现实的发展和突破。戈尔丁在传统荒岛小说文学样式的基础上，运用反讽的手段，突破了传统的"荒岛变

---

① 蓝色批评旨在研究文学、文化与大海的关系，阐释海洋生命共同体的内在价值，提倡在当今工业社会语境及以后的生态主义时代中人类主动承担海洋生态责任。是一种把科学了解海洋现象与本质、排除海洋危机、汲取海洋精神作为主要责任内容的文学和文化批评。

② 田俊武. 1999. 同为荒岛小说，观念手法迥异——笛福、戈尔丁杰作之主题思想及艺术手法的反相对位研究[J]. 河南大学学报（社会科学版），第 2 期：第 31-35 页。

乐园"的理想化模式，给读者呈现出一个野蛮战胜文明的悲剧，开创了荒岛小说探索人性恶的先河。①

　　除了与荒岛文学中的作品相比较，研究者也将《蝇王》与其他西方经典作品进行比较。康拉德（Joseph Conrad，1857－1924，波兰裔英国作家）是以反映"人心黑暗"而蜚声文坛的另一位英国著名小说家，卢清涟（2008）结合文学心理批评和文化人类学的视角比较《蝇王》与康拉德的《黑暗的心》（*Heart of Darkness*，1899），指出两部小说中的拜物都源于对未知环境的恐惧，对物神偶像的崇拜可以缓解这种恐惧，但拜物教仪式引起了非理性狂热、暴力崇拜。在对外物的崇拜中，小说中人物的人性发生了异化。②《蝇王》和塞林格的《麦田里的守望者》被人们称作第二次世界大战以来在美国大学里影响最大的小说，对这两部小说的比较也引起了许多学者的兴趣。王长荣的论文《童心未泯还是人心惟危——〈麦田里的守望者〉和〈蝇王〉的主题比较研究》（《外国语》，1991 年第 2 期，第 77-80 页），分析了两部小说在主题及艺术手法方面的不同：《麦田里的守望者》所表现的童心未泯与《蝇王》所暴露的人心惟危状况，是塞林格和戈尔丁从两个不同的侧面对第二次世界大战后的西方社会的批判。王长荣同时指出两部小说在主题方面产生差异的原因，主要是"二战"后英美两国的社会变化使得作家小说创作的历史背景不同。还有的论文，如郑钰（2007）则将《蝇王》归类于 20 世纪的反乌托邦小说，认为该小说与奥威尔（George Orwell）的《1984》（*Nineteen Eighty-Four*，1950）都表现了科技对人类精神的异化，是对传统乌托邦小说的颠覆。③

　　在作品比较的基础上，还有学者将戈尔丁与其他作家比较，如陈佐月的《康拉德与戈尔丁的善恶观之比较》（《常州工业技术学院

---

① 薛家宝.1999. 荒岛："文明人类"的透视镜——论《蝇王》对传统荒岛小说的突破[J]. 南京师大学报（社会科学报），第 6 期：第 96-101 页。

② 卢清涟.2008. 两个文学世界中异化的拜物主义和暴力崇拜：《蝇王》与《黑暗之心》的比较研究[J]. 世界文学评论，第 2 期：第 278-285 页。

③ 郑钰.2007. 乌托邦的颠覆与重构——二十世纪英国反乌托邦小说与纳尼亚纪事[D]. 福州：福建师范大学。

学报》，1993 年第 3 期，第 42-46 页）和王占峰的《麦尔维尔与戈尔丁比较谈》（《北方论丛》，1996 年第 6 期，第 101-104 页）。

（2）与东方作家、作品的比较

近年来研究者将对戈尔丁比较研究的视野扩大到东方，发现某些东方作家的小说在主题的设计、人物形象的塑造和艺术手法的应用等方面，与戈尔丁的代表作《蝇王》有异曲同工之处。晓华、汪政（1990）将《蝇王》与当代中国作家刘恒的长篇小说《逍遥颂》比较后认为，两篇小说在整体构思上相近：虽然都以儿童为题材和主要人物，但实际上却表现了对人类、民族的思考，超越了儿童文学的范畴，是深刻的现代寓言；不同之处在于刘恒在《逍遥颂》中设计了二次象征，抽象性更强，可读性较弱。另外在《蝇王》中，戈尔丁在揭示"人性恶"的同时指出了救赎之路，展现出一丝希望；而《逍遥颂》因为是文革题材的缘故，更多的是批判和揭露。[1]谢红月（2006）通过将《蝇王》与当代中国作家余华的小说《现实一种》中的孩童形象进行比较分析后指出，戈尔丁和余华尽管处于不同的社会和时代背景（戈尔丁在西方的"二战"经历，余华在中国的"文化大革命"体验），但残酷的现实使得两位作家都在小说中叩问人性的本质，深刻地体现"人性本恶"这一主题，试图达到道德诫喻的效果。[2]朱倩、卢璐的论文《〈蝇王〉与〈罗生门〉主题比较》（《日本研究》，2011 年第 1 期，第 106-110 页）则将日本作家芥川龙之介的《罗生门》和《蝇王》进行了比较，发现两部小说都通过"人性恶"的主题表现出对人性、对社会现实的关注和反思。受个人境遇与历史阶级思想所限，芥川是彻底的悲观论者，"《罗生门》是悲悯于人性之恶的芥川对人性的无可救药的普遍悲观的表达"[3]。而戈尔丁展现人性黑暗的目的是让人们直面自身"恶"的本质，从而实

---

① 晓华，汪政.1990. 现代寓言作品——《蝇王》与《逍遥颂》的比较阅读[J]. 小说评论，第 2 期：第 20-23，41 页。

② 谢红月.2006. 人性本恶——《现实一种》与《蝇王》的比较阅读[J]. 江西科技师范大学学报，第 4 期：第 62-65 页。

③ 朱倩，卢璐.2011.《蝇王》与《罗生门》主题比较[J]. 日本研究，第 1 期：第 109 页。

现向善的转化。他在拉尔夫及西蒙的塑造上和小说结尾的设计上，都隐含着对人类未来的希望。

5. 影响与接受研究

张和龙的论文《人性恶神话的建构——〈蝇王〉在新时期中国的主题研究与接受》（《中国比较文学》，2002 年第 3 期，第 52-63 页）将中国学者对《蝇王》的研究成果整理分析后认为，中国学界对《蝇王》主题的研究与接受基本集中在人性恶的层面以及由此产生的"冲突论""寓言说"，出现这种现象的原因一是接受语境，即传统的文化语境与当时的思想语境；二是译介者的"接受屏幕"。张和龙呼吁在《蝇王》出版近 50 年、研究方法多元化的时期，我们应该突破人性恶的神话，探索这部现代寓言复杂的内涵。

6. 文化视角研究

在文化比较与文化研究越来越受到关注的今天，有些研究者从文化角度对《蝇王》进行研究。彭楠的硕士论文《论〈蝇王〉对西方传统文化的颠覆》（黑龙江大学，2009）认为《蝇王》颠覆了西方社会所谓的"优秀"文化传统：基督教文化、民主政治制度和科学崇拜，表现出两次世界大战后西方人对理性和文明的质疑以及由此引发的精神、信仰危机。

综上所述，近 30 年国内对戈尔丁的研究呈现出多元化的态势，取得了一定的成果。但从研究的深度和广度来说，还有待于进一步提高。目前研究中存在的主要问题：一是缺乏创新，国内的大部分研究都是借鉴了国外的研究成果。二是研究中出现不均衡的局面，从研究对象看，大部分的研究集中在戈尔丁的代表作《蝇王》上；从研究内容看，大部分的研究着眼于对"人性恶"主题的挖掘；从研究方法看，社会历史批评、神话原型批评方法应用较多。所以戈尔丁研究呈现出内容、视角、方法单一，低位重复较多的局面。因此未来的戈尔丁研究还有很大空间，有待研究者们不断拓展与深化。

第二章　悲观意识的主题表达——人性恶

戈尔丁出身于英国的一个中产阶级家庭，父亲是当地一所中学的校长。他自幼生活安定，衣食无忧，接受了良好的教育。因此戈尔丁在青年时期对社会、对人类都持有一种非常乐观的态度。他曾说过，"当我年轻时，也就是第二次世界大战以前，我这一代人从整体上来说，自由和天真地相信人性的完美。"①戈尔丁还乐观地相信人具有主观能动性，即使社会上存在邪恶事物，人也能够通过改造或消灭这些邪恶事物不断地使社会和人类达到更加完美的境地。但亲身经历了"二战"后，他的思想发生了极大的改变。戈尔丁"二战"期间曾在英国海军服役 5 年，战场上目睹的血腥屠杀、亲身经历的人道主义灾难，使戈尔丁从一个"天生的乐观派"变成了一个"悲观者"。②与同时代其他的知识分子一样，戈尔丁在"二战"后对理性和制度产生了怀疑，对人类自诩的文明和进化产生了困惑，找不到出路的迷茫使他对人类的未来充满了悲观和绝望。

作为人类精神的守望者和人类生存意义的给予者，当时的作家不是仅仅对人性的堕落、文明的崩溃进行哀叹，而是致力于探索产生这些现象的原因，从而为处于精神荒原的人类找寻出路。他们中有的人提出"社会决定论"，将 20 世纪人性堕落、社会混乱的原因归结于外部因素——社会；有的人提出"人性决定论"，认为人性中固有的恶在一定情况下爆发，造成了 20 世纪人类价值体系崩溃的

---

① William Golding. 1982. A Moving Target[M]. London: Faber and Faber.

② James Keating. 1964. Interview with William Golding[C]// J. Keating & A. P. Ziegler Jr. (ed.). Lord of the Files. p.191.

危机。作为一名有良知和责任感的作家，戈尔丁也在苦苦思索人类陷入精神荒原的原因，他思索的结论属于上述两者中的后者，即"人性决定论"。戈尔丁曾说过："我这代人发现了一个有关人的基本观点，即人身上的恶不能简单地用社会压力来解释。"[①]他的意思是说，人类的邪恶行径不是社会因素造成的，相反，"邪恶产生于人类自己的内心深处——是人类中的恶造成了邪恶的制度，或者改变了最初的状况，改变了原来的发展，是它把美好的事物变成了邪恶有害的事物"[②]。所以说，不是外部因素——社会，而是内部因素——人性制造了罪恶，对此戈尔丁有个著名的比喻："人类制造邪恶正如蜜蜂酿制蜂蜜"，是一种天性。这种观点与基督教的"原罪说"相类似，认为人生而有罪。人性中固有的恶，如贪婪、自私、暴力、淫欲等，在文明和规则的制约下处于人内心最隐秘之处，正如德国著名哲学家叔本华（Arthur Schopenhauer，1788—1860）所说："在每个人的内心都藏着一头野兽，只等待机会去咆哮狂怒。"[③]一旦摆脱文明和制度的约束，人性恶失去控制，那么人会比其他任何凶禽猛兽更为残忍。

戈尔丁曾经将自己的身份定位为"公民、小说家和学校校长"，作为一名公民，他"关心的是用适当的方法清除社会弊端"；作为一个小说家，他"要寻找适当的形式展示人的天性"。因此戈尔丁的作品与同时代"愤怒的青年"一派的作品不同，不是着眼于社会问题和弊端，以此来表现对不合理社会制度的愤怒和抨击，而是着眼于"展示人的天性"。戈尔丁将自己对人类社会危机和人性堕落的思索诉诸笔端，构思不同的故事来表现"人性恶"的主题。他创作的小说背景设置不一（从时间上看，分别发生在史前、当代、未来；从地点上看，分别发生在荒岛、原始丛林、牢房、孤礁、英国小镇、甲板等地）、人物塑造各异（有儿童、史前人类、水手、教长、囚犯

---

① James Gindin. 1988. William Golding[M]. London: Macmillan Press, p. 15.

② 宋兆霖，主编. 1998. 诺贝尔文学奖文库·授奖词与受奖演说卷[M]. 杭州：浙江文艺出版社，第 169 页。

③ 叔本华. 2003. 叔本华人生哲学[M]. 李成铭，等译. 北京：九州出版社，第 97 页。

等），情节设计更是千差万别，但主题都是围绕人性恶展开。美国评论家罗伯特·亚当明确指出："（戈尔丁的小说）在结构上和笔调上非常不同，它们都是些宗教讽喻，其中一再重现的主题就是人类生而有之的邪恶"。①国内学者裘小龙分析了戈尔丁的一组小说后认为："在戈尔丁的神话里，不管阶级、社会、制度等有着什么样的区别，恶——抽象地、先验地、永恒地存在着人性的恶，决定着一切。"②侯维瑞也持有相似的观点："戈尔丁的小说大多采用道德寓言的形式，人物描绘、结构安排和形象运用都服务于揭示这样一个基本的道德主题：人性本恶。"③

戈尔丁小说中关注的"善恶"和"人性"，正是悲观意识关注的中心内容。悲剧理论家理查德·休厄尔（Sewall，Richard B）指出："生命的悲剧意识关注的最根本的东西就是人生来就有的、亘古不变的邪恶。"④在概括戈尔丁作品的主旨时，评论家苏巴拉奥（V. V. Subbarao）总结说，人类的"堕落"、天真的失去、自我意识和罪恶的负担、人类意志不顾一切的武断、自我在追求秩序过程中遭遇混乱的创伤——所有这些组成了"埃斯库罗斯式的专注于人类悲剧"的作品的基本材料。⑤戈尔丁小说中反复出现的人性恶的主题，使得其小说体现出深沉的悲观意识，表现出其对人类文明发展前景的困惑和担忧。

第一节　人性恶之无处不在的普遍性

戈尔丁对人类境况及其命运的认识，充满一种悲观意识：个人

---

① Adams R. 1984. Double exposure[J]. New York Times Book Review, April, p. 449.

② 裘小龙. 1985. 传统神话的否定——评戈尔丁的一组小说[J]. 外国文学研究，第 2 期：第 32 页。

③ 侯维瑞. 1999. 英国文学通史[M]. 上海：上海外语教育出版社，第 906-907 页。

④ Sewall, Richard B. 1981. The Vision of Tragedy[C]// Robert W. Corrigan (ed.). Tragedy, Vision and Form. New York: Harper & Row, p. 49.

⑤ V. V. Subbarao. 1987. William Golding: A Study[M]. New York: Envoy Press, p. 132.

的成长和人类文明的发展伴随着堕落。堕落不仅发生在每个个体身上，还发生在社会生活中，发生在整个人类的进化过程中。出于对人性恶的恐惧、对人类前途的悲观，戈尔丁将小说背景设置在不同时空，来表现人性堕落无处不在。小说的时间背景从反思远古到剖析现代再到预言未来；地点背景除了设置在脱离现实生活的荒岛、孤礁和牢房，还设置在真实反映社会现实的英国小镇，由此证明人性恶的普遍存在。

一、罪恶的个体

戈尔丁曾说过："人是堕落的，被'原罪'死死缠住。他的本性是罪恶的，他的处境是危险的。"[①] 他笔下的人物在特定的环境下从不同的侧面展现出人性中的种种丑恶以及由此导致的自我价值迷失，甚至是自我毁灭，由此表明人性恶以不同形式存在于每个人的内心，一旦失去文明的控制就具有极大的毁灭性。

1. 品彻·马丁——贪婪求生的"鲁滨逊"

海恩斯（Hynes）认为《品彻·马丁》是"一个卓越的成就，道德寓意完全融入了艺术形式，所以既是道德文章又是艺术作品"[②]。罗帕（Roper）认为这部小说是"迄今为止（1967年）戈尔丁最好的作品，似乎是从他内心里写出来的"[③]。

《品彻·马丁》这部小说的故事情节十分简单，场景就是海上的一块礁石，出场人物也只有主人公马丁一人。海军军官马丁乘坐的军舰被鱼雷击中，失事沉入大海。马丁凭着求生的本能在海水中奋力挣扎，爬上一块礁石后积极开展自救，在自救的过程中他不时陷入对过去生活的回忆。但在结尾处，从前来营救的两名海军军官口中，读者才意外得知马丁在军舰一失事时就已溺水而亡，之前小说

---

① 张中载. 1996. 当代英国文学论文集[M]. 北京：外语教学与研究出版社，第146页。

② Hynes, Samuel. 1985. On Pincher Martin[C]// Norman (ed.). William Golding Novels, 1954-1967: A Casebook. London: Macmillan Publishers Ltd.

③ Roper, Derek. 1967. Allegory and Novel in Golding's The Spire[J]. Wisconsin Studies in Contemporary Literature. Vol. 8, (1), pp. 19-30.

中呈现出的马丁顽强求生的故事只不过是他因求生意志而产生的幻觉。

小说的大部分篇幅叙述的是马丁在海上顽强求生的经历，其中穿插着他对过去生活的回忆片段。海上求生的部分详细记述了马丁如何遭遇轮船失事落水，如何奋力爬上礁石，如何有计划地开展自救，呈现给读者的是一个在逆境中永不言败的鲁滨逊式的英雄形象。而在对往事回忆的片段里出现的马丁却是一个贪婪、自私、残忍的人。一个人身上两种形象之间的巨大反差使很多读者感到困惑，直到读到戈尔丁在小说结尾处精心设计的机巧结构时，这种困惑才迎刃而解。实际上马丁在落水后不久就溺水而亡，他在孤礁上经历的磨难以及像鲁滨逊一样顽强求生的经历只不过是他垂死挣扎时产生的幻觉。用戈尔丁的话说，"马丁在礁石上痛苦的经历是变形的炼狱中的经历"。如此一来，戈尔丁展现在读者面前的并不是像鲁滨逊一样的英雄不屈不挠的求生经历，而是马丁死后的灵魂对生命的顽固追求，这种追求根源于马丁极端贪婪自私的邪恶本性。

小说一开始，马丁乘坐的军舰被敌人击沉失事，出于本能在海水中奋力挣扎爬上一块礁石后，他就开始有计划地安排自救。面对恶劣的生存环境，马丁毫不气馁。他检查了身上所剩的物品，勘察了礁石上的环境后，给自己制定了有条理的计划。"我必须喝水、吃饭、找个可以避风雨的地方……这是第一点。第二点，我得对生病有所准备。……第三点，我必须注意自己的心态。……第四点，我必须设法让自己获救。"①遭遇如此大的灾难，马丁仍然能保持乐观的心态。他给礁石上的各个部分命名。"我把这个地方命名为瞭望台。这是矮人。我就是从太阳下面那块礁石那边游过来的，我给它取名叫救生礁。摘到贝的那地方就叫食物崖。我吃贝的地方就叫红狮饭店，南边有海带的地方就叫希望崖。"②从这些"救生礁""食物崖""红狮饭店""希望崖"的名称可以看出马丁面对逆境时乐观积

① 威廉·戈尔丁.2000.品彻·马丁[M].刘凯芳，译.上海：上海译文出版社，第67页。
② 威廉·戈尔丁.2000.品彻·马丁[M].刘凯芳，译.上海：上海译文出版社，第70页。

极的态度。另外，在面对严酷的自然环境时，马丁身上还表现出不屈不挠的顽强精神。他经常自言自语鼓励自己："我要活下去""你不能屈服""要是礁石让我屈从于它，我是不干的，我要让它听我支配"①。在一场暴风雨中，他更是对着狂风暴雨呼喊："我是阿特拉斯！我是普罗米修斯！"② 阿特拉斯是希腊神话里的擎天神，因反抗宙斯失败，被罚在世界最西处用头和手顶天。普罗米修斯是希腊神话中的英雄，因为帮助人类盗取天火而触怒宙斯，被缚在高加索的悬崖上，每天遭受恶鹰啄食肝脏的痛苦惩罚。这两位希腊神话英雄的身上都体现出面对权贵宁肯接受残酷刑罚也不屈服的品质。马丁自比为阿特拉斯和普罗米修斯，认为自己和他们一样，在大海中面对假想敌——上帝时，不屈不挠，决不退缩。

　　如果仅仅从马丁顽强求生、积极自救的经历看，他的身上似乎笼罩着英雄的光环——具有坚强的意志和顽强的精神，面对绝境不屈不挠，多次高呼"我是普罗米修斯"，向命运抗争。而且他身上还展现出面对困难时的理性、智慧、乐观、积极的优秀品质。但从马丁对以往生活的回忆片段中，我们又了解到现实生活中的马丁贪婪、卑鄙、自私、无耻，坏事做尽，是个贪得无厌的自我中心主义者。两种形象集中在一个人物身上，形成了极大的反差。

　　马丁性格中的恶主要表现为贪婪、自私和强烈的占有欲。小说中制片人彼得对马丁的评论可谓精辟："（马丁）伸着手什么都要占……他要最好的角色，最好的座位，最多的钱，最好的海报，最好的女人。他一出世就张大嘴巴，裤子拉链敞开着，伸出双手来抢。他是个天下坏蛋的典型，既抓自己的子儿，又抓别人的面包。"③戈尔丁专门给主人公设计的名字"品彻"（Pincher，表示"钳子"）就暗示了他的为人像钳子一样，总想获取、占有。为了满足自己的占有欲，他不顾同事阿尔弗雷德的感受，与他的未婚妻通奸；为了从

① 威廉·戈尔丁. 2000. 品彻·马丁[M]. 刘凯芳，译. 上海：上海译文出版社，第72页。
② 威廉·戈尔丁. 2000. 品彻·马丁[M]. 刘凯芳，译. 上海：上海译文出版社，第173页。
③ 威廉·戈尔丁. 2000. 品彻·马丁[M]. 刘凯芳，译. 上海：上海译文出版社，第103-104页。

制片人彼得那里获得好处，他假意逢迎骗取彼得妻子海伦的感情。在排演道德剧分配角色时，大家都认为马丁是扮演七大罪"贪婪"（greed）的最合适人选。彼得甚至开玩笑说反话："你觉得可以演马丁吗，贪婪？"①

在恶劣的环境中不轻言放弃，顽强求生，本来是不折不扣的英雄行为，但马丁在求生无望、濒临死亡的情况下，仍然顽固地与命运抗争，甚至将自己粉饰成像普罗米修斯一样的英雄，就表现出贪婪的本性。对生命的贪婪使马丁本能地抗拒死亡，垂死挣扎之际他在意识中为自己虚构了一个想象的世界，在这个想象的世界里，他不仅能活下去，而且能像英雄一样战胜命运。有评论家分析说：

> 他（马丁）淹死后的尸体在大西洋的浪涛中翻滚，然而他那贪婪的自我却找到一块岩石让他（的灵魂）苟延残喘。……从外表和理性上判断，他是被鱼雷击沉的一艘驱逐舰上的幸存者；但是在内心深处，他明白事情的真相。他不是在为躯体的生存而挣扎，而是为了继续保持自己的身份而挣扎。②

戈尔丁本人曾经这样评价他笔下的马丁这个人物："克里斯托弗·哈德莱·马丁信仰中只有他自己生命的重要性，其他什么都没有，连上帝都没有"③。戈尔丁有意为马丁设计了海上礁石这样一个变形的炼狱，他在礁石上的顽强求生经历实际上是在炼狱中的痛苦挣扎。尽管马丁受尽折磨，但还是贪婪地企图保全生命，直至最后完全堕入地狱。小说的结尾，戈尔丁将马丁幻化成一对龙虾的爪子，这个表示"攫取"的意象与他的名字"品彻"有相似之意，生动恰当地表现出马丁的贪婪。所以无论是马丁在现实生活中以自我为中心、不择手段攫取利益的行为，还是他在孤礁上为求生所做的顽强

---

① 威廉·戈尔丁.2000. 品彻·马丁[M]. 刘凯芳，译. 上海：上海译文出版社，第104页。
② 转引自瞿世镜，任一鸣. 1998. 当代英国小说[M]. 北京：外语教学与研究出版社，第199页。
③ Dick, B. F. 1987. William Golding[M]. Boston: Twayne Publishers, p. 55.

抗争，都充分表现出他的自私、贪婪。通过马丁这个人物形象，戈尔丁辩证地揭示出贪婪的欲望是万恶之源。

马丁性格中的恶还表现为了满足欲望，手段卑鄙。为了不让彼得骑车超过自己，他故意在路口转弯时设计让彼得摔伤；玛丽拒绝了马丁的追求转而选择了善良的纳特，出于强烈的嫉妒心理，马丁不顾纳特是自己的朋友，强奸了玛丽。

此外，马丁的性格中还有冷酷、凶残的一面。他对任何人都没有爱，总是充满仇恨。他自己也承认："我是个顶呱呱的怀恨在心的人"①。马丁天性残忍，他曾经用非常轻松的口吻谈起杀人："杀人有成千上万种办法。可以下毒药，眼看他的笑容变成龇牙咧嘴的怪相。可以捏住他的喉咙不放手，让它变得像木条那样硬梆梆"②。这样血淋淋的残酷场面如此轻松地从马丁口中说出来，足见其性格的冷酷凶狠。马丁的残忍还表现在他对纳特的态度上。纳特是马丁最好的朋友，他"从来不会掩饰自己内心的感情，对别人总是真诚相待，不计报酬地爱着别人，因此尽管不追求，总是获得人们的好感"③。然而出于嫉妒，尤其是当马丁追求玛丽未果，而纳特却得到了玛丽的爱之后，马丁对这样一位善良、友好的朋友也怀恨在心。他一直找机会暗算纳特，甚至计划杀死他。就在他们乘坐的军舰遭受鱼雷攻击的那一刻他正在企图谋害纳特，打算利用军舰转弯的时机将纳特甩入海中，造成其意外死亡的假象。

戈尔丁在谈到马丁这个人物的塑造时，曾经解释说："他（马丁）是个堕落的人。是的，非常堕落——比大多数人都要堕落……我想方设法地诅咒马丁，把他描写成最可恶、最卑鄙的一类人。……令我感到十分有趣的是，到处都有批评家说：'噢，不错，我们就是这个样子。'"④这表明读者和评论家在对马丁的种种恶行厌恶、谴责的同时，也在反思自己的人性以及由此导致的行为，发现自己的人性

---

① 威廉·戈尔丁. 2000. 品彻·马丁[M]. 刘凯芳，译. 上海：上海译文出版社，第87页。
② 威廉·戈尔丁. 2000. 品彻·马丁[M]. 刘凯芳，译. 上海：上海译文出版社，第136页。
③ 威廉·戈尔丁. 2000. 品彻·马丁[M]. 刘凯芳，译. 上海：上海译文出版社，第87页。
④ Hodson. L. 1969. William Golding[M]. Edinburgh: Oliver and Boyd Ltd., p. 70.

中也存在着相同的邪恶，在表现贪婪、残忍等方面，"我们就是这个样子"。

《品彻·马丁》这部小说 1956 年在美国出版时，起名为《克里斯托弗·马丁的两次死亡》。戈尔丁用巧妙的设计描写了马丁的两次死亡，将一个不屈不挠的"英雄马丁"形象与一个贪婪凶残的"恶棍马丁"形象结合在一个人物身上。在结尾的巧妙设计中，他颠覆了读者心中鲁滨逊似的马丁的英雄形象，突出表现了其贪婪凶残的人性恶。

2. 乔斯林——宗教偏执狂

《教堂尖塔》讲述了教长乔斯林受所谓"神圣"景象驱使，为了所谓上帝的使命，在一座原本就缺乏坚实地基的教堂顶上加建一个高达四百英尺的尖塔的故事。建造过程中，他无视自然规律，全然不顾塔基不稳可能造成塔毁人亡的后果，一意孤行命令建筑工人进行修建。为此，他不惜任何代价，压制持不同意见的教众、欺诈有钱的姨母、默许包工头罗杰和自己的教女古迪私通以拉拢罗杰，甚至纵容工匠们杀害教堂执事潘格尔作为奠基品。乔斯林的内心深处时时充满了天使和魔鬼的交锋。尖塔由于先天不足随时可能倒塌的命运像达摩克利斯之剑始终悬于乔斯林的头顶，让他时常在梦中遭受撒旦的侵扰；但所谓的"神圣"景象及内心的私欲又时时像天使一般"温暖""安慰"着他。由于地基不稳以及先天结构不足，随着尖塔的升高，它开始逐渐倾斜。与此同时，乔斯林内心的善恶交锋使得他备受煎熬。最终，因建造尖塔而引起的潘格尔、古迪等人的死亡以及尖塔的逐渐倾斜压垮了乔斯林心中的宗教支柱，他最终患上了脊椎病而瘫痪。

戈尔丁在《教堂尖塔》中通过乔斯林这个人物呈现的是人性恶的其他侧面。小说中描写的乔斯林是一个虚伪、道貌岸然、性格扭曲的宗教偏执狂。他性格中的恶首先表现为虚伪、利己。乔斯林并不是靠自己的能力得到教长职位的，而是其姨妈与国王通奸后向国王讨来的。乔斯林千方百计掩盖这一事实，让手下的教士、教众信服他。无奈他本人能力有限，不学无术，连主祷文都读不好，所以他想借造塔一事来提高自己的威望。从名义上讲,造塔是表现对上帝的崇敬,四百英尺的尖塔高耸入云,代表上帝至高无上的地位;实际上,乔斯林是想借机为自己树碑立传。他在塔顶上专门设计了一个带有自己头像的小尖塔来显示自己的威望。随着尖塔的不断升高,乔斯林的利己主义也在不断膨胀,因此他对将要出现的严重后果视而不见、充耳不闻。乔斯林造塔还有另外一个不为人知的秘密,他垂涎于女教民古迪的美貌,但教长的身份使他不得不压抑自己的性欲,所以在原有教堂的基础上加造一个高四百英尺的尖塔,从心理角度暗示着乔斯林想要突破宗教对性欲的束缚。这部小说刚出版时,戈尔丁就曾明确表示乔斯林建造尖塔的原动力是其对性的冲动。评论家史蒂芬·博伊德认为尖塔"承载着乔斯林对古迪·潘格尔性欲的阳物的意象"[1]。小说结尾,尖塔因为地基不稳逐渐倾斜倒塌,古迪与建筑商罗杰通奸怀孕后意外死于难产。乔斯林想要提高自己宗教威望的企图和对古迪性欲的冲动都化为乌有,他本人心中的尖塔也随之倒塌,最终乔斯林瘫痪在床,一病不起。

乔斯林性格中恶的另外一个表现就是偏执。他以上帝之名建造尖塔,认为这是压倒一切的理由。所以他坚信地基一类的东西"主会赐给我们的"[2]。"尖塔能够建成,一定会建成,就在撒旦的口中"[3],这是典型的以人类"主宰""征服"自然为特点的人类沙文主义观点。因此乔斯林无视自然规律,对塔尖基础不稳将发生危险这一显而易见的事实视而不见。他的偏执还表现在对其他人意志的控制上。建塔过程中,建筑工头罗杰和雷切尔等人多次提醒乔斯林塔基不稳可能会导致危险,可他全然不顾,用教长的身份迫使建筑工人继续修建尖塔。乔斯林受他所谓"神圣"景象的驱使,在建造尖塔的过程中对他人意志的控制表现出一种破坏性的执着,与这种破坏性执着形成鲜明对照的是,他像基督教使徒殉道一般把自己的

---

① Boyd, S. J. 1990. The Novels of William Golding[M]. New York: Harvester Wheatsheaf, p. 85.

② 威廉·戈尔丁. 2001. 教堂尖塔[M]. 周欣,译. 上海:上海译文出版社,第2页。

③ 威廉·戈尔丁. 2001. 教堂尖塔[M]. 周欣,译. 上海:上海译文出版社,第75页。

意志供奉给象征着邪恶的尖塔的营建。通过展现乔斯林牺牲自己的冲动与驾驭他人意志的偏执，戈尔丁对扭曲、窒息人性的宗教给予了莫大的讽刺。

戈尔丁在《活动靶》中说："这本书（《教堂尖塔》）写的是人为了建造尖塔而付出的代价"。异教徒的建筑工人们将教堂搞得乌烟瘴气，潘格尔、古迪间接地死于尖塔修建，乔斯林最后也瘫痪在床，这一切都象征着宗教的尖塔虽然建起来了，但人性的脊椎却断裂了。

3. 萨米——炼狱中的忏悔者

《自由堕落》是一部以第一人称为叙述视角的忏悔小说，叙述了主人公萨米·蒙乔伊在牢房中回顾入狱前的生活经历，忏悔所犯下的罪过，企图找到自己堕落开端的故事，表现了人类的邪恶本性让人自由堕落的主题。萨米是一位英国艺术家，在第二次世界大战中因为参加过共产党的活动而被德国纳粹抓入监狱。为了让萨米出卖其同伙的越狱计划，监狱当局专门派德国心理学家哈尔德审问萨米，对其开展心理攻势。而事实上萨米并不知道这样一个计划。但是在审问中，他在哈尔德的心理攻势下却开始探索自己堕落的原因。在牢房这个密闭狭小的空间里，他通过第一人称自白式的倒叙回忆自己的前半生，想要找寻自己是何时受内心私欲的指引，一步步开始了"自由堕落"。

萨米在何时何地、因为什么原因堕落是故事的焦点和悬念所在。他充满忏悔的回忆常常被反复的自问打断。"我究竟是在哪儿失去了自由？""我是在寻找罪责的起点，黑暗的发端，堕落的始发地"。[①]萨米是个私生子，自幼随母亲生活在贫民窟，后来神父华兹·瓦特收养了他，并送他到学校读书，接受教育。萨米首先将自己堕落的开端回溯到小时候在教堂的圣坛上撒尿。此举无疑是亵渎上帝之举，但天真无知的儿童是无罪的，这显然不是他堕落的开端。他随后又回忆起上学时，因为反感老师普林格尔在课上传播的基督教思想，他在课上画了一幅有淫秽内容的风景画。除此之外，他认为自己犯

---

① 威廉·戈尔丁. 1998. 自由堕落[M]. 黄庆民，译. 杭州：浙江文艺出版社，第57页。

下的罪行还有对比特莱斯的始乱终弃。在诱奸了比特莱斯后，萨米又毫不留情地抛弃了她，与另一名女子结婚，最终导致比特莱斯精神分裂，被关进精神病院。萨米在回忆这些罪行时不断追问自己，这些是不是他堕落的开端，但思考之后他都一一否定了。最后萨米回忆起中学毕业时，有一次他在河边看到成双成对嬉戏的小动物，突然感到强烈的性冲动。他一边自慰，一边自问自己愿为何物做出牺牲，回答是："比特莱斯"。他又自问为了得到比特莱斯他可以牺牲什么，回答是："牺牲一切"。萨米回忆至此时，在牢房中追问自己这是不是他堕落的开端。虽然他在书中没有直接回答该问题，但我们可以深刻地感觉到他认定对比特莱斯的占有欲是他堕落的开始。因此，萨米人性恶的根源就是他的欲望。比特莱斯是萨米欲望的象征，为得到她可以"牺牲一切"表示萨米为了满足欲望不择手段，屈服于内心欲望的肆虐。所以萨米的欲望同品彻·马丁的贪婪一样，让人陷入罪恶的深渊不能自拔。

萨米进一步深挖自己极端自私、纵情淫欲的原因，认识到除了屈从于内心的欲望，他堕落的更深层次原因是自己早年拒绝基督教，尤其是在学校里厌烦老师普林格尔传播的基督教宗教思想，转而接受了老师尼克灌输的科学观念和理性主义，因此他认识不到自己本性中的邪恶，更没能用基督教教义规范自己的行为，努力向善，以达到救赎。在痛苦地反省之后，萨米感悟道："无辜和邪恶同存于一个世界里，但我们既不是无辜的，也不是邪恶的。我们是有罪的，我们堕落了。"在这部小说中，戈尔丁借用堕落主题，说明人类具有选择善恶的自由意志，但他明显夸大了宗教的作用。他认为萨米正是因为背弃了宗教，才无法控制对本性中潜藏的邪恶的放纵，才导致了"自由堕落"。

这部小说以生动的现实主义描写、现在与过去的时空交错、重叠的象征性的借喻，深刻揭示出戈尔丁小说的一贯主题：人性恶。萨米与品彻·马丁的不同之处在于他喊出了马丁至死也不愿喊出的"救救我"的呼声。这既是萨米忏悔的呼声，也是人类堕落时心灵忏悔的写照。

4. 杰克——涂面具的野蛮人

《蝇王》是戈尔丁的代表作,讲述了在未来的第三次世界大战中,一群孩子在转移途中遭遇飞机失事,被迫流落荒岛,在岛上上演了文明变野蛮、理性变非理性、团结变分裂,荒岛也由伊甸园变为人间地狱的故事。杰克是《蝇王》中儿童世界里人性恶的代表。孩子们乘坐的飞机失事,被迫流落荒岛后,一开始,杰克带领的唱诗班成员还能和其他孩子和平相处,为尽快获得营救而团结合作。但随着对权力的渴望和人性中恶的膨胀爆发,杰克一伙很快就将文明、规矩抛到脑后,他们从以拉尔夫为代表的文明理性团队中分裂出来,整日沉迷于血腥的打猎。为了寻求打猎的刺激,杰克涂上了五颜六色的面具:

> 在池塘边上,他那强壮的身体顶着一个假面具,既使大家注目,又使大家畏惧。他开始跳起舞来,他那笑声变成了一种嗜血的狼嚎。……假面具成了一个独立的形象,杰克在面具后面躲着,摆脱了羞耻感和自我意识。①

"涂面具"是杰克这个人物形象转化的一个关键节点。在此之前,杰克还受到来自文明世界的规矩和法则的制约,但涂上假面具后,在假面具的掩盖下,他彻底摆脱了文明的束缚。如果说杰克及其手下残忍地杀死野猪,取食猪肉是为了满足生存需要,尚情有可原的话,他们在随后模拟打猎的狂热游戏中将前来告诉大家野兽真相的西蒙当作"野兽"活活打死、砸碎象征民主的海螺、将猪崽子推下山崖摔死,最后甚至不惜放火烧岛将拉尔夫赶尽杀绝等行为,都标志着杰克一步一步地从一个人类文明与秩序的代表转化为嗜血的野蛮人,在从善到恶的堕落道路上越滑越远。

杰克人性中的恶主要表现为对权力的贪婪追求。英国哲学家托马斯·霍布斯(Thomas Hobbs,1588—1679)认为:"贪得无厌地追

---

① 威廉·戈尔丁. 2006. 蝇王[M]. 龚志成,译. 上海:上海译文出版社,第68页。

求权力是人类的普遍倾向，至死方休"。①在杰克的内心一直存在着掌握权力、支配他人的欲望。故事一开始，孩子们由于飞机失事落难荒岛，又累又热，但作为唱诗班的领头，杰克享受着发号施令的特权，他要求唱诗班的孩子们着装整齐（穿黑斗篷，佩十字架）、队列整齐。猪崽子初次见到他们时，就被他们"整齐划一所产生的优越感，还有梅瑞狄（杰克）口气中毫不客气的权威性"给镇住了。②当拉尔夫提出孩子们该有个领头的提议时，杰克信心十足地认为自己是最合适的人选，"我该当头儿……因为我是合唱队的领唱，又是领头的，我会唱升 C 调"。③但让他意想不到的是他在选举中败给了握有海螺的拉尔夫，失去了对权力的控制。"杰克恼羞成怒，脸红得连雀斑都看不见了。"④ 所以即使杰克表面上接受了这一事实，但他内心深处暂时被压制的权力欲望却在不断膨胀，随时都有爆发的危险。一开始，受文明准则的束缚，杰克还能认真履行职责，看管作求救信号用的火堆。但是没过多久，他就擅离职守，带领唱诗班的孩子们去打猎。火堆因无人看管而熄灭，致使一艘船驶过荒岛时未能看到孩子们发出的求救信号——烟火，结果孩子们失去了得救的机会。

打猎带来的那种杀戮的快感、那种主宰自然的感觉，唤醒了杰克渴望统治的本能，正如罗素所说，"对权力的迷恋随着对权力的体验而与日俱增"。杰克迷恋自己在带领大家打猎时所拥有的发号施令的权力，更迷恋杀死猎物时所感受到的人类控制自然、征服自然的权力。他的权力欲望开始一点点膨胀。从集会时打断猪崽子说话，无视海螺的权力象征，到后来不满意拉尔夫对他玩忽职守的训斥，打算自立门户，杰克对权力的渴求越来越强烈。当他因光顾打猎致使信号火堆熄灭而受到指责时，他的权威受到了挑战，于是恼羞成怒地说："让规则见鬼去吧！"对杰克来说，友谊和规则没有权力重

① 霍布斯.1985. 利维坦[M]. 北京：商务印书馆，第 47 页。
② 威廉·戈尔丁. 2006. 蝇王[M]. 龚志成，译. 上海：上海译文出版社，第 17 页。
③ 威廉·戈尔丁. 2006. 蝇王[M]. 龚志成，译. 上海：上海译文出版社，第 19 页。
④ 威廉·戈尔丁. 2006. 蝇王[M]. 龚志成，译. 上海：上海译文出版社，第 20 页。

要，只有支配他人、获得权力才是有价值的事。于是他以打猎吃肉为引诱，将大部分孩子从拉尔夫的队伍中分裂出来，摆脱文明和民主的束缚，成立打猎队。在杰克自立门户、重掌权力后，他在打猎队中实施独裁专制来巩固自己的权力。"权力在他褐色的、隆起的前臂上，权威在他的肩上，像野猿似的在他耳边喋喋而语"①。孩子们对杰克的称呼变成了头领，他们集体变成了野蛮人。"头领正坐在那儿，光着上身，……他用长矛指指这个野蛮人，又指指那个野蛮人"②。杰克专横暴戾，只凭自己的意志而不是民主表决的方式决定集体的行为；他还要求手下的孩子要绝对服从他的权威，稍有不从就会遭到惩罚。"一种新的专制主义伴随新的个人主义产生了。个人完全被一种极端的自私自利和一种对权力与财富的不知足的贪心所驱使。"③

杰克人性中恶的另一个表现是残忍嗜血。在杀猪一幕中，杰克残忍的手段令人发指。丛林中一头正在享受天伦之乐的老母猪被猎手们围追堵截，"杰克找到了猪的喉咙，一刀下去，热血喷到了他的手上……然后杰克开始宰割这头猪，他剖膛开胸，把热气腾腾的五颜六色的内脏掏出来"④。最后，他还把血淋淋的猪头割下来，插在两头削尖的木棒上作为献给孩子们心中恐惧的"野兽"的供品。这种残忍嗜血的行为暗含着人类受人类中心主义控制，将自己置于自然界中的统治地位，随意按照自己的意志破坏、残杀其他生物。同时，出于对权力的迷恋，杰克还将杀死野猪的残忍行为延伸到同伴的身上，不惜用残忍的手段消除异己，建立野蛮的专制制度，用更残酷的手段巩固自己的统治。他运用手中的权力对他人的生命和自由实施绝对的、无限的统治。他率领手下在狂乱中将西蒙当作野兽活活打死，"他们从岩石上涌下去，跳到'野兽'身上，叫着、打着、

---

① 威廉·戈尔丁. 2006. 蝇王[M]. 龚志成，译. 上海：上海译文出版社，第 174 页。
② 威廉·戈尔丁. 2006. 蝇王[M]. 龚志成，译. 上海：上海译文出版社，第 185-186 页。
③ 蒋承勇. 1994. 自由·异化·文学——论异化主题在西方文学中的历史嬗变[J]. 外国文学研究，第 2 期：第 38 页。
④ 威廉·戈尔丁. 2006. 蝇王[M]. 龚志成，译. 上海：上海译文出版社，第 156 页。

咬着、撕着。没有话语，也没有动作，只有牙齿和爪子在撕扯"①。
杰克一伙还推动巨石将猪崽子撞下悬崖摔死。小说最后，杰克更是
指挥着所有的孩子在岛上拉网式搜捕拉尔夫，削尖木棍准备"像投
刺野猪那样用长矛"追杀拉尔夫②，他们甚至不惜点火烧岛把拉尔夫
从躲藏处烧出来，然后杀死他。暴力的滥用明白无疑地与权力之争
挂上了钩，深刻地体现了人性的黑暗。

二、失序的社会

个体由于内心的恶而堕落，由个体组成的社会也因每个人的内
心罪恶爆发而呈现出危机。戈尔丁的小说从哲学的高度俯瞰众生，
展现出文明社会中人类群体非理性、罪恶的怪诞现象，表现出对人
类自身处境的悲观认识以及对整个人类前途的危机意识。

1. 《蝇王》——堕落的儿童世界

《蝇王》的故事背景设置在一场虚构的未来核战争中。一架满载
英国儿童的飞机在途中不幸中弹，坠落在太平洋一个荒无人烟的孤
岛上。机上的驾驶员不幸遇难，而孩子们却奇迹般地幸免一死。这
群最大不过十一二岁、小的才五六岁的孩子们在荒岛上开始了"鲁
滨逊"式的自救。开始时，他们的身上还表现出在家庭和学校受过
教育的印记，按照文明方式行事。他们举手表决选出拉尔夫做首领；
商定以海螺为号角召集全体会议，"哪儿吹响海螺就在哪儿开会"③，
会上以民主的方式决定各项事宜；他们还进行了详细的分工：有的
搭建窝棚，有的看管信号火堆，有的在观察哨站岗。落难的孩子就
这样分工合作，和谐共处，像文明世界中的成年人一般，开始了有
序的自救生活。如果照此发展下去，那《蝇王》又是一部像巴兰坦
（Ballantyne，1825－1894，英国探险小说家）所著的《珊瑚岛》（The
Coral Island，1857）一样的积极乐观的儿童历险记。但岛上这种并
然的秩序并没有维持多久，潜伏在孩子们心中的恶就爆发了。随着

---

① 威廉·戈尔丁. 2006. 蝇王[M]. 龚志成，译. 上海：上海译文出版社，第 177 页.

② 威廉·戈尔丁. 2006. 蝇王[M]. 龚志成，译. 上海：上海译文出版社，第 221 页.

③ 威廉·戈尔丁. 2006. 蝇王[M]. 龚志成，译. 上海：上海译文出版社，第 44 页.

内心权力欲望的不断膨胀和嗜血野蛮天性的不断复苏，杰克先是消极怠工，不认真履行看管信号火堆的职责，后来更是公然挑战拉尔夫的权威地位和民主管理方式，妄图自立门户。许多孩子在饥饿与恐惧的驱使下，放弃了拉尔夫主张的民主文明世界，转而投靠杰克的野蛮部落。至此，荒岛上的孩子们分裂成两派：以拉尔夫为首的文明派和以杰克为首的野蛮派。摆脱了文明和规矩的束缚，杰克一伙在通向野蛮的深渊中越陷越深。他带领孩子们杀野猪，砍下猪头作为献给"野兽"的祭品；他们在狩猎后狂欢的舞蹈中杀死了前来告诉同伴"野兽"真相的西蒙；后来又用巨石砸碎了象征民主的海螺，也砸死了象征科学和理性的猪崽子；最后，杰克一伙甚至放火焚烧树林，企图烧死拉尔夫。大火引来了一艘路过的巡洋舰，孩子们因此获救。但此时此刻，这些来自文明国度、接受过教育的大英帝国的小绅士们，已变成一群又脏又臭，"挺着胀鼓鼓肚子的褐色的小野蛮人"[①]。他们杀死了自己的两个伙伴，将伊甸园般的小岛变成了人间地狱。小说结尾，拉尔夫泪如泉涌，他"为童心的泯灭和人性的黑暗而悲泣，为忠实而有头脑的朋友猪崽子坠落惨死而悲泣"[②]。

《蝇王》于1954年出版。戈尔丁在接受采访时说，"这部小说写出来时，全世界都处在巨大的灾难之中"[③]。他这里所说的"灾难"指的是刚刚结束不久的第二次世界大战。第二次世界大战给人们的思想带来了极大的冲击，人们对战前文明世界提倡的民主、道德、规则产生了迷茫和困惑，不少人开始了对战争的深刻反思。当时的世界文坛上涌现出一批以表现战争、反思战争为主题的战争小说，它们或是直接描写残酷血腥的战争场面，表现战争给人们肉体带来的创伤和对物质生活造成的影响；或是间接表现战争对人们道德准则、宗教信仰的冲击及对人性的摧残，反思战争与社会、战争与人性之间的联系与冲突。戈尔丁在这一社会背景下写成的《蝇王》可

---

① 威廉·戈尔丁. 2006. 蝇王[M]. 龚志成，译. 上海：上海译文出版社，第235页。
② 威廉·戈尔丁. 2006. 蝇王[M]. 龚志成，译. 上海：上海译文出版社，第236页。
③ James Gindin. 1988. William Golding[M]. London: Macmillan Press, p. 21.

谓独树一帜。表面上看，《蝇王》是一部描写儿童荒岛生活的历险小说，但从深层次看，它却是一部充满讽喻、蕴涵哲理的现代寓言。在《蝇王》的题序中，戈尔丁说："野蛮的核战争把孩子们带到了孤岛上，但这群孩子却重现了使他们落到这种处境的历史全过程，归根结底不是什么外来的怪物，而是人本身把乐园变成了屠场。"在这部小说中，戈尔丁以巧妙的构思、深刻的主题，将对战争的反思引入更深的层次，探索人性的本质，他"期望通过揭示社会上存在的种种弊端，来追溯人性的缺陷"。①

《蝇王》在刚出版时并没有造成轰动效应，只是引起了一些文学评论家的注意。英国小说家、批评家福斯特（E. M. Foster）把《蝇王》称为"杰作"；评论家雷顿·哈德森（Leighton Hadson）则赞扬这部小说"紧紧抓住了战后人们对人性中潜在暴力审视与思索的思想脉络与心态"②；批评家普利切特将戈尔丁推为"近年作家中最有想象力、最有独创性者之一"。评论家的高度评价，再加上戈尔丁的新作品不断问世，使得读者们逐渐开始关注他的小说，认识到其作品的价值。20 世纪 50 年代末，戈尔丁的小说广为流传，《蝇王》一跃成为居销量排行榜前列的畅销书，被列为大学文学课的必读书目，并被译为多种语言，还被改编成电影搬上银幕。

为了展现人心黑暗的主题，戈尔丁对故事进行了巧妙的构思。首先在背景设置上，戈尔丁选取了一个与世隔绝但物产丰富的孤岛作为《蝇王》故事的发生地。与世隔绝就是要让孩子们生活的空间摆脱成人世界的束缚，也就是摆脱文明社会中各种规则的束缚。岛上自然资源丰富："有野猪……有吃的；沿那边过去的小溪里可以去洗澡——样样都不缺"③。还有大量的树木可以提供柴火，让孩子们取暖、烤熟食物、做求救信号。充足的自然资源可以为孩子们提供生存的基本物质条件，使他们不需要为生存而斗争。所以岛上后来发生的矛盾冲突不是由于阶级斗争，而仅仅是出于人类残忍的本性。

---

① 瞿世镜，任一鸣. 1998. 当代英国小说[M]. 北京：外语教学与研究出版社，第 194 页。

② Leighton Hadson (ed.). 1969. William Golding[M]. Scotland: Oliver & Boyd. Ltd. p. 51.

③ 威廉·戈尔丁. 2006. 蝇王[M]. 龚志成，译. 上海：上海译文出版社，第 35 页。

其次在人物的设置上，戈尔丁特意选取了一群10来岁的男孩子，一是因为孩子是纯真无邪的，受社会影响小；二是因为这个年龄段的男孩子们在性上还未发育成熟，戈尔丁在小说中故意设计了"女性缺席"的局面，这样就有意回避了两性关系对孩子们行为的影响。如此一来，一个没有了文明与法制束缚、没有了女性与爱情干扰、没有了财富与阶级影响的人性实验室宣告落成，孩子们在这里上演的文明变野蛮、理性变非理性的悲剧完全是出于赤裸裸的人性恶。

孩子们刚到荒岛上时，头脑中还存在着文明的思想，行动上还受着规矩的制约。他们模仿大人解决问题的方式，通过开会、举手表决选出了首领。被选为首领的拉尔夫坚信规则和秩序的力量，希望在岛上建立一个充满秩序和文明的和谐小社会。孩子们经过商议，制定了一些大家都要遵守的规则，以民主协商的方式管理岛上的事务，比如以海螺为号角召开会议、会上发言要举手、不能随意打断别人的发言、要派专人轮流看管信号火堆、要搭建窝棚作为夜晚栖身之所、要在椰子壳里储水喝、要固定厕所的位置，不能随地大小便，这样可以保持个人的清洁、健康以及整个岛屿的卫生条件。当莫里斯故意破坏了亨利等三个小孩子用沙子堆建的游戏城堡，还把沙子弄到了小孩帕西弗尔的眼睛里时，"尽管不会有爸爸或妈妈来严厉地教训他，莫里斯仍感到做了错事而忐忑不安"[1]。当罗杰藏在树后用石子扔亨利时：

> 亨利周围有一个直径约六码的范围，罗杰不敢往里扔石子。在这儿，旧生活的禁忌虽然无形无影，却仍然是强有力的。席地而坐的孩子的四周，有着父母、学校、警察和法律的庇护。罗杰的手臂受到文明的制约，虽然这文明对他一无所知并且已经毁灭了。[2]

---

① 威廉·戈尔丁. 2006. 蝇王[M]. 龚志成，译. 上海：上海译文出版社，第64-65页。
② 威廉·戈尔丁. 2006. 蝇王[M]. 龚志成，译. 上海：上海译文出版社，第66页。

而且在初登荒岛时，孩子们之间也保持着友爱和谐的关系。在拾柴搭建火堆时，"拉尔夫发现自己正同杰克一块儿扛一根大树枝，他们俩分担着这个重物，不由互相咧嘴而笑"。岛上充满着一种"亲密无间、大胆冒险和令人满足的光辉"。①当杰克在第一次的选举之后望着新头领拉尔夫时，两人"互相微笑着……都带着一种羞怯的好感"②。

然而好景不长，按照理性构建的小岛文明社会并没有持续多久。"孩子们企图在荒岛上建立文明，然而文明却在鲜血和恐怖中崩溃了，原因是那些孩子患有身为人类的可怕疾病。……人类的唯一敌人存在于人类的内心。"③戈尔丁认为人性本恶，但在文明社会中受到道德、规则、法律的制约，人性中的恶处于潜伏的状态。而一旦条件适合，处于压抑状态的恶就会如脱缰野马一般爆发出来，使人在非理性的驱使下犯下累累罪行。在与詹姆斯·济丁（James Gindin）的谈话中，戈尔丁明确指出："他们（指书中人物）对自己的本性是无知的。……因此，初到岛上时，他们会渴望着光明的未来。……我认为他们不理解人的心灵中存在着兽性需要加以控制。他们太年轻，不能看得很远，也确实不会对他们自己的本性加以控制而驾驭它。因为放纵兽性，在某种程度上，总是一种乐趣，因此，他们的社会就垮了。"

落难荒岛的孩子们由于内心固有的恐惧、嫉妒，野心，嗜杀的冲动以及无政府主义的狂热和盲从而逐渐远离文明。杰克喊出："让规则见鬼去吧！"④他们在开会时七嘴八舌，不举手拿到海螺就随便发言；出于对吃肉的欲望，很多孩子跟着杰克去打猎，全然不顾轮流值班看守火堆的职责，致使火堆熄灭，失去了一次获救的机会；此外，孩子们还在岛上随处大小便；大孩子们恃强凌弱，随便欺负

① 威廉·戈尔丁. 2006. 蝇王[M]. 龚志成，译. 上海：上海译文出版社，第 40 页。

② 威廉·戈尔丁. 2006. 蝇王[M]. 龚志成，译. 上海：上海译文出版社，第 20 页。

③ 顾明栋，译. 1998. 谈谈《蝇王》中的寓意[C]//宋兆霖，主编. 1998. 诺贝尔文学奖文库·创作谈卷. 杭州：浙江文艺出版社，第 358 页。

④ 威廉·戈尔丁. 2006. 蝇王[M]. 龚志成，译. 上海：上海译文出版社，第 102 页。

小孩子。"那个世界，那个可以理解和符合法律的世界，悄悄地溜走了"①。孩子们之间和谐友爱的关系也逐渐分崩离析，他们分别以拉尔夫和杰克为首形成了两派。"一个有着关于狩猎、智谋、极度兴奋和娴熟的技巧得到体验的生机勃勃的世界；而另一个却有着充满渴望，然而明智的主张屡遭挫折的世界。"②拉尔夫和杰克已经没有了初登荒岛一起考察环境时的团结和默契，"他们俩一块儿朝前走着，却如陌路相逢，感受和感情都无法交流"③。至此，孩子们原本在伊甸园一般的小岛上建立一个民主、文明小社会的梦想，逐渐被潜伏在人性中不断爆发的恶所击碎，岛上原本和谐、互助、欢乐的场面逐渐被分裂、争斗甚至残杀的血腥场面所取代，文明"在鲜血和恐怖中崩溃了"，小说的基调也由明快转为低沉、压抑。

孩子们人性中的恶首先表现在对自然界生态环境的肆意破坏和对自然资源的无尽索取上。孩子们在点燃信号火堆时，因点火方法不当引燃了附近的整片树林。如果说这是一次意外的失火，是孩子们缺乏野外生存经验而导致的生态破坏，并没有任何邪恶的目的，那么小说结尾处杰克一伙的纵火则是有意的，充满了血腥和邪恶。他们想用浓烟将藏在森林中的拉尔夫熏出来从而杀死他，"整个岛屿被大火烧得震颤不已"④。和海岛上各种植物遭到的破坏相比，母猪遭到的杀戮更为惨不忍睹。孩子们在树林中残忍地杀死了一头正与小猪享受天伦之乐的母猪，割下猪头，剖胸开膛。残忍的举动、血腥的场面让成年人读了都感到震惊，孩子们反而却很享受这种征服的感觉。"智胜那头活家伙，把自己的意志强加于它身上，结果它的性命，就像享受了那香味常驻的醇酒"⑤。杰克们身上体现的正是一种人类粗暴地对待非人类生命的"人类中心主义"观念。人类把自己视为自然界的主宰，为了满足自己贪得无厌的欲望，以征服、控

---

① 威廉·戈尔丁. 2006. 蝇王[M]. 龚志成，译. 上海：上海译文出版社，第100页。
② 威廉·戈尔丁. 2006. 蝇王[M]. 龚志成，译. 上海：上海译文出版社，第160页。
③ 威廉·戈尔丁. 2006. 蝇王[M]. 龚志成，译. 上海：上海译文出版社，第59页。
④ 威廉·戈尔丁. 2006. 蝇王[M]. 龚志成，译. 上海：上海译文出版社，第235页。
⑤ 威廉·戈尔丁. 2006. 蝇王[M]. 龚志成，译. 上海：上海译文出版社，第76页。

制自然为目标。诚如我国生态学者曹孟勤教授所言："欲望指引给人
的前进道路只能是一条使人倾其全部智慧与力量，去掠夺和榨取自
然资源之路，其永远饥渴和无限膨胀的状态必然促逼人永无止境地
对自然界施展杀戮式的暴力。"[1]

　　对自然界生物的大开杀戒让孩子们沉迷其中不能自拔，他们逐
渐摆脱了文明的束缚，将杀戮作为一种刺激、一种满足、一种享受。
俄罗斯作家阿斯塔菲耶夫（Астафьев，1924－2001）说：

　　　　一个人一旦见了血不再害怕，认为流点热气腾腾的鲜血是
　　无所谓的事，那么这个人已在不知不觉中跨过了那条具有决定
　　意义的不祥之线，不再是个人了，而成了穴居野处、茹毛饮血
　　的远古时代的原始野人，伸出那张额角很低、獠牙戳出的丑脸，
　　直勾勾盯着我们的时代。[2]

　　随后，人性恶更是如脱缰野马一般迅速膨胀，无法控制。杀戮
的行为转到了同伴身上。由于孩子们在岛上随意点火，一片树林被
引燃，一个脸上带着紫色胎记的小男孩在大火中丧生。但是他的死
此后从来没有被正式、公开地谈论过。孩子们就这样不经意地杀害
了无辜的同伴，并且对他的死毫不在意。如果说这个脸上有胎记的
小男孩的死是出于意外，情有可原的话，接下来发生的西蒙、猪崽
子的惨死就令人发指了。残杀母猪激起了孩子们嗜杀活人的欲望，
人性中的"兽性"成分全面爆发。当杰克一伙在玩人扮野兽游戏时，
他们逐渐陷入了迷狂的状态，就连拉尔夫和猪崽子也情不自禁地参
与其中。"猪崽子和拉尔夫受到苍穹的威胁，感到迫切地要加入这个
发疯似的，但又使人有点安全感的一伙人当中去，他们高兴地触摸
人构成的像篱笆似的褐色的背脊，这道篱笆把恐怖包围了起来，使

────────────

　　[1] 曹孟勤.2006. 人性与自然：生态伦理哲学基础反思[M]. 南京：南京师范大学出版社，
第175页。

　　[2] 阿斯塔菲耶夫.1982. 鱼王[M]. 上海：上海译文出版社，第252页。

它成了可以被控制的东西。"① 恰在此时，西蒙独自上山发现一直使孩子们恐惧的"野兽"其实是一具伞兵的尸体，他跑下山来告诉大家真相，却被已经陷入疯狂的同伴们团团围着，任凭他挣扎叫嚷，任凭他向大家大声喊出"野兽"的真相，却无人理会。大家已经被疯狂完全控制，"没有话语、也没有动作，只有牙齿和爪子在撕扯"②。西蒙被当作"野兽"活活打死。"只要条件允许，每个人都可以发挥潜质而变得凶残野蛮……不仅仅是对敌人，对伙伴也一样。"③ 随后，杰克一伙变本加厉，他们砸死猪崽子，放火烧岛想要杀死拉尔夫。"人间乐园变成一片火海和屠场。野性和过度的欲望把这群孩子导向罪恶和悲剧的深渊。"④

《蝇王》是一部深入探索人性的寓言。戈尔丁在荒岛设置的人性实验室中展现了善与恶、文明与野蛮、理性与非理性、民主与专制等一系列人类社会的矛盾。在本应纯真和谐的孩童世界中，恶最终击败了善，野蛮最终战胜了文明，非理性最终超越了理性，混乱最终取代了秩序。这一切不仅揭示了人性的黑暗，也表现了文明的缺陷、理性的脆弱。所以戈尔丁在谈到这部小说的主题时说："沉淀到这本书中的我的生活，不是多年的思考而是多年的感受——多年沉默无语的苦熬，促使我形成了一种态度，而不是一种见解。这像是哀悼世界，丧失了它的童年。这个主题战胜了结构主义，因为它是一种感情。《蝇王》的主题是悲痛，彻头彻尾的悲痛，悲痛、悲痛、悲痛。"⑤

通过孩子表现人性本恶正是戈尔丁的高明之处。孩子是纯洁的象征，人们常用"天真无邪""不谙世事"等词语来形容孩子不受世俗影响的特点。西方基督教传统中更是把孩童形象神圣化。耶稣曾

---

① 威廉·戈尔丁. 2006. 蝇王[M]. 龚志成，译. 上海：上海译文出版社，第176页。

② 威廉·戈尔丁. 2006. 蝇王[M]. 龚志成，译. 上海：上海译文出版社，第177页。

③ Nicola C. Dicken Fuller. 1990. William Golding's Use of Symbolism[M]. Sussex: England The Book Guild Ltd., p. 11.

④ 黄铁池，杨国华. 2006. 20世纪外国文学名著文本阐析[M]. 北京：北京大学出版社，第51页。

⑤ William Golding. 1982. The Moving Target[M]. London: Faber and Faber, p. 163.

经告诫门徒说："你们若不回转，变成小孩子的样式，断不得进天国"。还说："让小孩子到我这里来，不要禁止他们，因为在天国的，正是这样的人。"①戈尔丁特意选取了耶稣口中"天国"里天使一般的孩子作为故事主角，而且特意为他们设置了一个不受社会关系、阶级地位、经济状况等世俗因素影响的荒岛作为生活空间，但孩子们并没有像我们想象的那样在伊甸园里和谐相处、幸福生活，反而不断地表现出野蛮、残忍、嫉妒、贪欲、恃强凌弱、随波逐流等人性弱点，这样小说就深刻地揭示出人性本恶的主题。戈尔丁在《蝇王》中以隐喻的手法用本应天真无邪的孩子来表现人性恶，要比真实地揭露现实成人世界中的黑暗更加让人触目惊心。

孩子们在荒岛上上演的文明变野蛮、伊甸园变地狱的悲剧，可以被看作人类发展史的微缩化展现。评论家迪克称《蝇王》是一部"小型经典"，"尽管背景和人物全是小规模的，作品确实缩微地再现了人和他的世界"。②戈尔丁笔下的儿童是"缩小化的成人"，其人性的善恶与成人并无本质的差异；他们生活的孤岛是"缩小化的现实世界"；他们在岛上的血腥狩猎行为就是"缩小化的人对自然的肆意破坏"；他们之间残忍的自相残杀就是一场"缩小化的世界大战"。"这些孩子的身上所表现出来的内心黑暗和邪恶，反映了更宽泛的人心的黑暗和邪恶。"③

2.《继承者》——进化的悲歌

在小说《继承者》中，戈尔丁将视线转向远古，以人类社会的进化发展为背景，讲述了旧石器时代的尼安德特人被比他们更高级的"新人"消灭、取代的故事。故事的内容很简单，前11章运用尼安德特人主要是洛克的视角，讲述了他们自己的生活以及与"新人"遭遇后他们眼中"新人"的生活，最后一章将视角转换到"新人"图阿米的身上，讲述了"新人"消灭并取代尼安德特人的故事。

---

① 中国基督教三自爱国运动委员会，中国基督教协会. 2000. 圣经[M]. 第43页。

② Dick, Bernard F. 1967. William Golding[M]. New York & Boston: Twayne Publishers, p. 34.

③ James Gindin. 1988. William Golding[M]. London: Macmillan Press, p. 29.

在人类进化的过程中，高级取代低级、复杂取代简单、先进取代落后，这是历史发展的规律。从 19 世纪中期开始，到第二次世界大战结束，以斯宾塞（Herbert Spencer，1820—1903，英国哲学家）为首的一些西方学者用达尔文应用于自然界的进化论解释社会现象，提出了"社会达尔文主义"。他们认为达尔文的进化论，特别是它的核心概念——生存竞争所造成的自然淘汰，在人类社会中也是一种普遍的现象。他们认为人类的竞争关系及进化规律同生物相似，人类同生物一样有优劣之分，人类进化的历史就是"优胜劣汰、适者生存"的历史。按照"社会达尔文主义"的观点，进化高级的"新人"取代原始落后的尼安德特人是符合历史发展规律的，是历史的必然。但戈尔丁不赞成这种将生物进化论生搬硬套到人类社会的做法和观点，因此他反其道而行之，将尼安德特人描绘成"善"的代表，对他们的灭亡充满同情，而将进化及文明程度相对更高的"新人"描绘成"恶"的代表，对他们取代尼安德特人的所谓"进化"的行为表示否定。

从进化的观点看，尼安德特人无疑是原始落后的。他们的智力水平大致对应着知觉和想象的层面，他们不会运用因果联系、逻辑推理等方式思考问题，语言水平落后，思维仍带有很大的形象性、表面性和情绪性特征。威尔斯（Herbert Wells）在《世界史纲》（*The Outline of History*，1920）中就将尼安德特人描述为"低级""丑陋""令人作呕"的"妖魔鬼怪"。但在戈尔丁的笔下，他们纯朴善良，与大自然和谐共处、与部落中其他成员友爱互助。原始的尼安德特人将自己视为自然界的一部分，由此出发，平等对待自然万物。他们不猎杀动物，只捡拾已经死亡的动物充饥；他们也不随意砍伐植物，生火或搭建房屋、桥梁都是捡拾已经干枯无生命的树枝。他们虽然比"新人"愚昧落后，但却展现出自然万物（包括人类）之间平等、稳定与和谐共生的生态整体思想。尼安德特人部落成员之间的关系更是充满着友爱互助。他们无微不至地照顾生病的迈尔，不顾危险前去解救被"新人"抓走的哈。他们其乐融融地生活在一起，

"共有一个身体，共有一切想法"①。心理学家哈坦克斯曾评论说："戈尔丁因其认识和展示了文化人类学家和心理学家或许会称之为进化过程中的亚人类的那种有限智力与情感结合的生活，而胜过了所有的心理学家"。②

在进化过程中智商更高、行为更接近文明的"新人"，在《继承者》中反而被描写成人性恶的代表。"新人"的恶首先表现为"人类中心主义"，他们认为人是自然的主人，自然界的一切都要为人类的利益服务。基于这样的思想，他们对自然资源肆意破坏、无度索取。他们猎杀动物从而获取食物和兽皮，如果只是为了自身生存，这本无可厚非，但他们在解决了温饱问题之后反而变本加厉随意杀死动物，而这样做仅仅是为了获取皮毛以作为炫耀地位的手段。

"新人"的恶还表现在他们对待同类的态度上。在遭遇了异族人——尼安德特人后，受"他者"概念的影响而产生的敌对心理使他们将对方视为"异类"，出于自私的目的，他们想将尼安德特人赶尽杀绝从而巩固自己的统治地位。他们将前来表示友好的哈推下瀑布，又劫持了利库和她的孩子，最后将利库杀死作为祭祀品。不仅仅是对待异族人，在对待本族同胞时，"新人"也一样表现出冷酷、残暴、自私、阴险的本性。图阿米图谋杀死族长篡位、与族长的女人通奸；他们残忍地用活物祭祀，甚至将同族的女孩作为献给怪物的祭品；族长的女人为了得到熊皮披在身上炫耀，不惜牺牲两个同族人的性命。另外，"新人"们酒后的狂乱行为、男女之间的性爱在尼安德特人的眼中也充满了粗暴、野蛮的色彩。

与尼安德特人相比，"新人"使用更复杂的语言、制造更有效的工具、拥有更高级的智商、社会形态也更加进化，这标志着人类理性的发展和文明的进步，但这一切并没有逐步减少人性中恶的成分，反而助长了恶的发展。"新人"在无度地利用自然、残忍地消灭异族人、冷酷地处理部落内部成员冲突时表现出来的所谓"智慧"和"谋

---

① William Golding. 1955. The Inheritors[M]. London: Faber & Faber, p. 93.

② 转引自张鄂民. 1999. 半个世纪的呼唤——谈威廉·戈尔丁小说作品的主题[J]. 当代外国文学, 第 3 期: 第 134 页。

略"，反而表现出了他们的黑暗人性，这与进化程度较低的尼安德特人表现出的善良、纯朴形成了鲜明的对比。尼安德特人与"新人"相比，文明进化水平落后，智力低下。他们只能按照自己的智力水平和思维方式来理解超越自身文明水平的"新人"的行为举止，甚至对屡次加害自己部族的"新人"表示友好。尼安德特人简单的头脑当然是原始人类痴愚的表现，但也包含了某种神秘先知式的居高临下的悲悯。

在《继承者》中，戈尔丁再一次给我们呈现出恶战胜善的故事，表现出他对人类发展的悲观意识。他通过尼安德特人和"新人"的故事，对社会进化、人类理性和文明的发展进行了反思，对"社会达尔文主义"提出的"优胜劣汰"的历史进化观点提出了质疑。这里所谓的"优"是指科学技术的进步、知识理性的发展。"优胜劣汰"则是指掌握了先进科学技术的人种会取代落后的人种，后者会被历史淘汰。戈尔丁认为人类在进化发展的过程中，知识和理性不断发展，人的贪欲也不断膨胀。为了满足个人私欲，人类对自然、对同类无限索取，为了巩固自身地位不择手段。人类非但没有随文明发展不断完善自身，越来越向善，反而在罪恶的深渊中越陷越深。戈尔丁在《继承者》中就深刻地反映了这一人类文明发展的悖论。

在小说结尾处，"新人"将他们眼中的魔鬼——尼安德特人赶尽杀绝。结尾的最后一幕意味深长，具有隐喻意味："新人"乘独木舟远离森林陆地，图阿米极目远眺，想要看清将去的前方——湖对岸，但远方的湖岸线条融入黑暗，没有尽头。这一场景与康拉德的小说《黑暗的心》的结尾有异曲同工之处。"通向天涯海角的静静的河道在乌云密布的天空下流淌——像是通向无尽的黑暗的最深处"①。通过这一场景，戈尔丁充分流露出对人类生存状况的担忧和悲观，表现出对现代文明、理性和道德的怀疑以及对人类生存状态的辩证看法。

---

① 康拉德. 2005. 黑暗的心[M]. 孙礼中，季忠民，译. 北京：解放军文艺出版社，第105页。

3. 《金字塔》——冷漠的等级社会

《金字塔》由三部分组成，每部分既可单独成章，又与其他部分相互联系。第一部分讲述了主人公奥利弗对艾薇始乱终弃的故事；第二部分讲述了奥利弗大学假期回到家乡斯城参加剧团演出的故事；第三部分讲述了亨利利用琼斯对他的感情，骗取琼斯的财产在斯城立足，最终将其抛弃、逼疯的故事。戈尔丁曾以中篇小说的形式在杂志上单独发表过其中的第一部分和第三部分。第一部分名为《悬崖上》，发表在《凯尼恩评论》（Kenyon Review）杂志上。第三部分名为《金字塔内》，发表在《老爷》（Esquire）杂志上。这部小说一改戈尔丁前五部小说在探索人性时惯用的寓言风格：地点并非全然虚构，时代也不遥远，人物就是生活中随处可见的普通人。戈尔丁以他的家乡为原型，虚构出"斯城"这样一个典型的英国小镇。在这个微缩化的英国社会里，人们上演了一出出唯利是图、道德败坏的闹剧。戈尔丁借此揭示出英国社会森严的等级制度、人与人之间冷漠的感情以及扭曲、畸形的关系，展现出人性堕落、道德沦丧的悲剧。

小说以《金字塔》为题，形象地揭示出斯城等级森严、贵贱分明的社会制度。斯城人按照身份高低、财产多少被分为上中下三个等级。以埃温医生、《斯城广告人》报的老板诺曼·克莱默为代表的贵族阶级居于金字塔塔顶，地位显赫，生活富足，他们高高在上，刻意保持与中下层阶级的距离以维护他们天然的优越感。以奥利弗一家为代表的中产阶级居于金字塔的中层：对上，尽管他们受尽了贵族阶级的歧视，仍然不断地巴结、讨好贵族阶级，拼命争取跻身于上层社会；对下，中产阶级又看不起下层人民，千方百计与他们划清界限。以艾薇一家、杂货坊居民为代表的底层人民居于金字塔的底层，他们地位低下，互相之间尔虞我诈、唯利是图。社会各等级之间存在着一条肉眼看不见却不可逾越的界线。这条界线维护着斯城小社会中森严的等级制度，时时处处影响着人们的生活。小说中的艾薇一家属于斯城中的下等阶层，她的母亲巴伯科姆太太是个虚荣、势利的人，总想着讨好小镇上的上等阶层以提高地位。

在通常情况下，巴伯科姆太太身上洋溢着阶级观念和友好愿望。尽管很少有回报，她还是不屈不挠……她步伐匆匆，昂着头，不断地朝一个又一个人点头，微笑示意——有时简直是伸长了脖子，隔着海尔街，对某个完全不是她那个社交圈里的人优雅地鞠躬致意。自然啦，这些致意从来不被人承认，甚至提及。①

因为单恋伊莫锦未果，再加上贪恋艾薇的美貌，奥利弗引诱并强奸了艾薇。但他却没有娶艾薇的打算，因为艾薇出身于下等阶层人家，与奥利弗门不当户不对。奥利弗知道：

跟巴伯科姆中士（艾薇的父亲）家沾上边，尽管只是婚娶，也是不可想象的！我看见他们（奥利弗的父母）那个微妙地平衡、小心地维持、拼命地防卫着社交圈子，因此而破碎，被冲入阴沟。我会把他们从社会等级的阶梯上拖下几步，即便仅仅是几步，却也是无法攀登而总是轻易就会滑落的几步。我会要了他们的命的！②

在如此森严的等级制度下，斯城人的关系呈现出阴暗丑陋的一面。上等阶层鄙视、排斥中下阶层，下等阶层为了改变现有的生活状态，为了攀登到更高的社会等级，唯利是图、不择手段。人们互相利用、互相仇视，欺骗和利用大行其道，奸诈和卑鄙蔚然成风。在小说的第二部分，戈尔丁借斯城歌剧社这个斯城社会的缩影，讽刺了森严等级社会制度下人们虚伪、卑鄙的丑恶嘴脸。斯城歌剧社是一个非专业的民间演出团体，两年或三年排练演出一次歌剧，但挑选演员时并不以演技为标准，而是看权势地位的高低。所以能参加演出是上等阶层的特权，大多数斯城居民尤其是底层人民没有这

---

① 威廉·戈尔丁. 2000. 金字塔[M]. 李国庆，译. 上海：上海译文出版社，第32页。
② 威廉·戈尔丁. 2000. 金字塔[M]. 李国庆，译. 上海：上海译文出版社，第72页。

样的机会。所以奥利弗不禁感叹："艺术虽说是各阶级的交汇之处，你却不能期望太多。所以，这事就只能由那么十来个人包办。围绕这十来个人的是一条看不见的界线。人人都不提这条线，但人人都知道它的存在。"①奥利弗有一年从牛津大学放假回到斯城，他母亲千方百计给他争取到了演出中的一个角色，借此作为踏入斯城上层社会的敲门砖。在排练中，奥利弗目睹了演员之间争风吃醋、互相倾轧的一幕幕闹剧。市长的女儿安德海尔太太因为年龄偏大没能当上主角，就愤而退演，斯城歌剧社也由此失去了在市长客厅排练的机会。报业老板克莱默尽管唱起歌来像"蚊子哼哼"，仍然抢得了男主角的位置，他为了突出自己的声音，要求奥利弗在提琴上使用减音器降低音量，后来还因为戏份的问题和奥利弗的母亲在排练现场撕破脸皮。戈尔丁借奥利弗之口感叹："出于魔鬼的天性和登台献艺、显示怜悯、炫耀争宠的欲望，那些我们在平素不得不隐藏起来的嫉妒、仇恨、卑鄙和愤慨的罪恶之花，此时乘机怒放。"②

在森严的等级制度下，人与人之间除了互相利用、互相倾轧之外，没有爱与温情，缺乏理解与信任。在小说的扉页上，戈尔丁引用了古埃及箴言"治民之道，以爱为本；心有爱则生，无爱则死"。小说中艾薇的金十字架项链上也刻着"爱可以战胜一切"的话语。这些"爱"的字眼与斯城人之间"无爱"的现实形成了鲜明的对比，具有强烈的讽刺意味。爱情本是人世间最纯真的感情，意味着理解、宽容、责任、付出和真诚，但在《金字塔》中，几对男女之间所谓的爱情却充满了利用、虚伪、欺骗和背叛。小说一开始，艾薇和罗伯特偷偷幽会，但他们分属于底层和上层两个相距甚远的阶级。艾薇清楚地知道她"绝不可能拥有罗伯特，连追求都谈不上。要是她想试试，那就会撞上一座坚硬的峭壁"③。这里所说的"坚硬的峭壁"就是他们之间存在的不可逾越的等级界线。同样，出身于中产阶级家庭的奥利弗追求艾薇也并不是因为真心爱她，而是一种私欲的发

① 威廉·戈尔丁. 2000. 金字塔[M]. 李国庆，译. 上海：上海译文出版社，第105页。
② 威廉·戈尔丁. 2000. 金字塔[M]. 李国庆，译. 上海：上海译文出版社，第105页。
③ 威廉·戈尔丁. 2000. 金字塔[M]. 李国庆，译. 上海：上海译文出版社，第50页。

泄，一种自私的占有。"我（奥利弗）以无比的勇气下了决心，无论如何要将艾薇带到一个可以发泄我的邪欲的地方。我明白那将是邪恶的。是的，我是一个坏蛋。我指天咒地地发誓要残酷无情，心里便好过了一点。"①伊莫锦拒绝奥利弗，嫁给了比她年长许多的报业老板克莱默是因为爱慕虚荣、贪图克莱默的财产和地位。亨利追求彭斯·道利什小姐更不是为了爱情，他假意热爱音乐，设计出各种手段引诱、欺骗单纯善良的彭斯，利用彭斯对他的感情骗取彭斯的房产、积蓄，等到他们全家在斯城站稳脚跟后，对彭斯始乱终弃，导致彭斯疯癫而亡。在物欲横流的斯城，人们已经丧失了爱和被爱的能力，爱情沦落成金钱、地位、权力的附属品。

除了相互利用和欺骗，斯城人之间扭曲的关系还体现在对人冷漠、毫无同情心上，这一点在中上等阶层中表现得尤为明显。这些所谓的中上等阶层人士，接受过良好的教育，拥有富足的生活和显赫的地位，但他们一个个道貌岸然，热衷于刺探他人的隐私、散布道听途说的言论，对他人的遭遇幸灾乐祸，没有一丝一毫的怜悯和同情。奥利弗的母亲就是这方面的典型代表："像我们广场上所有的女人一样，她也是个老练的侦探……站在窗帘背后一码开外，她们送出一种我如今会称之为雷达波似的东西，捕捉别家的隐私。"②家道殷实、拥有体面职业和社会地位但单纯的彭斯被亨利的花言巧语和别有用心迷惑，明知亨利有家有室，却仍然不顾世俗的眼光与亨利保持着畸形的关系。没有人提醒、规劝彭斯当心亨利的险恶用心，放弃这段畸形的感情，他们反而幸灾乐祸地看着彭斯一步步走向自毁的深渊。奥利弗的母亲曾经躲在窗帘后面一站就是半个小时，偷看彭斯和亨利的一举一动，然后将其作为与他人的谈资。当亨利一步步霸占了彭斯的家产在斯城站稳脚跟后，他开始冷落彭斯。彭斯为了要引起亨利对她的关注，故意撞车甚至不顾形象在街上裸行。斯城人这时又一致唾弃彭斯，还将其送入精神病院。彭斯最终心灰

---

① 威廉·戈尔丁. 2000. 金字塔[M]. 李国庆，译. 上海：上海译文出版社，第46页。
② 威廉·戈尔丁. 2000. 金字塔[M]. 李国庆，译. 上海：上海译文出版社，第168页。

意冷，郁郁而终。她生前曾说，"要是一间房子着了火，而我只能从中救一个孩子或者一只鸟，那我就会救那只鸟"①。她这样说是因为她看清了人和人之间彼此利用、缺乏真爱的现实，从而将对人的信任、友爱转化为猜疑和憎恨。斯城人对待来自社会底层的艾薇更是冷漠。艾薇渴望真爱，希望有人爱她，善待她。但罗伯特和奥利弗与艾薇交往都不是出于真爱，只是出于玩弄的目的。当艾薇留在琼斯医生嘴边的唇印被发现时，没有人指责琼斯医生，反而以伤风败俗为名将艾薇赶出了斯城。她带着无爱的心离开斯城，在伦敦迫于生计出卖肉体。艾薇在受尽欺骗后，得出"男人都是畜生"的结论。有一次回乡后她在街上大喊："总该有那么个人吧！……大活人！"②斯城的人与人之间没有真爱，没有信任，有的只是尔虞我诈，欺骗利用。这样的斯城俨然就是一座爱的"死城"。

　　作为斯城生活的亲历者，随着年龄的增长，奥利弗越来越能够冷静认识、深刻剖析斯城人不平等的社会地位和堕落的人性。在想到斯城人之间无爱的关系时，他"心中羞辱与悲愤交织……人们竟然是如此互相对待、互为牺牲品，大家都衣冠楚楚地遮盖住羞于示人的真相"③。但令人痛心的是，在这样的社会环境下，奥利弗也不可避免地一步步走向堕落："至于我，我变得虚伪、狡猾、玩世不恭。许多年之后，我回首往事，才发现为什么我会觉得自己满腹虚伪和内疚"④。小说结尾，奥利弗凭吊完彭斯小姐后，在停车场遇到亨利："我注视他的眼睛，从中看见了自己""像亨利一样，我是绝不会付任何不合理的代价的"⑤。奥利弗清楚地知道尽管他心里鄙视亨利的所作所为，但自己并不比亨利高尚。为了自身的利益，他一样可以不惜牺牲他人的利益。为了所谓的"远大前程"，他一样要在象征社会等级的"金字塔"上不顾一切地向上爬。

① 威廉·戈尔丁. 2000. 金字塔[M]. 李国庆，译. 上海：上海译文出版社，第203页。

② 威廉·戈尔丁. 2000. 金字塔[M]. 李国庆，译. 上海：上海译文出版社，第96页。

③ 威廉·戈尔丁. 2000. 金字塔[M]. 李国庆，译. 上海：上海译文出版社，第196页。

④ 威廉·戈尔丁. 2000. 金字塔[M]. 李国庆，译. 上海：上海译文出版社，第177页。

⑤ 威廉·戈尔丁. 2000. 金字塔[M]. 李国庆，译. 上海：上海译文出版社，第208页。

在《金字塔》中，戈尔丁通过描写这样一个社会等级森严、人们尔虞我诈、唯利是图以及缺少真爱与信任的英国小镇——斯城，反映森严的社会等级对人思想的异化，从而反思和批判现代社会中人性的堕落、文明的倒退和道德的沦丧。

第二节　人性恶之不可避免的必然性

中西方对于人性的探索过程都可谓历史悠久，对于"人性本恶"还是"人性本善"的争论直到今天仍不绝于耳。处于 20 世纪这一特殊社会历史背景下的戈尔丁，耳闻目睹了无处不在的人性丑陋现象，再加上受西方哲学及文学传统中"人性恶"命题的濡染和基督教教义中"原罪"意识的影响，深刻地认识到"给人类造成灾难的既不是来自外界的自然力，也不是植根于社会内部的恶劣环境，而是人类自身，即人性中邪恶的方面"①。人生而有罪，伊甸园中的亚当和夏娃因为偷食了"知善恶树"上的禁果而犯下原罪被逐出伊甸园，现实之中的人类则在拥有了"自我"意识后，不可避免地屈从于内心的本能欲望，不断做出破坏自然、侵犯他人等邪恶行为。正如恩格斯在《反杜林论》中指出的那样："人类源于动物这一事实已经决定人永远不能完全摆脱兽性，所以问题永远只能在于摆脱得多些少些，在于兽性或人性程度上的差异"②。更为可悲的是，随着理性、文明的发展，人性恶不但没有得到遏制，反而变本加厉。出于对"人性恶"无法控制、无法消除这一必然性的深刻体认，戈尔丁将"人性恶"作为贯穿其小说创作的主题，深刻地挖掘造成人类生存现状的根源，表现出他对人类现状和未来的悲观情怀。

---

① 龚翰熊. 1987. 西方现代文学思潮[M]. 成都：四川大学出版社，第 65 页。
② 恩格斯. 1971. 反杜林论[M]. 北京：人民出版社，第 98 页。

一、罪恶与生俱来

按照基督教重要教条——"原罪论"的说法，人类的始祖亚当和夏娃悖逆上帝，偷吃禁果，因而"亏欠了上帝的荣耀"犯下原罪，被逐出伊甸园受罚。此罪遗传给后世子孙，成为人类一切罪恶、灾难、痛苦的根源。因此"从人类始祖亚当与夏娃被逐开始，凡肉身者皆生而有罪；人的降世亦即恶的降世，恶与人俱在"。[①]

在人的进化过程中，自我意识的产生是人类进步的标志之一。但人一旦意识到了自我和他者的区别后，就会不自觉地以自我为中心，变得自私自利。当个人利益与他者利益发生矛盾时，就会不自觉地以自我利益为重，甚至不惜损害、牺牲他人利益。按照霍布斯在其著作《利维坦》中提到的"丛林法则"，人们之间没有道德，没有怜悯，没有互助，有的只是赤裸裸的利益关系。所有人都不关心别人，所有人都不惜牺牲别人以让自己生存，这一自我保全的利己动机是人性最根本的特征。大到人类的进化，小到国家的发展、个人的生存，人人都为谋求自己的发展和利益，毫无节制地向自然索取、向他人掠夺，甚至不惜破坏自然、伤害他人。

英国 18 世纪哲学家、史学家戴维·休漠（David Hume，1711－1776）在其论著《人性论》（*A Treatise of Human Nature*，1739）中强调，人性是人的生物属性与社会属性对立统一的结果。"当人的社会属性占据优势时呈现维系社会的善性；当人的生物属性占据优势时呈现利己的恶性"[②]。进入文明时代以来，文明、理性、规则、制度在一定程度上制约着人性中的恶，但这种约束的力量是微弱的。人总是处在本能与理性的冲突中，而理性总是在交锋中败下阵来。

从严格意义上讲，戈尔丁并不是一个真正的基督徒，他也称自己为"并不合格的虔敬者"，但身受英国文化传统的影响，他接受新教的大部分教义，尤其是"原罪论"。在 20 世纪的历史语境下，戈

[①] 蒋承勇. 2005. 西方文学"人"的母题研究[M]. 北京：人民出版社，第 8 页。
[②] 刘良贵. 2008. 人性与导向[M]. 香港：新华人民出版社，第 54 页。

尔丁将原罪定义为"对自我的专注和执着",是为了满足自我而强加于别人的要求,是以自我为中心而排除他者的行为。戈尔丁在和为他作传记的作家约翰·凯瑞的一次访谈中也提到,人是生而自私的,而自私与原罪这两个词可以互换。①在戈尔丁看来,人类由于自私自利、欲壑难填而制造邪恶如"蜜蜂酿制蜂蜜"一样,是一种与生俱来的天性。瑞典文学院颁给戈尔丁的诺贝尔文学奖授奖词中这样概括他作品中表现出的与生俱来的人性恶:

> 作为罪恶与暴行——既包括个人暴力也包括社会暴力——之源的是攻击性的智能、攫取权力的欲望,一意孤行的专断和傲慢的利己与放纵。但是这些特质和动机是作为上帝之造物的人类与生俱有的。因此,它们都是人格格局中原本不可分割的一部分。当人终于在自己周围形成了一个社群并获得了充分表现他们自己的机会时,"堕落"便开始出现,个人之命运也就从此被注定了。②

在戈尔丁的小说中,人性中的罪恶与意识相生相伴。《自由堕落》中的萨米回忆起童年时代的自己时说:"我当时是清白无罪的……是快乐幸福的……也许意识和令人不快的罪行相伴而生。"《金字塔》中,人人都以自我为中心,为了世俗眼中所谓的"成功",不惜牺牲他人的利益,人与人之间是赤裸裸的利益关系。奥利弗和罗伯特都是为了满足个人私欲而和艾薇交往,占有艾薇后又无情地抛弃她;亨利更是为了在斯城站稳脚跟而假意爱上彭斯小姐,骗取她的感情和钱财,目的达到后对彭斯小姐置之不理,对其进行精神上的折磨。不少人在读完《品彻·马丁》后,都厌恶、鄙视这个貌

---

① William Golding & John Carey. 1985. William Golding Talk to John Carey[C]// John Carey. 1986. William Golding: The Man and His Books: A Tribute to His 75th Birthday. London: Faber and Faber, pp. 171-189.

② 建刚,宋喜,编译.1993. 诺贝尔文学奖颁奖获奖演说全集(1901－1991)[M]. 北京:中国广播电视出版社,第 694-695 页。

似英雄，实则是恶棍的人物。马丁贪婪、残酷的邪恶举动是其自利本能的外在表现，所以他自己也无法解释自己损人利己行为的原因，只能深陷其中痛苦不堪。他在小说中发问：“要是说是我把他们吃掉了，那么是谁给了我嘴巴的呢？”①在蛆虫满布之处，蛆虫们为了生存互相咬噬：“最后那条蛆虫发现还有一个同伴时怎么办呢？失去他自己吗？”②自认为站在道德高点上的人们也无法回答马丁提出的问题。扪心自问，与生俱来的自利本能让我们也时常不可避免地做出损人利己的举动。面对马丁的问题，我们只能无奈地感叹：“我们就是这个样子”③。马丁的困境是整个人类的困境，在伦理价值扭曲、人类物欲畸形膨胀的现代社会，这种困境表现得更为突出。

在文明社会中，理性、规矩对人性中的恶有一定的约束作用，但这种约束的力量是外在的，而且是极其微弱的。一旦环境发生改变，人们很快就会摆脱这种外在的束缚，暴露出本性中恶的一面。诺贝尔文学奖对戈尔丁的颁奖词中提到：“戈尔丁小说的主题和故事框架经常是以人类各种难以应付的困境比如身陷大海中的孤岛为背景的，在此境遇中，孤零零的、远离人间的个人面对着一种强有力的诱惑——松懈各种加于他们身上的社会束缚的诱惑，从而暴露出他们真正的本性。”④《蝇王》的故事就反映出文明和理性在束缚人性恶时表现出来的脆弱和无力，从而说明人性恶的不可控制。孩子们初登荒岛时，身上还保留着文明的印记，他们按照成人社会的模式，有模有样地在荒岛上建立起一个组织有序、分工合理的小社会。“旧生活的禁忌虽然无形无影，却仍然是强有力的”⑤。但随着内心权力欲望的不断膨胀和嗜血野蛮天性的不断复苏，潜伏在孩子们心中的恶终于爆发了。他们在非理性本能的驱使下涂炭生灵、自相残杀，岛上文明和谐的场景被残酷、血腥的场面所取代。孩子

---

① 威廉·戈尔丁. 2000. 品彻·马丁[M]. 刘凯芳，译. 上海：上海译文出版社，第178页。
② 威廉·戈尔丁. 2000. 品彻·马丁[M]. 刘凯芳，译. 上海：上海译文出版社，第164页。
③ Hodson, L. 1969. William Golding[M]. Edinburgh: Oliver and Boyd Ltd., p. 70.
④ 建刚，宋喜，编译. 1993. 诺贝尔文学奖颁奖获奖演说全集（1901－1991）[M]. 北京：中国广播电视出版社，第693页。
⑤ 威廉·戈尔丁. 2006. 蝇王[M]. 龚志成，译. 上海：上海译文出版社，第66页。

是"人之初",是天真纯洁的象征,但戈尔丁在《蝇王》中却以隐喻的手法让本应天真无邪的孩子来表现人性恶。"这些孩子的身上所表现出来的内心黑暗和邪恶反映了更宽泛的人心的黑暗和邪恶"①。这样的情节设计比起真实地揭露现实成人世界中的邪恶更加让人触目惊心,从而能更深刻地揭示出人性恶的与生俱来、无法控制。

戈尔丁在其小说中通过不同的故事设计,揭示出意识与人性恶之间的辩证关系:意识是人类进化的产物,推动了人类的文明进步。但人类的罪行也正是随着意识的产生而产生,随着人对自身认识的深入而不断加重。人性恶与意识相伴而生,因此意识是人类进化过程中通过付出代价而获得的能力。戈尔丁对人类付出的这一代价感到心痛,对人类的未来表示忧虑、悲观。

二、罪恶随理性发展

人性的恶随意识产生,与生俱来,不可避免。而且更为糟糕的是,随着科学技术的进步、文明理性的发展,恶不但没有得到遏制,反而更趋向严重。现代工业文明的发展、科学技术的巨大进步,导致人们对于工具理性盲目信仰。工具理性片面畸形发展,已经逐渐压倒了价值理性,两者之间和谐统一的关系被彻底打破。"工具理性"和"价值理性"这两个概念是德国社会学家、哲学家马克斯·韦伯(Max Weber, 1864－1920)在考察人的行为时提出来的,是在人的理性发展中相互依存、相互促进的两个方面。价值理性为体,工具理性为用,前者是理性发展的本质,为后者指引方向;后者以前者为导向,为前者服务,前者的实现必须以后者为前提。只有两者和谐统一、共同发展,才能促进人性以及社会的健康全面发展。

在现代社会中,人们片面地追求效率和利润最大化,一切以科学、技术为判断标准,工具理性成为支配、控制人的工具。价值理性的"失语"与工具理性的膨胀,必然导致人性的工具化、碎片化以及主体性的丧失,人由具有内在丰富性的生命存在变成了空心的

---

① James Gindin. 1988. William Golding[M]. London: Macmillan Press, p. 29.

数字化存在。德国哲学家舍勒（Max Scheler，1874－1928）对人类这一生存现状进行了精辟的概括："世界不再是真实的、有机的家园，而是冷静计算和工作进取的对象；世界不再是爱和冥思的对象，而是工作和进取的对象"[①]。现代人对科技、知识的信仰和崇拜使得人们不再注重内心精神家园的建设，理想、信仰、道德、情感被实证研究、定量分析和逻辑推理所取代。"现代人漫不经心地抹去了那些对真正的人来说至关重要的问题，只见事实的科学造成了只见事实的人"[②]。受工具理性的奴役和控制，人由社会生产中占主导地位的主体沦为被支配利用的客体。"人创造出一个前所未有的人造世界。他构筑了一部复杂的社会机器来管理人建造的技术机器。但是，他所创造的一切却高踞于他之上。"[③]同时，人与人之间的关系也异化为物与物之间的关系，人在变得越来越智慧和理性的同时，也变得越来越冷漠。出于现实功利性的目的，人把他人作为利用的工具来获取利益，但同时也成为"他者"眼中可利用的工具。人类无视道德的规范、信仰的约束，在罪恶的深渊中越陷越深。

　　戈尔丁从小生活在一个信奉理性主义的家庭。他的父亲亚历克·戈尔丁（Alec Golding）是无神论者，深信科学、理性和人道主义可以促使人类进步。对自然科学的极度推崇使得他父亲极力要将戈尔丁培养成一名科学家。中学毕业后，戈尔丁也确实遵从父命，选择到牛津大学学习化学。但随着对工具理性造成的人性异化认识得越来越深刻，戈尔丁对自己的选择也开始由怀疑转为厌恶，再加上他自幼热爱文学，所以他最终在入学两年后，弃理从文，转攻英国文学。戈尔丁在读大学时出版的处女作《诗集》（*Poems*，1934）中，就有一首诗歌对理性主义者推崇"科学的""量化的"评判标准进行了讽刺：

　　　　蒲柏先生晚上走在花园里，

① 转引自刘小枫. 1998. 现代性社会理论绪论[M]. 上海：上海三联书店，第 20-23 页。
② 冯玉珍. 1993. 理性的悲哀与欢乐——理性非理性批判[M]. 北京：人民出版社，第 276 页。
③ 埃·弗洛姆. 1995. 健全的社会[M]. 孙恺祥，译. 贵阳：贵州人民出版社，第 146 页。

经过整齐有序的花草树木，

这时他举起帽子对上帝说：

亲爱的先生，

我必须承认这土地确实是精心安排，

但有一样损坏了它的可爱，

星星相当令人无奈——

如果它们跳着米奴哀小步舞，

而不是随意自由地漫步，

或者整齐地站成一排，

那天空该是多么精彩！①

　　身处价值理性和工具理性关系断裂、工具理性极度膨胀的 20 世纪，戈尔丁深刻感受到：自人类有意识起就产生的人性恶，在进化的过程中随着人类知识与理性的不断发展而发展。人性恶的状况不但没有随着人类的文明进步而得到改善，反而更加恶化。因此他总结说："人类的全部历史就是人类的罪恶的记录"②。在工具理性的奴役下，人不再注重内心的情感体验，抹杀了世界存在的多维性，戈尔丁对由此产生的"单向度人"和异化的社会产生了深深的忧虑。他在诺贝尔文学奖获奖演说中不无心痛地指出："就这样一天又一天，一年又一年，绝对精确的解释就这样将世界本然具有的神秘驱散得无影无踪，世界日益变成一个具有实用性的对象，它可以被割裂、被分析，从而被彻底地理解和掌握。"③

　　"二战"期间，作为参战军官，戈尔丁目睹了科学技术被应用于战争所产生的可怕场景，亲身经历了异化的人将同类视为工具而进行的野蛮杀戮。这一切使他对自启蒙运动以来一直被提倡的理性、

---

① Dick B. F. 1987. William Golding[M]. Boston: Twayne Publishers, p. 2.

② John Carey. 2010. The Man who Wrote The Lord of Flies[M]. London: Faber & Faber, p. 150.

③ 建刚，宋喜，编译. 1993. 诺贝尔文学奖颁奖获奖演说全集（1901－1991）[M]. 北京：中国广播电视出版社，第 699 页。

科学、进步产生了更大的质疑。他开始全面否定他父亲向他灌输的"可以信赖的科学人道主义"以及理性主义宣扬的人类可以不断完善直至完美的观点，对人类的现状和未来表现出深切的悲观情绪。

小说《继承者》是对"罪恶随理性发展"这一论断的最好诠释。尼安德特人生活在旧石器时代，他们智力水平低下，只会凭借感觉去感知外界事物，思维仍带有很大的形象性、表面性特征，不会运用因果联系、逻辑推理等理性思维的方式思考问题；他们语言水平落后，人与人之间要借助肢体语言的帮助才能进行简单的沟通。而"新人"在语言、工具的使用上，在生活方式和社会形态的进化上，都要优于尼安德特人。按照社会进化的观点，"新人"在人类进化的历史上无疑属于更高级、更智慧的生物，他们的理性水平和文明程度要远远高于尼安德特人。但颇具讽刺意味的是，被"新人"视为"吃人恶魔"的尼安德特人虽然原始、落后，但纯朴善良，他们对待自然、对待本族人，甚至对待异族人，都充满了友善和爱。反倒是标志着文明进步的"新人"表现得更为野蛮，制造出更多的罪恶来。恶不但没有随着文明的进步、理性的发展逐步削减，反而更为严重。作为戈尔丁的第二部小说，《继承者》延续了其第一部小说《蝇王》中"恶战胜善"的主题，但它巧妙地借助反讽表现了原始落后与文明进化之间的辩证关系，凸显出恶的另一个侧面——恶随理性发展而发展。戈尔丁借这部小说表达了他对文明进化的反思，对现代理性主义尤其是工具理性膨胀发展的否定，流露出对人类未来发展的担忧。

《蝇王》中的猪崽子是科学和知识的象征，是工具理性的信奉者。是他最早发现了海螺，并建议拉尔夫用海螺作号角召集大家集合；孩子们也是用他的眼镜作工具，解决了在岛上取火的问题。但他性格软弱、胆小怕事，而且感情冷漠。杰克一伙在模仿打猎的游戏中，情绪失控，在迷狂的状态中将西蒙错当成野兽活活打死，拉尔夫和猪崽子也参与其中。事后，拉尔夫陷入了深深的自责，忍不住惊叹"那是谋杀呀"。但是为了推卸责任，猪崽子先是把西蒙被杀的原因归结到西蒙自己身上："他没有必要那样从黑暗中爬出来。他疯了，自食其果"。然后又狡辩说："咱们在外面，咱们什么也没干过，什么也没看见"。猪崽子把群体参与的这样一场对同伴的血腥屠杀轻描淡写地说成："那是一次意外事情……就是那么一回事，一次碰巧发生的事情""一场飞来横祸"，而且他还规劝拉尔夫"该把那件事忘掉。尽想着它可没什么好处"①。20 世纪爆发的两次世界大战是人类文明进化史上的悲剧，许多像猪崽子这样代表科学、理性、文明的知识分子打着科学、民主的旗号参与其中，犯下了累累罪行。戈尔丁作为"二战"的亲历者曾经在其随笔集中感慨：

> 我发现人可以对人做出多么可怕的事来……这些事并非出自新几内亚岛上猎头生番之手，也不是亚马孙河流域某个原始部落所为。这都是由那些受过教育的人，那些医生、律师们，那些有着文明传统的人极有技巧而又极为残酷地施予他们的同类身上的。②

在工具理性横行的年代，人人都按照利益原则将他者视为工具，人与人之间原本充满温情与爱的同伴关系蜕变成物与物之间冷冰冰的利用关系。

在戈尔丁的其他小说中，"恶随理性发展"的论断也时有涉及。《自由堕落》中的萨米在中学读书时，两个老师对他产生了极大的影响。象征精神和信仰的普林格尔小姐向萨米传播的是基督教宗教思想，而象征科学和理性的尼克先生向萨米灌输的是科学观念。萨米最终选择了尼克提倡的理性主义。在他日后的反思和忏悔中，他认为背弃宗教信仰、极端推崇科学理性是他堕落的原因。《金字塔》中的奥利弗自幼随彭斯小姐学习音乐，但在实用主义思想的影响下，为了实现在社会等级的金字塔上不断向上攀登的目标，他放弃了音乐理想，而选择了学习比较实用的化学。

---

① 威廉·戈尔丁. 2006. 蝇王[M]. 龚志成，译. 上海：上海译文出版社，第181-183 页。

② William Golding. 1965. The Hot Gates, and Other Occasional Pieces[M]. London: Faber & Faber, p. 87.

西方人文主义思想肯定人的价值、尊严和力量，认为随着理性的发展、文明的进步，人类社会将日趋完美。但戈尔丁却在他的小说中揭示了"一个非常深刻的人类文明悖论：在工具理性取得进展的同时，人的内心深处似乎更加邪恶。我们不得不郑重考虑：缺乏精神文明指导的物质文明，将会把人类的历史进程带往何方？"①

三、欲望：罪恶的根源

欲望是人的本能，是人性中重要的组成部分，是人类行为最内在、最根本的动因。英国著名思想家、哲学家霍布斯将人的基本欲望分为权力欲、财富欲、名誉欲、安全欲、知识欲等。在欲望的驱使下，人不断发挥主观能动性试图去占有各种对象，实现主体对客体和环境的控制。从积极的意义上讲，欲望是人完善自己、改造世界的根本动力，从而也是人类进化、社会发展与历史进步的动力。但从消极的意义上讲，人的欲望是由人的动物属性决定的，人对欲望的追求永不满足。人在实现欲望的过程中，常常为了满足个人私利牺牲周围的一切，屈从于本能的欲望而犯下伤害他人的罪行，因此如果不对欲望加以控制就会造成极大的破坏力量。叔本华说过，欲望过于剧烈和强烈，就不再仅仅是对自己存在的肯定，相反会进而否定或取消别人的生存。罗素（Bertrand Russell，1872－1970，英国哲学家）1950 年获得诺贝尔文学奖，曾以"什么欲望在政治中是重要的"为题发表获奖演说。他认为，人区别于其他动物的一个非常重要的特征在于人有永不满足的欲望。即使置身天堂，欲望也不会停歇。人类的一切行为都是受欲望驱使的。有些所谓的道德家认为靠责任和道德的原则可以抵制欲望，这被罗素认为是"异想天开"。

在戈尔丁看来，人对自身欲望的无止境、无限制追求和对由此犯下罪行的无限包容就是"原罪"。他曾经这样给原罪下定义："那种对自我的专注和执着，为了满足自我而对别人强加要求，对世界

---

① 瞿世镜，任一鸣. 1998. 当代英国小说[M]. 北京：外语教学与研究出版社，第 199 页。

除他之外的部分漠不关心，就是对原罪的定义"。①在现代社会中，随着科学技术的飞速发展，人类的生活发生了日新月异的变化。面对不断丰富提高的物质生活，人类反而变得欲壑难填。戈尔丁深切地感受到"人们的贪婪本性，内心的残忍和自私隐藏在一条政治的裤子里。……人类出了毛病，不是某个例外的人，而是普普通通的人"②。面对这一日趋严重的人类通病，戈尔丁对人类的未来充满了忧虑："人类文明还能走多远，……战争会不会因为过度掠夺自然而让地球贫困得不适合我们生存。"③

　　《蝇王》的主人公是一群落难荒岛的 10 多岁的男孩。与成人相比，孩子的贪欲相对较少。他们一开始表现出来的生存欲、安全欲是人类正当的欲望，是为了维持自身生存的最基本需求，但戈尔丁给读者呈现的并不是一个传统意义上"荒岛变乐园"的儿童历险故事，他以孩子们欲望失控导致的荒岛悲剧来影射物欲横流的现实社会中人们因永不满足的欲望而引发的罪行，借"孩子的身上所表现出来的内心黑暗和邪恶反映更宽泛的人心的黑暗和邪恶"④。

　　戈尔丁在《蝇王》中描写了一个叫亨利的小孩自娱自乐做游戏的细节。亨利在海滩上玩耍时发现有一些小生物随海水上涨漫上沙滩，这一场景激起了他的控制欲。他用木棒在沙滩上划出许多小沟，潮水上涨时小沟里就填满了这种小生物。"他（亨利）全神贯注，此刻的心情不是单纯的快乐，他感到自己在行使着对许多活东西的控制权。亨利跟它们讲话，催促它们这样那样，对它们发号施令。……他产生了一种自己是主宰的错觉。"⑤一个五六岁的小男孩在玩耍时的无意识的举动鲜明地表现出人类强烈的控制欲和占有欲。戈尔丁给孩子们设置的生活环境——荒岛上气候宜人、物产丰富，有足够的野果可供充饥，有足够的树木可供搭建窝棚和点燃火堆，孩子们

　　① James Gindin. 1988. William Golding[M]. London: Macmillan Press, p. 47.

　　② 顾明栋，译. 1998. 寓言在文学作品中的作用[C]//宋兆霖，主编. 1998. 诺贝尔文学奖文库·创作谈卷. 杭州：浙江文艺出版社，第 368 页.

　　③ 威廉·戈尔丁. 1992. 蝇王·金字塔[M]. 梁义华，等译. 桂林：漓江出版社，第 634 页.

　　④ James Gindin. 1988. William Golding[M]. London: Macmillan Press, p. 29.

　　⑤ 威廉·戈尔丁. 2006. 蝇王[M]. 龚志成，译. 上海：上海译文出版社，第 65 页.

基本的生存欲望都可以在荒岛上得到满足。但孩子们不满足于只吃野果，吃肉的欲望和贪婪的本性使得越来越多的孩子加入了杰克的打猎队伍。退一步讲，分食猪肉是为了满足孩子们提升了的生存欲望，那么猎杀野猪的行为本也无可厚非。但杰克一伙在猎杀野猪时的残暴行为，不仅仅是为了猎取食物，更是为了发泄施暴的欲望。孩子们在寻找猎物时，反复唱着"杀野猪哟……割喉咙哟……放它血哟……"的口号。追上野猪后，用长矛"猛刺"、用刀子"猛捅"、"空气中充满了汗水、噪声、鲜血和恐怖"[①]。杰克在回想杀猪的过程时，将这种嗜血欲望的满足形容为"就像享受了那香味常驻的醇酒"[②]。孩子们在猎杀野猪的残暴行为中表现出来的施暴欲和嗜血欲，不禁令人对欲望失控的后果感到恐惧。

孩子们身上还表现出对权力永不满足的欲望。英国哲学家霍布斯曾指出，在诸多的欲望中，权力欲是最为根本和主要的欲望，其他欲望都受到权力欲的支配。霍布斯认为："贪得无厌地追求权力是所有人类的普遍倾向，至死方休"[③]。人格理论家马斯洛（Abraham Maslow，1908－1970，美国社会心理学家）也曾说过："权力主义者把自己生活的世界描绘成一个丛林，在这个丛林中，人与人之间相互争斗，整个世界充满了危险、恐惧与残杀。在这个丛林中的动物不是吃掉对方，就是被对方吃掉；不是鄙视对方，就是畏惧对方。"[④]

在传统的荒岛小说中，落难荒岛的主人公凭借自己顽强的意志和积极乐观的精神，或是征服自然，或是征服岛上原有的野蛮人，这种征服实质上就体现出一种权力。但不论是《鲁滨逊漂流记》中鲁滨逊对"星期五"的文明教化，还是《珊瑚岛》中"拉尔夫们"用宗教的力量影响土人使他们放弃野蛮，皈依基督教，权力始终以一种温情的方式、靠道德感化的力量实现，显示出文明、理性的作用。《蝇王》以批判的方式继承了荒岛小说中的权力主题，尽管也呈

---

① 威廉·戈尔丁. 2006. 蝇王[M]. 龚志成，译. 上海：上海译文出版社，第156页。
② 威廉·戈尔丁. 2006. 蝇王[M]. 龚志成，译. 上海：上海译文出版社，第76页。
③ 霍布斯. 1985. 利维坦[M]. 北京：商务印书馆，第47页。
④ 马斯洛. 2005. 马斯洛人本哲学解读[M]. 刘烨，译. 北京：中国电影出版社，第75页。

现了人与自然、人与人之间征服和被征服的关系，却颠覆了传统荒岛小说善战胜恶、文明征服野蛮的传统格局，对人性中失控的权力欲望进行了批判。

《蝇王》中权力欲望表现最为强烈的是杰克，如本章第一节中所述，从一开始管理唱诗班的孩子享受发号施令的特权，到意外在选头领的竞争中败给拉尔夫而耿耿于怀，再到自立门户实行专制独裁，杰克的内心一直存在着支配他人的权力欲望。正是在不断膨胀的权力欲望的驱使下，杰克的恶行从猎杀动物到残杀同伴，一步步升级。

如果说杰克是象征野蛮、暴力的反面人物，拉尔夫是象征文明、理性的正面人物，那么对权力的渴望和追求不仅表现在反面人物身上，也表现在正面人物身上。拉尔夫在孩子们当中年龄稍大，身上有着其他孩子不具备的"镇定自若的风度"，再加上他是第一个吹响海螺召集开会的人，所以自然而然地被孩子们选为领袖。但随着孩子们吃肉欲望的增强，越来越多的孩子选择跟着杰克去打猎，岛上权力的重心发生了偏移。当拉尔夫感觉到自己的权力地位遭到挑战时，他也表现出同杰克一样强烈的权力欲。他想尽办法召开集体大会，不断强调海螺的意义来突出自己海螺持有者的地位，不止一次地高喊"我是头头"；他还试图通过道德的谴责来贬低杰克，抬高自己的威信。当看到孩子们越来越狂热地投入打猎活动中时，他甚至不惜自降身份，也加入杰克一伙疯狂的打猎游戏中以求笼络人心，恢复自己的头领地位。

小说中的其他孩子从一开始在拉尔夫的领导下积极开展文明自救，到分裂成两派，分别听命于杰克和拉尔夫，再到最后全部归顺杰克，追杀成为孤家寡人的拉尔夫。表面看起来，他们都是被领导者，但实际上他们对权力的追求在小说中以隐含的方式表现出来。罗素在其著作《权力论》中指出："在比较怯懦的人当中，对权力的爱好伪装成对领袖服从的动力"①。"当人们心甘情愿地追随一个领袖时，他们这样做的目的是依仗这个领袖所控制的集团来获得权力；

---

① 伯特兰·罗素. 1998. 权力论[M]. 吴友三，译. 北京：商务印书馆，第5页。

他们感到领袖的胜利也就是他们自身的胜利。"①小说中的孩子们就是这样一个群体。无论是拉尔夫发出的合理分工、文明自救的命令，还是杰克发出的猎杀野猪、残害同伴的指令，他们都无条件响应执行。他们正是想通过集体行为的强大力量来实现心中隐藏的权力欲望。

《蝇王》中孩子们野蛮暴行泛滥的内在动因就是失控的权力欲望。正如罗素所说："对权力的迷恋随着对权力的体验而与日俱增"。人类对权力的追求是一个无底洞，永不满足。当不可遏制的权力欲望在群体中引起盲目的冲动，必然会导致人性中恶的极端爆发。

《品彻·马丁》中的马丁生性贪婪，有极强的占有欲。他贪恋金钱、地位、女色，为了满足自己的欲望不择手段。他将贪婪看作人天经地义的属性。"我来告诉你人是怎么回事。他原来也是四脚在地爬行，后来'需要'硬是将他的上身拉直，使他成了个不伦不类的杂种"②。小说中的导演彼得对于人的贪欲有个生动的比喻：铁皮罐头里，鱼生蛆，蛆吃蛆，为了生存，为了占有更大的空间，蛆虫"小的吃更小的，中等的吃小的，大的吃中等的。后来大的互相吃来吃去，最后剩下两条蛆，到后来只剩下一条。……只剩下一条奇大无比的天下无敌的蛆虫"③。在马丁眼中，人与人的关系就是盒子里蛆虫与蛆虫的关系。为了满足自身的贪欲，必须不择手段，否则就会被他人吞食。人性中不可遏制的贪欲压倒了文明、理性和道德，引发了人的恶行。

此外，戈尔丁在小说中呈现出的欲望还有《教堂尖塔》中教长乔斯林的名誉欲、《金字塔》中奥利弗对艾薇的占有欲和控制欲、亨利的财富欲、《继承者》中"新人"的安全欲。人在这些欲望的驱使下表现出自私自利、唯利是图、尔虞我诈等种种恶行。人类对欲望的不加节制使得现代社会文明倒退、道德滑坡、价值体系崩溃，陷入堕落的深渊。

---

① 伯特兰·罗素.1998.权力论[M].吴友三，译.北京：商务印书馆，第7页。
② 威廉·戈尔丁.2000.品彻·马丁[M].刘凯芳，译.上海：上海译文出版社，第136页。
③ 威廉·戈尔丁.2000.品彻·马丁[M].刘凯芳，译.上海：上海译文出版社，第118页。

第三章　悲观意识的艺术呈现——寓言化

戈尔丁曾借对荷马创作的评析来表明自己对小说创作的看法：

> 拿荷马这位最没有文化的说书人来说吧，虽然他不能借助于后世围绕他的作品涌现的大批批评性和诠释性图书，但他肯定清楚地知道什么能吸引老人们离开温暖的烟囱角落，什么能使大厅里的听众们鸦雀无声，又是什么能促使人们下次还请他再来。讲故事的人必须具有这种荷马式的第三只耳朵，必须拥有这种不可或缺的装备。不具备这条，就不成其为专业作家。①

戈尔丁在小说创作的过程中，一直在积极寻找"荷马式的第三只耳朵"，即用合适的艺术手法表现人性恶的主题，表达对人类堕落现状的悲观情绪。

戈尔丁创作的早期，即"第一个黄金十年"正值 20 世纪 50 年代至 60 年代，两次世界大战给人类社会造成了巨大的破坏，给人们的思想带来了极大的创伤。许多作家对战后的社会现状深感不满，对人类的未来充满忧虑，他们努力探索，力图寻找合适的艺术手法展现社会弊端。在英国，一方面是传统现实主义的回潮，主要以"愤怒的青年"派为代表。他们选取个人经历或真实素材，采用现实主义的手法，真实客观地反映社会生活，以尖刻的笔调抨击社会弊端，

---

① 威廉·戈尔丁. 1999. 活动靶——1976 年 5 月 16 日在法国英国研究学会鲁昂分会的演讲[J]. 迎红，立涛，译. 外国文学，第 5 期：第 18-19 页。

将个人堕落的原因归结为社会。另一方面，受国际文学大环境的影响，实验主义小说兴起。实验主义小说家注重形式结构的标新立异，注重深入挖掘人物的内心世界，展现潜意识活动。

戈尔丁的早期创作正处于这样一个社会形势复杂多变、文学流派异彩纷呈的时期。像同时代的其他作家一样，他也在作品中探寻造成社会堕落、人性异化的原因，表现对人类未来的悲观情绪，但他在艺术手法的运用上却独辟蹊径。戈尔丁与默多克（Iris Murdoch，1919—1999，英国女小说家、评论家）、斯帕克（Muriel Spark，1918—2006，英国女诗人，小说家）等人一样承袭了英国18、19世纪现实主义小说的传统，但又没有采取现实主义作家真实细致的描写方法直接地反映社会现实。他们也对小说的形式结构进行了一定的实验，但没有像先锋派那样走极端革新道路，使用标新立异的形式结构。他们通过编撰神话和寓言，揭示社会现实，表达对人性的探索，试图为人类寻找自我拯救的道路。戈尔丁在随笔集《灼热之门》（*The Hot Gates*，1965）中指出："虽然以寓言形式表达真理的方法有种种不足及困难之处，我在自己第一部小说中采用的正是这种方法"①。戈尔丁在以《蝇王》为代表的早期小说中使用寓言化的手段，以处于现代困境中的人为对象，设置具有象征意义的时空背景，表现不同的人性堕落的故事，提出了具有普遍意义的"人性恶"问题。他的寓言化小说的风格主要表现为自觉地融合多种现代派手法并形成以戏仿、象征、反讽为主的特征。

第一节　戏仿：对传统的颠覆

戏仿（parody）是后现代派小说的常用手法。《不列颠百科全书》中对戏仿的定义是："文学中一种常见的讽刺批评或滑稽嘲弄的形

---

① 转引自徐明. 2000. 一部匠心独运的现代寓言——评威廉·戈尔丁的小说《蝇王》[M]. 东北师大学报（哲学社会科学版），第3期：第75页。

式，通过夸张、变形等手法模仿一个特定的作家或流派的文体和手法。"①

"戏仿"中的"仿"，顾名思义，是以模仿为主要手段。戈尔丁在其早期小说中，利用大家耳熟能详的源文本，模仿其中的结构、情节、人物及意象，再造出新文本。但这种模仿不是原样照搬。"戏仿"中的另一个要素是"戏"，意为对源文本进行反其道而行之的模仿，实现对源文本人物形象、情节结构及主题的颠覆。戏仿中，戏仿文本对源文本是一种戏谑性模仿，"它不仅仅是局部语句、结构或者意象的拼贴、吸收和转换，而是从整体上再造一个别出新意的文本"②。戈尔丁通过戏仿表现出现代社会的人性异化主题，表达出他对传统道德观念的怀疑及否定。

一、《蝇王》与《珊瑚岛》：乌托邦神话的破灭

《蝇王》是对 19 世纪英国作家巴兰坦所著《珊瑚岛》（1857）的仿作，通过戏仿表现了传统荒岛小说中乌托邦神话的幻灭，体现出戈尔丁的反乌托邦思想。

《珊瑚岛》创作于资本主义蓬勃发展时期。巴兰坦沿袭了荒岛文学的传统，描写了三名少年（拉尔夫、杰克和彼得金）因海上遇险落难荒岛后的历险故事。三名少年在一次乘船旅行中不幸遇险，轮船沉没，几经周折后漂流到南海中的一座荒岛即珊瑚岛上。他们在岛上面临的困难不仅有来自自然的生存危机，还有来自食人部落的野蛮人及海盗的威胁。然而他们以善良乐观的个性，凭借从文明社会带来的道德理性克服了种种困难。孩子们以英国模式在岛上建立起一个小型文明社会，用智慧战胜了海盗，用基督教感化了野蛮的当地土著。小说以喜剧情节结尾，孩子们成功改造了岛上的野蛮世界后，最终全部获救，重返英国。

《珊瑚岛》是一个抽象的人性善神话。书中三位少年是文明理性

---

① 霍德（T. F. Hoad），编. 2000. 牛津英语词源词典[M]. 上海：上海外语教育出版社，第161 页。

② 蒂费纳·萨莫瓦约. 2003. 互文性研究[M]. 天津：天津人民出版社，第 34 页。

的象征，身上具有善良乐观、机智勇敢的特质。在远离文明世界的
荒岛上，他们运用文明、理性尤其是宗教信仰的力量，去影响、感
化残暴的海盗和野蛮的当地土著，最终使海盗和土著受到基督精神
的感召，皈依基督教，摆脱了蒙昧、野蛮的状况。三位少年曾经拯
救了一名处于危难中的土著女子，为此土著酋长对他们进行了高度
的评价："你们的年纪虽轻，但是你们的头脑成熟，你们的心灵博大，
充满勇气"①。小说中，"英国人的坚毅和基督教徒的美德战胜了异
教的野蛮的海盗和野人，在那里，人是理性的、富有合作精神、充
满爱心并招人爱的"②。巴兰坦以乐观的笔触，呈现出一个资本主义
社会文明、理性和基督教的信仰战胜人类本能、野蛮和非理性的虚
幻故事，倡导人性善的伦理哲学。这部小说体现出来的乐观主义思
想极大地满足了当时正处于发展阶段的资产阶级的自信心和荣誉
感，因此被认为是维多利亚时代儿童历险小说的经典，深受广大青
少年喜爱。

　　在《珊瑚岛》出版大约一个世纪之后，戈尔丁创作出了他的代
表作《蝇王》。后者在背景、人物形象和情节的设计上与前者有极大
的相似之处。在《蝇王》中，戈尔丁也设计了一个儿童海上遇险、
没有成年人陪伴，落难荒岛的故事，也设置了一个伊甸园般的小岛
作为故事发生的背景，甚至在给书中人物起名时，也借用了《珊瑚
岛》中三个主人公的名字。《蝇王》中的儿童领袖拉尔夫（Ralph）
和杰克（Jack）与《珊瑚岛》中的主人公同名，次要人物猪崽子（Piggy）
和西蒙（Simon）的名字则是《珊瑚岛》中另一个人物彼得金（Peterkin）
的变形。评论家博伊德（S . J . Boyd）认为：

　　　　快乐三人组中第三人在《蝇王》中分裂成了两个。皮基
　　（Piggy）这令人讨厌的名字恰好是 Peterkin Gay 快读时的谐音；
　　西蒙（Simon）也算一个，因为根据《圣经》，圣彼得的原名正

　　① Ballantyne. R. M. 1954. The Coral Island[M]. London: J. M. Dent &Sons, p. 333.
　　② James R. Baker (ed.). 1988. Critical Essays on William Golding[M]. Boston: G. K. Hall &
Co., p. 16.

是西蒙。两人在小说中确实有相似的地位。他们是旁观者，是替罪羊，是谋杀的牺牲品。①

《蝇王》中还有两处直接提到《珊瑚岛》，一处是孩子们刚上岛时看到美丽的景色不禁叫道："就像在书里写得一模一样……《珊瑚岛》…… 这是咱们的岛，一个美好的岛。在大人找来之前，咱们可以在这儿尽情玩耍。"②一处是结尾时海军军官出现后提到的："我知道了。弄得更像真的一样，像《珊瑚岛》那样"③。

戈尔丁在许多场合提到这两部小说时承认它们的联系"非常密切"，但《蝇王》并不是一部简单模仿《珊瑚岛》的儿童探险故事。作为一名深受英国文学传统影响的作家，戈尔丁在童年时也"像大部分男孩子一样……读过《珊瑚岛》"④。戈尔丁曾提到他童年时读罢小说后产生的印象与卡尔尼迈耶教授给《珊瑚岛》写的梗概相同：

> 三个孩子在荒岛上过着田园牧歌式的生活，他们的身上没有任何恶意和邪念。……巴伦坦⑤的小说提出了邪恶这个问题——邪恶不是从孩子们内心发出的，而是来自外界。……由此可见，巴伦坦对人的看法是乐观主义的，正如他对英国男孩抱有勇敢、机智的看法一样。⑥

但随着年龄的增长、阅历的增加，尤其是参加"二战"之后，战争的残酷现实及战后社会的异化，使得戈尔丁对人性进行了深入

---

① Stephen J. Boyd. 1988. The Novels of William Golding [M]. New York: Harvester Wheatsheaf, pp. 14-15.

② 威廉·戈尔丁. 2006. 蝇王[M]. 龚志成，译. 上海：上海译文出版社，第34-35页。

③ 威廉·戈尔丁. 2006. 蝇王[M]. 龚志成，译. 上海：上海译文出版社，第236页。

④ Dick, Bernard F. 1965. The Novelist is a Displaced Person, An Interview with William Golding[J]. College English Vol. 26, (6), p. 481.

⑤ 即巴兰坦（Ballantyne，1825—1894），英国探险小说家

⑥ 顾明栋，译. 1998. 谈谈《蝇王》中的寓意[C]//宋兆霖，主编. 1998. 诺贝尔文学奖文库·创作谈卷. 杭州：浙江文艺出版社，第356页。

的思考，他对巴兰坦在《珊瑚岛》中呈现出的"没有任何恶意和邪念"的理想化人性及由此产生的乐观主义精神表示出极大的怀疑：

> 我现在对自己说："别当这样一个傻瓜，你还记得当你还是一个小男孩的时候，你是怎样和那个岛上的拉尔夫、杰克及彼特金一起朝夕相处的吗？"最后，我对自己说："现在你长大了，已经是一个大人了。一个人需要很长时间才能成熟，当你成熟以后再回到那个岛上，你就会发现，你看到的人们并不是那个样子。如果他们是敬畏上帝的英国绅士，他们的行为不会是那样的。他们再上岛的情景应该是这样的：野蛮人并不是那么善良、那么单纯，那三位聪明机智的年轻白人自身也会潜有并滋生邪恶。"……事实上，这是巴兰坦情形的现实主义观点。①

在给孩子睡前读儿童历险故事时，戈尔丁发现除了《珊瑚岛》之外，还有《金银岛》《椰树岛》《海盗岛》等一系列具有类似主题的作品。戈尔丁对此类表现人性善、具有乐观主义精神的儿童历险故事表现出否定和怀疑的态度。"在英国人的意识里，岛屿一直占有很大的位置，当然这是很自然的。不过，我对这些岛统统腻烦了，犹如剪纸一般分明的好人、坏人，结局总是好得不能再好，世界也是好得不能再好了。"②因此，他打算以《珊瑚岛》为源文本，模仿其故事框架、背景、人物等要素，但颠覆其主题，再造出一个新文本。"……我决定采用小男孩流落到荒岛上这个常见的文学形式，但又把他们写成有血有肉的活人，而不是缺乏生气的纸人ﾉﾙ；并且力图表现他们发展起来的社会形式如何受到病态的天性、堕落的天性所制约的情况。"③正如文学评论家伊恩·格勒格和马克·金克德一威

---

① Hynes, Samuel Lynn. 1968. William Golding[M]. New York: Columbia University Press, pp. 7-8.

② William Golding. 1982. A Moving Target[M]. New York: Farrar, Straus, Giroux, pp. 162-163.

③ 顾明栋，译. 1998. 寓言在文学作品中的作用[C]//宋兆霖，主编. 1998. 诺贝尔文学奖文库·创作谈卷. 杭州：浙江文艺出版社，第 368-369 页。

克斯所言：

> 戈尔丁改写了巴兰坦的《珊瑚岛》，宣称巴兰坦对三位理想化了的英国少年——杰克、拉尔夫和彼特金，在热带天堂般的小岛上经历的描述是不真实的。因为孩子们是人。人不会有那样的言行。或者说，他不是在"宣称"，而是创作出了另一个海岛和几位比巴兰坦的人物更可信的英国孩子来反衬巴兰坦描述的不真实，然后逐步向读者表明其中的区别所在。①

《珊瑚岛》表现了文明、理性战胜野蛮的主题，是一曲人性善的颂歌，具有乌托邦思想。而《蝇王》却反其道而行之，对"人性善"的主题进行彻底的颠覆，带有浓重的反乌托邦思想。小说中的荒岛成为充满猜疑、对立、残暴、血腥的屠场，孩子们在戈尔丁设计的这个"人性实验室"里上演了一场充满了"悲痛、悲痛、彻头彻尾的悲痛"的人性悲剧。小说结尾处，野蛮、非理性战胜了文明、理性，戈尔丁打碎了"荒岛变天堂"的乌托邦神话，对所谓的高尚、文明人性进行了否定和讽刺，对人类现状和未来表现出深切的悲观情绪。戈尔丁试图通过戏仿文本与源文本之间的巨大反差唤起读者对人性的思索，深刻体会"人是一种堕落的生物，人受原罪的制约，人的本性是有罪的，人的处境是危险的"②。

二、《继承者》与《世界史纲》：文明进化的"倒退"

《继承者》是对威尔斯所写的《世界史纲》（*The Outline of History*，1920）的仿作，表达了戈尔丁对所谓"文明进化"的质疑。

19世纪中期，以斯宾塞为首的一些西方学者提出了"社会达尔文主义"。他们认为达尔文的进化论同样适用于人类社会，人类的进

---

① Ian Gregor & Mark Kinkead-Weeks. 2002. William Golding: A Critical Study [M]. London: Faber & Faber, pp. 21-22.

② 顾明栋，译. 1998. 寓言在文学作品中的作用[C]//宋兆霖，主编. 1998. 诺贝尔文学奖文库·创作谈卷. 杭州：浙江文艺出版社，第368-369页。

化规律同生物相似，同样也是"优胜劣汰、适者生存"的历史。威尔斯是"社会达尔文主义"的信奉者，对西方资本主义的发展进化持乐观的态度。他认为进化的"新人"取代原始落后的尼安德特人是符合历史发展规律的，是历史的必然。在《世界史纲》中，他以单独的一章"尼安德特人——一个已绝灭的种族"，对原始的尼安德特人进行了丑化。威尔斯笔下的尼安德特人是丑陋、野蛮、无知的，是有着吃人习性的"妖魔鬼怪"。这样一来，恶的起源便是尼安德特人，与人类的祖先图阿米族人无关。

　　我们对尼安德特人的模样一无所知，但是没有杂交这一事实似乎可以使我们想象，尼安德特人身上毛发很多、长得奇丑，或者说他们低低的前额、突出的眉目、猿似的颌项，矮小的身躯使人望而生厌，或者他和她也许是太凶猛难驯了。哈里·约翰斯爵士在他的《观察与评论》一书中关于近代人的兴起的概述中说过："在模糊的种族记忆里的这种脑子阴险、步伐摇晃、有着毛茸茸的躯体、结实的牙齿，可能还有吃人习性的猩猩一般的怪物，也许是民间传说中妖魔鬼怪的起源"。[1]

　　从实质上讲，威尔斯对尼安德特人的丑化和对"新人"取代尼安德特人必然性的描写，是以"进化""继承"为名宣扬改良主义，宣扬资本主义制度发展的合理性、必然性，表达他对资本主义制度拥有无穷进化可能性的乐观思想。

　　戈尔丁的父亲是一名理性主义者，他对威尔斯的《世界史纲》十分推崇。受他父亲的影响，戈尔丁很早就读过此书，而且深受其改良思想的影响，对资本主义制度的发展进化充满了乐观主义思想。然而，20 世纪资本主义社会的畸形发展，尤其是两次世界大战造成的毁灭性后果使人们对"文明进化"产生了怀疑，粉碎了人类对于

---

　　[1] 赫伯特·威尔斯.2001. 世界史纲[M]. 吴文藻，谢冰心，费孝通，等译. 桂林：广西师范大学出版社，第 93 页。

资本主义发展的乐观美好梦想。亲身经历过"二战"的戈尔丁在思想上也经历了从乐观到悲观的转变。他谈到在他成年后重读《世界史纲》时，发现书中对人的描述"真荒谬"，于是便萌发了改写这部颇有影响的作品的念头。

在小说《继承者》中，戈尔丁特意在扉页处引用了《世界史纲》中威尔斯对原始人类尼安德特人的描述，其中的"奇丑""凶猛难驯""有吃人习性"等字眼显示出尼安德特人作为原始野蛮人的特征。但在小说当中，戈尔丁却反其道而行之，威尔斯笔下邪恶的尼安德特人被戈尔丁处理成一派天真、纯朴、善良的模样，他们与大自然和谐相处，人和人之间也是亲密融洽的关系。反倒是威尔斯笔下进化及文明程度相对更高的人类祖先——"新人"表现得野蛮、自私、残忍。因此，当结局处"新人"将尼安德特人赶尽杀绝、取而代之时，我们反而对原始的尼安德特人表示出深深的同情，对"新人"表现出的所谓文明的"进化"行为表示否定。按照"社会达尔文主义"的观点，"新人"取代尼安德特人符合人类进化的规律，是历史的必然，但是科学技术的发展、人们认识水平的提高并没有削弱进而消灭人性中的恶，反而进一步催化了恶的发展。戈尔丁由此认为人性恶并不是来源于人类原始、落后的祖先——尼安德特人，而是根植于人类内心。

戈尔丁借用威尔斯《世界史纲》中有关尼安德特人和"新人"进化过程的描写作为《继承者》的素材，却完全颠覆了《世界史纲》中对文明和进化的定义。"社会达尔文主义"用生物进化论的观点解读人类社会进化的过程，将资本主义制度发展过程中的弱肉强食、种族灭绝等现象看作文明进化中的必然现象，认为其符合"优胜劣汰"的进化规律。戈尔丁不赞成这种将生物进化论滥用到人类社会进化上的做法。在《继承者》中，新文本戏仿源文本而形成的鲜明对比，彻底剥去了披在资本主义制度合理进化上的文明外衣，充分展现出在文明进化过程中人性的堕落、文明的衰退，对资本主义制度具有无限发展可能性的乐观思想进行了讽刺，表现出戈尔丁对人类黑暗前景的悲观情绪。

三、《品彻·马丁》与《鲁滨逊飘流记》：英雄形象的解构

《品彻·马丁》是对笛福（Daniel Defoe）的《鲁滨逊飘流记》（*The Adventures and Farther Adventures of Robinson Crusoe*，1719）及希腊神话中普罗米修斯故事的仿作。通过戏仿，戈尔丁解构了马丁与命运顽强抗争的英雄形象，揭示出其英雄形象下隐藏的丑恶本性。

《鲁滨逊飘流记》是一部歌颂资本主义处于上升阶段时资产阶级开拓进取精神的现实主义小说。小说中的主人公鲁滨逊在海上遭遇风暴，流落到一个荒岛上。面对这样的生存困境，鲁滨逊没有怨天尤人，自暴自弃，他靠自己的勤劳和智慧在荒岛上修建房屋、饲养家畜、种植庄稼，不仅征服了自然，完成了自救，还教化了一个岛上的野蛮人——星期五。荒凉的小岛在鲁滨逊的不懈努力下，被建成了物产丰富的美好家园。鲁滨逊面对生存困境时表现出的坚强不屈的意志、积极乐观的精神，正是资本主义处于上升阶段时新兴资产阶级追求个人奋斗的精神面貌。鲁滨逊在征服自然时表现出的勇于冒险、不断创新的精神，也反映出资本原始积累时期新兴资产阶级的创业意识。

普罗米修斯是希腊神话中著名的英雄形象，集智慧和勇敢于一身。他创造了人类，给人类带来文明和知识，还从宙斯那里盗取天火，为人类带来光明和温暖。宙斯为此对普罗米修斯进行了残酷的惩罚，他命令火神将普罗米修斯锁在高加索山的悬崖上，不能动弹，也不能睡觉，日夜遭受着风吹日晒的痛苦。宙斯还每天让恶鹰去啄食普罗米修斯的肝脏，第二天被啄的肝脏复原，再让恶鹰去啄。如此周而复始，普罗米修斯被折磨了数千年，但他毫不屈服，体现出不畏强权的英雄气概。

在《品彻·马丁》中，小说的主体部分是马丁海上遇险后，历尽千辛万苦在一块礁石积极开展自救的故事。表面看来，马丁似乎与鲁滨逊一样，落难荒岛后乐观积极地开展自救；又同普罗米修斯一样，与命运顽强不屈地抗争。马丁多次在面临逆境时高喊："我是

阿特拉斯。我是普罗米修斯。"①小说中呈现出的顽强求生的马丁俨然是个英雄。但从马丁对以往生活的回忆片段中，我们却发现一个截然相反的形象，他自私、贪婪，为了满足个人的欲望不择手段。光辉的英雄形象下隐藏着丑恶的恶棍形象。普罗米修斯面对惩罚坚决不屈服的坚强意志是为了给人类保留火种，带来光明，而马丁则是为了继续保持贪婪的自我，所以马丁完全是一个"非英雄形象"，支撑他顽强求生的动力是他贪婪的本性，他越是坚忍不屈越是暴露了人性的丑陋。正如阮炜（1998）所说的那样："我们感到容易接受的恐怕是那种像西西弗斯一样推石上山、永不止息的存在主义英雄，是海明威《老人与海》里那位百折不挠的古巴老渔民桑提亚歌。戈尔丁则告诉我们，坚韧不拔未必是什么值得敬重的美德。"②品彻·马丁身上并存的"英雄"和"非英雄"形象表现出戏仿造成的艺术张力，表达出戈尔丁对人性恶的探索和思考。

除了上述三部小说比较明显地应用了戏仿之外，戈尔丁在其他作品中也或多或少地运用了此种技巧。小说《金字塔》中，戈尔丁对古埃及建筑金字塔的结构进行了戏仿，将整部作品的情节和人物非常巧妙安排成了金字塔结构，根据唐纳德·康普顿的分析：

> 这部书的故事是围绕着斯城的广场（金字塔的正方形底座）展开，在此基础上建成金字塔的四个立面，分别是斯城的居民、阶级、音乐和性。居民由奥利弗、艾薇和彭斯构成三边，阶级由中、上和下构成，音乐由音乐喜剧、爵士乐和古典音乐构成，性由被压抑的、淫荡的和理想的构成。具体而言，奥利弗代表了人类的心灵，艾薇代表肉体，彭斯代表精神；中产阶级包括奥利弗的父母，上层是医生埃温、报纸老板克莱默、老道利什等，下层则是杂货坊的居民以及在小酒店门口闲逛的流浪汉们；音乐喜剧指的是《多情国王》，爵士乐是艾薇爱听的萨沃伊俄耳

---

① 威廉·戈尔丁. 2000. 品彻·马丁[M]. 刘凯芳，译. 上海：上海译文出版社，第145页。
② 阮炜. 1998. 社会语境中的文本——二战后英国小说研究[M]. 北京：社会科学文献出版社，序言第4页。

普斯乐队，古典乐当然是道利什父女及奥利弗所欣赏的那一些；压抑的性由彭斯代表，淫荡的欲念可由奥利弗对艾薇的态度看出，理想则出现在他对伊莫锦的幻想中。①

小说《自由堕落》的题目借用了加缪（Albert Camus）的小说《堕落》（La Chute，1956）的题目，情节上则戏仿了但丁（Dante）《神曲》（Divine Comedy，1307—1321）中的一些情节。《神曲》描写但丁在中年遇到困惑时，由他年轻时爱慕的姑娘比阿特丽斯带领他走向天堂。《自由堕落》中的主人公萨米在人生的中年也遇到了困惑，他的女友比特莱斯被他诱奸后抛弃而精神失常，萨米也因此堕落，留在了人生的炼狱中。

小说《教堂尖塔》则戏仿了《旧约》中的情节，两处都出现了人类兴建高塔最终失败的情节。《旧约·创世纪》中人类为了"传扬我们的名"，准备兴建高耸入云的巴比伦通天塔。上帝为人类的虚荣和傲慢举动所震怒，他变乱了人类的语言对人类进行惩罚。最终表现人类狂妄的巴比伦通天塔因人们之间无法沟通半途而废。而《教堂尖塔》中的乔斯林却是为了表现对上帝的虔诚、崇敬之心，准备"以上帝之名"兴建一座 400 英尺（近 122 米）高的尖塔。因为地基不稳，不符合建筑的客观规律，尖塔最终倒塌。

第二节　象征：恶的抽象表现

所谓象征（symbolism），就是用具体的事物表现另一事物或某种抽象概念和思想感情。"象征作为一种创作手法把作品直接描绘的形象——人、事物、景等跟'一个隐含的意蕴，通过比喻联系在一起'。"②"这种表现既不是直接将思想和情感描述出来，也不是通过

① 转引自威廉·戈尔丁.2000. 金字塔[M]. 李国庆，译. 上海：上海译文出版社，代前言第 5 页。

② 王向峰，主编.1987. 文艺美学词典[M]. 沈阳：辽宁大学出版社，第 234 页。

与具体的意象进行明显的比较而给它们加以限定，而是暗示出这些思想和情感是什么，并且通过使用不加解释的象征符号，在读者心里将它们重新创造出来。"①

戈尔丁擅长运用象征手法构思全文，自觉地赋予主题、情节、人物、意象、语言等因素以象征意义，而且他还经常将多种象征形式组合，在许多小说中构建整合的、有机的象征体系。戈尔丁构建的象征体系非常抽象地表现出"人性恶"，由此隐喻性地揭示人的生存境况，表现出他对人的关怀及对人类本质的思索。

关于自己创作中运用的象征，戈尔丁在接受弗兰克·科莫德（Frank Kermode）采访时曾说过："只有当象征手法完全渗入小说的事件、人物和基调时，它才能真正奏效"②。但他又拒绝具体地谈论自己笔下的象征："我知道关于象征的事，却不知道自己有所知。根据我的理解，象征的含义和效果都是无法描绘的，因为象征本身就是具有不可描绘的含义和效果的东西。我从未听说过意义的多层性，但是我一直在体验这种多层次。"③

评论家们也注意到了象征在戈尔丁小说中的应用。伊恩·格勒格和马克·金克德—威克斯认为，戈尔丁的象征意义丰富，表现出来的意义总是比能领会到的与能说明的多得多。弗吉尼亚·泰格（Virginia Tiger）认为："戈尔丁的所有寓言都是这样运作的：戏剧结构、意象和创造性语言既是它们的本原意义，又是另一个意义的象征性表述。"④

---

① 查尔斯·查德威克. 1989. 象征主义[M]. 郭洋生，译. 石家庄：花山文艺出版社，第 3 页。

② 转引自陆建德，主编. 1997. 现代主义之后：写实与实验[M]. 北京：中国社会科学出版社，第 127 页。

③ William Golding. 1965. The Hot Gates, and Other Occasional Pieces[M]. Harcourt: Brace & World, Inc., p. 74.

④ Virginia Tiger. 1974. William Golding: The Dark Fields of Discovery[M]. London: Calder & Boyars, p. 80.

一、主题原型

1. 堕落主题

"堕落"（degeneration）是文学作品中常见的原型主题。这一原型主题在西方文明的两大源头——基督教和希腊罗马神话中都可以找到起源。

在《圣经》"创世纪"中，人类的始祖亚当和夏娃无忧无虑地生活在伊甸园中，在化身为蛇的撒旦的引诱下，他们没能抵制住诱惑，将上帝的叮嘱抛在脑后，偷吃了"知善恶树"上的禁果，从而犯下原罪，受到上帝的惩罚，被赶出伊甸园，这标志着人类始祖的堕落。从此，堕落成为人类不可抗拒的命运。

在希腊神话中，堕落这一原型在各代人生的故事中也有所体现。第一代，即"黄金一代"生活的时期，神给予人类丰饶的物产。人们与自然和谐相处、无须劳作，相互之间和平友善、没有纷争。再加上没有疾病，没有衰老，人和神一样过着无忧无虑的生活。第二代，即"白银一代"生活的时期，人们开始了堕落。他们娇生惯养，不明事理，感情发达但理智不足，人与人之间失去了往日的友善，纷争不断。随心所欲、缺乏理智的行为使他们不可避免地犯下罪行，再加上对神不恭，因此受到惩罚，被宙斯赶到黑暗的地下王国。然而他们的人性中还保留着善良的成分。第三代，即"青铜一代"生活的时期，人们在堕落的道路上越滑越远。他们性格粗鲁、行为暴力，同类之间互相残杀，战争连绵，最后被赶到阴森可怕的冥府永久居留。第四代即"黑铁一代"，据说是诸神制造出的"最糟糕的产品"。这一时代的人类彻底坠入堕落的深渊。出于贪婪、自私的本性，黑铁一代对上不敬神，对下毫无节制地侵占他人的利益。他们的内心充满痛苦和罪孽，整日生活在忧虑和苦恼中。古希腊诗人赫西俄德（Hesiod）这样描绘黑铁时代的场景：父亲不爱儿子，儿子仇视父亲，主人不愿款待他们的朋友，朋友之间也互相憎恨。从前美满与尊严的女神（正义女神阿斯特赖亚，Astraea）还常来地上，如今也伤心地用白袍裹住美丽的身体，回到永恒的神的世界去了，留给人类的只有悲惨，而且这种悲惨的状况看不到尽头。

戈尔丁生活的 20 世纪，是科学技术飞速发展、人们物质生活水平不断提高的时代。现代工业文明的确立和发展使人的物质欲望不断发酵膨胀。人变得更加贪婪，迷失了本性，异化成科学、工具、战争的奴隶，在堕落的道路上越走越远。因此在戈尔丁的早期小说中，许多都隐含着"堕落"这一主题原型。《蝇王》中的孩子们在流落荒岛前，是生活在文明世界中受道德、教育、法律等一系列规则制约的"英国小绅士"。初登荒岛时，这些文明的印记完好地保存在孩子们的身上，他们同亚当、夏娃一样，在伊甸园般的小岛上过着无忧无虑的生活。但随着人性中隐藏的恶的全面爆发，孩子们一步步堕落。为了满足吃肉的贪欲，他们残忍地杀死野猪，并且开膛剖肚，割头献祭。为了满足对权力的贪欲，他们争权夺利，不惜野蛮地杀死同伴。孩子们的堕落将伊甸园一般的小岛变成了人间地狱，他们自我放逐，亲手将自己逐出了伊甸园。拉尔夫在小说结尾时不禁"为童心的泯灭和人性的黑暗而悲泣"。《继承者》的故事沿袭了希腊神话中各时代发展的轨迹。尼安德特人虽然在人类进化链上属于落后的一环，但他们纯朴善良，同希腊神话中的"黄金一代"一样，没有矛盾纷争，没有尔虞我诈，在伊甸园般的丛林里过着无忧无虑的生活。而"新人"虽然在文明的进化程度上比尼安德特人高级，但由于受到贪欲的驱使，他们的生活如同"青铜一代"和"黑铁一代"一般，充满了暴力血腥。通过"新人"取代尼安德特人的故事，戈尔丁想要说明的是虽然这种取代按照"社会达尔文主义"的观点是人类发展史上的进化，但实质上却标志着人性从"黄金一代"到"黑铁一代"的堕落。《自由堕落》更是直接以"堕落"为题，讲述了自幼被神父收养的萨米在自由意志支配下一步步背离宗教，走向堕落的故事。萨米在忏悔中对自我堕落的原因及过程的追问和反思发人深省。

2. 救赎主题

救赎主题可以从"基督教救赎论"这一母题中找到原型。救赎（redemption）是基督教的核心观念之一，是《圣经》最重要的主题。

人类祖先亚当、夏娃因偷食禁果犯下原罪被上帝赶出伊甸园后，人类一代代繁衍，罪恶不断加重，人类也因罪恶与上帝隔离。"世人都犯了罪，亏缺了神的荣耀"①。救赎包含两层意思："救"表示拯救；"赎"表示代价，说明要想得到拯救就要付出代价。因此上帝派遣他的独子基督耶稣"道成肉身"降临人间，受尽苦难后舍弃生命死于十字架上为人类赎罪，将人们从罪恶中拯救出来。上帝通过对人类的救赎，显示他的爱与恩典。但要获得上帝的爱与救赎，还有两个必要的条件，那就是信奉上帝、忏悔前罪。基督教揭示出人背离上帝乃是一切罪恶和苦难的根源，真实地指出人的罪性和无力自救的实况，表明人必须忏悔背离上帝的行为，相信上帝的救赎，这样才能重新拥有与上帝联合的生命，因信称义，得到上帝的恩典，获得救赎。

　　受基督教影响，"救赎"成为欧美文学中一个重要的原型主题，人的"堕落—受罚—忏悔—救赎—获救"成为欧美文学作品中常见的叙事结构。戈尔丁出生于一个并无基督教背景的家庭，"二战"前他不信仰任何宗教。但"二战"的参战经历使他放弃了理性主义，他认为基督教的"原罪"思想似乎比科学理性原则更符合客观现实。戈尔丁的早期小说大多表现"人性恶"的主题，但他揭示人性恶不只是为了揭示，而是为了探求一条救赎的道路。他希望人类能够意识到，进而反思、忏悔人性中存在的恶以及由此产生的恶劣行径，警醒并控制恶的进一步发展，所以他的小说中常隐含着"救赎"的主题。但由于戈尔丁对当代社会状况产生的深切悲观意识，再加上他并不是一个虔诚的基督徒，所以他的小说大多只是展示了人物忏悔反思、努力实现自我救赎的过程，并没有呈现人类获得上帝恩典、得到救赎的圆满结局。

　　小说《蝇王》中西蒙这个人物被塑造成基督的化身，霍华德·鲍勃在《威廉·戈尔丁的小说》一书中指出："西蒙的生活和死亡都是

---

① 中国基督教三自爱国运动委员会，中国基督教协会.2000. 圣经·罗马书3[M]. 第23页。

对基督的模仿"①。除了具有先知先觉、充满爱心等特点外，西蒙与基督耶稣的最主要相似点就是同为殉难者形象。西蒙发现了山顶"野兽"的真相后，想要把真相告诉同伴，将他们从黑暗、恐惧中解脱出来，但却被处于迷狂中的同伴当作野兽活活打死。西蒙之死与耶稣之死具有同样的救赎意义。戈尔丁后期小说《黑暗昭昭》中的麦蒂也是这样一个殉道者的形象。这两个形象表现出戈尔丁寻找人类救赎的某种尝试，他期盼在人类世界中出现一个上帝似的人，将生活在现代文明荒原中的人类拯救出来。

小说《自由堕落》讲述了主人公萨米通过第一人称自白式的倒叙回忆自己的前半生，探寻自己"罪责的起点""堕落的始发地"的故事。整部小说都充满了萨米的忏悔，他在回忆中深刻反思自己受内心私欲的指引一步步"自由堕落"的过程。在基督教救赎论中，罪与义、忏悔与拯救是紧密相连的二元结构。当人们认识到自身的罪行或内心的邪恶时，就要无条件地信奉上帝，知罪并悔罪，这样才能获得拯救，因信称义。这样两个二元结构就被联系在一起，形成了"犯罪—忏悔—拯救—义"的救赎模式。因此忏悔是从罪到义的必经之路，是人类获得救赎的必要条件。但《自由堕落》只是给读者展示了萨米从犯罪到忏悔的环节，结尾处并没有提到他灵魂获救、因信称义的圆满结局，这深刻地反映出戈尔丁对人类生存状况的悲观情绪。

除了提出信奉上帝、忏悔反思自身罪行以获得救赎的道路外，面对 20 世纪人类生存的困境，在尼采喊出"上帝死了"之后，许多西方作家对实现救赎的现世努力感到悲观绝望，而把希望寄托于死后的彼岸世界，因此死亡就成为救赎的终极形式。《教堂尖塔》中乔斯林借着荣耀上帝这样冠冕堂皇的借口在地基不稳的情况下建造高塔，实际上是为了满足自己的私欲和虚荣心。乔斯林对上帝这种畸形的信奉自然不能得到上帝的救赎。小说结尾处塔毁人亡，死亡的

---

① Howard S. Babb. 1970. The Novels of William Golding[M]. Columbus: The Ohio State University Press, p. 17.

结局对于乔斯林来说不啻为一种解脱，戈尔丁将其救赎的希望寄托于他死后的彼岸世界。

3. 成长主题

成长是人生经历中的重要阶段，所以成长问题成为人类社会发展和文学创作普遍关注的现象之一。从狭义上讲，成长特指人从幼年到成年的生长过程；从广义上讲，成长可以贯穿人生始终，既可以指身体上的成长，又可以指认知上的提高、思想上的成熟。作为文学原型的成长主题大都沿袭"分离—转变—成长"的模式："分离"指文学作品中的人物因为某种特殊的原因，主动或被动地离开自己熟悉的生活环境，脱离开成年人的庇护，在一个陌生的环境中生活。"转变"指人物在新的环境中面临新的问题，有时候甚至是面临困境和挫折。在经历过挫折后，人物逐渐发现世界的真相、人性的真相，原来对世界简单、幼稚、片面的认识往往会发生改变。有人总结说，转变就是失去天真，发现真相。"成长"指作品中的人物对自身、对周围事物的认识变得更客观、更全面，最终完成思想上的成长。

小说《蝇王》中孩子们落难荒岛的经历就隐含着成长主题。在未来的一场核战争中，一群 10 多岁的孩子在撤退的过程中因为飞机失事落难荒岛。同机的成年人死于非命，荒岛上也没有成年人。孩子们在远离文明世界、远离父母庇护的陌生环境里开始了自救生活，此为"分离"阶段。孩子们在远离文明世界的荒岛上面临着如何生存、如何自救等一系列问题。在经历了从团结互助到分裂再到自相残杀的危机后，西蒙、拉尔夫逐渐认识到了人性中固有的恶及由此引起的可怕后果，此为"转变"阶段。小说的结尾，拉尔夫"失声痛哭：为童心的泯灭和人性的黑暗而悲泣"①，这标志着他从天真幼稚走向成熟，此为"成长"阶段。《蝇王》中的成长主题主要体现在拉尔夫和西蒙身上。西蒙的成长止于死亡，他认识到孩子们心中恐惧的野兽其实就是他们自身存在的恶。当他想要与同伴分享这一认识上的转变时，却被同伴当作野兽活活打死。拉尔夫的成长止于

---

① 威廉·戈尔丁. 2006. 蝇王[M]. 龚志成，译. 上海：上海译文出版社，第 236 页。

小说结尾，成长了的拉尔夫获救重返文明世界后会有怎样的转变，只能留待读者去想象。成长主题中最后一个环节的不充分展开和发展，恰恰体现了戈尔丁对于人性的悲观认识。

小说《自由堕落》的主人公萨米虽然是个成年人，但他的故事也隐含着成长主题。小说开始时，萨米已经被抓入纳粹集中营，封闭的单人牢房这个陌生的环境标志着萨米成长过程的"分离"阶段。萨米在牢房中开始反思、忏悔自己的人生，探寻自己堕落的原因，这是其成长过程的"转化"阶段。最终萨米意识到是自己背弃了宗教，才无法控制对本性中潜藏的邪恶的放纵，才导致了"自由堕落"，这是其"成长"阶段。小说结尾，当意识到自己堕落根源的萨米对自己早年的堕落行为感到悔恨的时候，纳粹却释放了他。小说至此戛然而止，重获自由的萨米出狱后会有怎样的转变，戈尔丁没有提及，只能留待读者去想象，这也隐含着戈尔丁对人类未来的担忧和悲观情绪。

一、人物原型

1. 日神原型——拉尔夫

在古希腊神话中，日神阿波罗是光明之神，象征着理性和法则。根据赫西俄德（Hesiod，古希腊诗人）的《神谱》（*Theogony*，约公元前 730—公元前 700），"勒托在恋爱中与神盾持有者宙斯结合，生下喜欢射箭的阿波罗和阿尔忒弥斯。他们是宙斯所有子女中最可爱的两个"[①]。《蝇王》中的拉尔夫是日神的象征，他推崇理性，倡导文明秩序，代表着岛上民主、进步和善良的力量。

拉尔夫和日神有着许多相似之处。首先，在形象和举止上，日神和拉尔夫都是美的象征。古希腊神话中的英雄人物往往拥有高大伟岸的身材、英俊出众的长相。在尼采看来，日神是美的外观的象征。日神阿波罗出生于一个叫得罗斯的满是岩石的荒岛上，他出生后，岛上立刻光芒四射，洒满了阳光。小说《蝇王》中的拉尔夫身

[①] 赫西俄德.1991. 工作与时日·神谱[M]. 张竹明，蒋平，译. 北京：商务印书馆，第52页。

材高大，相貌俊美。"拉尔夫坐在那里，身上有着某种镇定自若的风度，与众不同：他有那样的身材，外貌也很吸引人"[①]。"就他的肩膀长得又宽又结实而言，看得出他完全可能成为一个拳击手，但他的嘴形和眼睛偏又流露出一种温厚的神色"[②]。拉尔夫出身于中产阶级家庭，受过良好的教育，因此行为举止彬彬有礼。他的相貌和风度给其他孩子留下了良好的印象，给他们带来了安全感。所以在选举领袖时，拉尔夫战胜了杰克。其次，日神和拉尔夫都给人带来光明和希望。成年后的阿波罗每天驾着太阳马车驶过天际，给世界带来光明。当他弹奏起金竖琴时，奥林匹斯山上的喧嚣会立刻被安宁、和谐的气氛取代。拉尔夫一再乐观地告诉小孩子们获救的可能性："我父亲在海军里，他说已经没什么岛屿是人们所不知道的了。……女王一定会有这个岛的地图的。……早晚会有船派到这儿。说不定还是我爸爸的船呢。大家等着，早晚咱们总会得救。"他的话给大家带来了"光明和快乐"，大家因他的话产生出一种"安全感"。[③]再次，日神和拉尔夫都代表着理性和法则。日神拥有锋利无比的金箭，主管宗教和法规，他明辨是非、公正严明。荒岛上被选为首领的拉尔夫坚信规则和秩序的力量，竭力维持从文明社会带来的规矩，希望在岛上建立一个文明和谐的小社会。他召集孩子们开会制定规则，认为"规则是咱们所有的唯一东西"[④]。他要求孩子们以民主协商的方式来处理岛上的事务，比如以海螺为号角召开会议、会上发言要举手、不能随意打断别人的发言、要派专人轮流看管信号火堆、要搭建窝棚作为夜晚栖身之所、要在椰子壳里储水喝、要固定厕所的位置、不能随地大小便，等等。他努力维护"那个可以理解和符合法律的世界"。另外，拉尔夫和日神还有一个共同之处：虽然他们是理性的象征，但性格中也隐藏着非理性的因素，有时也会有暴力的举动。长着羊角和羊蹄的神——潘与日神比赛演奏乐器，老山神特

---

① 威廉·戈尔丁. 2006. 蝇王[M]. 龚志成, 译. 上海：上海译文出版社, 第19-20页。
② 威廉·戈尔丁. 2006. 蝇王[M]. 龚志成, 译. 上海：上海译文出版社, 第5页。
③ 威廉·戈尔丁. 2006. 蝇王[M]. 龚志成, 译. 上海：上海译文出版社, 第38页。
④ 威廉·戈尔丁. 2006. 蝇王[M]. 龚志成, 译. 上海：上海译文出版社, 第34页。

摩罗斯裁定阿波罗获胜。大家都赞同老山神的裁定，只有弥达斯国王认为裁定不公正，获胜者应该是潘。阿波罗恼羞成怒，宣布弥达斯不配拥有人的耳朵，将他的两只耳朵揪成驴耳朵。底比斯国的王后尼俄柏因为拥有七儿七女得意非凡，因此当她看到人们在敬奉阿波罗的母亲勒托时，对只有两个子女的勒托十分轻视，认为人们敬奉勒托而不敬奉她是愚蠢的行为。阿波罗得知此事后，将尼俄柏的七儿七女一一射死。《蝇王》中作为理性和规则代表的拉尔夫，也曾经抵制不住猪肉的诱惑，和猪崽子一起到杰克的营地分食猪肉，而且在暴风雨来临时参与了杰克一伙模拟打猎的疯狂舞蹈，在狂乱的气氛中失去理性，参与了打死西蒙的疯狂暴力的行为。

2. 酒神原型——杰克

狄俄尼索斯 （Dionysos）是希腊神话中的酒神，是酿酒和种植葡萄的庇护神。根据尼采的理论，酒神精神是一种非理性的狂欢精神。非理性是指人的原始欲望。现代社会中，人们的活动受理性因素的制约，内心的原始欲望难以彻底实现，一旦脱离了这种制约因素，非理性就会将人的理性排挤得荡然无存，人类原始的欲望和本能都被释放出来，不受规则的拘束。以非理性为特征的酒神精神和以理性为特征的日神精神是希腊神话中两个对立的基本命题。《蝇王》中杰克代表着酒神身上的动物性潜能，是反对理性、规则的代表，他的行为举止体现出疯狂放纵的、非理性的酒神精神。杰克在《蝇王》中是拉尔夫的对立面，反对理性，对拉尔夫制定的一系列理性的规则开始时还勉强遵守，没过多久就公然叫嚷"让规则见鬼去吧"。他在打猎时表现出的疯狂举动象征着人类的原欲摆脱理性爆发后的可怕后果。酒神神话中疯狂、混乱的因素还体现在酒神信徒们对酒神的崇拜中。酒神的信徒们往往在崇拜中陷入狂热，直至失去理智，导致过激的行为。为了惩罚对他轻慢不敬的底比斯国王彭透斯，酒神让底比斯城中他的女信徒们陷入迷狂的祭祀状态。疯狂的女信徒们在听到酒神的指令后，将彭透斯活活打死。彭透斯的母亲阿高厄在迷狂的状态下根本认不出自己的儿子，她一把抓住儿子的肩膀，猛地拉断他的右臂。最后又将彭透斯的头颅拧下来并穿在她的神杖上。暴风雨来临之夜，以杰克为首的孩子们模仿打猎的疯狂舞蹈与酒神信徒们的疯狂状态毫无二致。之前还对暴风雨充满恐惧的孩子在跳舞唱歌的过程中摆脱了恐惧，陷入了迷狂状态下的野蛮狂欢，他们围成圆圈不停地"跳动和跺脚"，唱着打猎的口号"杀野兽呦！割喉咙呦！放它血呦！"。在电闪雷鸣的雨夜，孩子们用这样疯狂的举动驱散内心的恐惧，就连代表理性的拉尔夫和代表科学的猪崽子也"感到迫切地要加入这个发疯似的……一伙人当中去"①。而西蒙在山顶发现野兽的真相后，恰在此时跑来向伙伴们通报这一消息，结果被处于迷狂状态的同伴当成野兽杀死。

3. 智者及小丑原型——猪崽子

猪崽子是智者、小丑的复合体，一方面，他是岛上孩子们之中科学民主的代表，一直主张用科学技术和民主制度解决岛上的生存及获救问题；另一方面，具有讽刺意味的是，这个"智者"的形象不但没有得到大家的拥护和尊敬，反而像"小丑"一样，言行滑稽可笑，经常被同伴嘲笑讽刺。

在欧洲传统的文学作品中，小丑原型一方面受人轻视、被人嘲笑戏弄，另一方面他们又常常利用自身的滑稽、愚蠢或者疯癫作为掩护，道出人性的真相。《蝇王》中的猪崽子虽然在孩子们中知识水平最高，但他却经常像个小丑一样被大家嘲笑、戏弄。小说一开始孩子们初次集合时，他们就拿猪崽子的名字取笑他：

"你够啰嗦了。"杰克·梅瑞狄说。"闭嘴！胖子。"一阵大笑。

"他可不叫胖子，"拉尔夫喊道，"他名叫猪崽子！"

"猪崽子！"

"猪崽子呦！"

"嗬，猪崽子呦！"

响起了暴风雨般的笑声，甚至连最小的孩子也在笑。片刻

---

① 威廉·戈尔丁. 2006. 蝇王[M]. 龚志成，译. 上海：上海译文出版社，第176页。

之间除了猪崽子之外，其他男孩子们都连成一气。①

……

在这当口，在火堆旁烤肉的孩子们突地拖着好大一块肉朝草地奔过来。他们撞到猪崽子身上，猪崽子被烫得哇哇乱叫踩脚乱跳。拉尔夫立刻和那群孩子连成了一气，暴风雨般的哄笑缓和了他们之间的气氛。猪崽子又一次成了众矢之的，人人兴高采烈，情绪也正常了。②

猪崽子相信科学、崇尚民主，是智慧和理性的象征。是他建议拉尔夫吹响海螺召集大家开会。在孩子们中，只有他拥有知识分子的象征——眼镜，正是凭借他的眼镜，孩子能够在荒岛上燃起火堆用于烤肉、取暖和做信号火堆。他始终坚定不移地站在象征着文明理性的拉尔夫一边，经常给其出谋划策。同拉尔夫一样，他始终寄希望于用科学、民主、文明的方式解决问题，多次在开会时大家七嘴八舌、乱作一团的情况下维护着象征民主和秩序的海螺的权威。他拿着螺号反问杰克一伙："哪一个好一些？——是像你们那样做一帮涂脸的黑鬼好呢？还是像拉尔夫那样做一个明白事理的人好呢？……是照规矩，讲一致好呢？还是打猎和乱杀好呢？"③

猪崽子是科学、民主的象征，但他身上也存在着严重的缺陷。猪崽子身材肥胖，体格虚弱，患有气喘病，这象征着科学知识力量的脆弱。另外，他性格软弱，缺乏胆识，过分相信科学与理性，忽视道德、精神的力量。他也曾受吃肉的引诱，参与了杀害西蒙的暴行，而且在事后为自己的行为百般开脱，认为那只是意外事故，丝毫没有忏悔之心。

4. 基督原型——西蒙

西蒙在希伯来文中的意思是"倾听者"，它喻指基督的使徒西蒙·彼得（Simon Peter）。这个人物在小说中的作用也与基督教有着

---

① 威廉·戈尔丁. 2006. 蝇王[M]. 龚志成，译. 上海：上海译文出版社，第18页。
② 威廉·戈尔丁. 2006. 蝇王[M]. 龚志成，译. 上海：上海译文出版社，第173页。
③ 威廉·戈尔丁. 2006. 蝇王[M]. 龚志成，译. 上海：上海译文出版社，第211页。

密切的关系，甚至可以说他是一个承载着基督教文化的代表。这不仅由于西蒙的名字与宗教有关，也是因为西蒙的举止行为呈现了在基督教教化影响下的道德典范。

戈尔丁把西蒙塑造成基督的化身，他正直善良，有很强的洞察力和理解力，富于探索，善于思考，是一位警醒人类的圣人。戈尔丁在谈论西蒙这个人物时曾说："我在自己的寓言中放入了一个像基督那样的人物。这就是那个小男孩西蒙，他讲话结巴，孤零零的；他热爱人类，是个喜欢幻想的人。"① 霍华德·鲍勃在《威廉·戈尔丁的小说》一书中说："西蒙的生活和死亡都是对基督的模仿。"②

（1）先知先觉：在孩子们当中，西蒙最早认识到人性中潜藏的黑暗与邪恶。当孩子们认为荒岛上存在野兽，并因此感到恐惧时，西蒙对野兽的存在表示怀疑。"不管西蒙怎么想象那头野兽，在他内心里浮现的却总是这样一幅图画：一个既有英雄气概又是满面病容的人。"他朦胧地感觉到，野兽就是深藏在内心的人性恶的外化表现，因此他指出"大概野兽不过是咱们自己"。

西蒙身上的先知先觉还表现为他像先知一样对自己和拉尔夫的结局做出的预言。面对孩子们混乱的秩序，作为头领的拉尔夫有时也觉得获救的希望渺茫，从而意志消沉。"谁都可以幻想得救；但是在这儿，面对着这蛮横而愚钝的大洋，面对着这茫无边际的隔绝，谁都会觉得束手无策，谁都会感到孤立无援，谁都会绝望。"而此时西蒙会通过向拉尔夫展示获救的美好前景来鼓励他："'你会回到老地方的。'……'你会平安返回的。不管怎样，我是这样认为的。'拉尔夫的身体稍微松弛了一点。……'我只是认为你总会回来的，不会出什么事。'"③ 西蒙对自己最后的命运也早有预料："我了解人们，了解我自己，也了解他（杰克）。他伤害不了你，可要是你靠边

---

① 顾明栋，译. 1998. 寓言在文学作品中的作用[C]//宋兆霖，主编. 1998. 诺贝尔文学奖文库·创作谈卷. 杭州：浙江文艺出版社，第362-363页。

② Howard S. Babb. 1970. The Novels of William Golding[M]. Columbus: The Ohio State University Press, p. 17.

③ 威廉·戈尔丁. 2006. 蝇王[M]. 龚志成，译. 上海：上海译文出版社，第125-126页。

站，他就会伤害下一个，而那就是我。"①

（2）抵御诱惑：西蒙是小说中唯一一个没有参与过杰克一伙打猎、杀猪、吃猪肉行为的孩子。在远离文明世界的荒岛上，西蒙没有像杰克和其他孩子一样，被饥饿、恐惧等本能驱使而表现出散漫、野蛮、残暴等原始欲望，他始终坚持拒绝诱惑、克己自制，是一个道德化、理想化的形象。岛上的大部分孩子因为要满足吃肉的欲望而加入杰克的团队进行血腥残暴的狩猎，就连小说当中理性的象征拉尔夫和科学的象征猪崽子也曾因抵制不住吃肉的诱惑而向杰克讨食猪肉并加入了疯狂的狩猎舞蹈，而同样是孩子的西蒙却克制住了自己的欲望，表现出高于其他孩子的自制力。这种克制与耶稣在荒野中苦苦斋戒，拒绝魔鬼撒旦的诱惑极为相似，在其他孩子原欲爆发的衬托下，西蒙身上基督般的神性被突显出来。戈尔丁设计西蒙这样一个角色用以代表人类的反思意识和节制意识。

（3）虔诚、充满爱心：基督教《圣经》中曾提到"只有当你单独处世时，你才能亲近众神"②。小说中杰克一伙在登岛前是教堂里的唱诗班，他们身上本来最应体现出对基督的虔诚信仰，但登岛后他们自始至终也没有做出任何敬神的举动，只有在西蒙的身上还能依稀看到一个虔诚的教徒的影子。西蒙不像唱诗班其他孩子那样一心只热衷于打猎吃肉，他喜欢孑然独处，进行自己的宗教活动。西蒙在岛上的树林深处发现一处幽静所在，藤蔓垂下的枝条形成了一道墙，树墙内形成了一个封闭安静的小空间。西蒙多次来到这个树丛中的"圣所"，独自一人冥思祈祷。正如戈尔丁所言：

> 在所有男孩中，唯有他一人觉得需要孤身独处，并不时钻到灌木丛里去。由于这部小说完全可以做出种种不同的解释，你们不会相信别人对西蒙钻进灌木丛一事已做出的各种解释。不过他的确是钻进灌木丛去做祈祷，正如童年的约翰·魏安尼

---

① 威廉·戈尔丁.2006.蝇王[M].龚志成，译.上海：上海译文出版社，第104页。
② 吉敏，云峰.2005.圣经文学二十讲[M].重庆：重庆出版社，第71页。

和其他一些圣人去做祈祷一样，尽管这样的人为数寥寥。他真的将森林的一角变成了教堂，也许不是一座砖石盖的教堂，而是一座精神的教堂。①

西蒙的身上还体现着基督教教义中最重要的思想：爱别人。在别的小孩都受到杰克的诱惑擅离职守去打猎时，只有他坚守岗位，留下来帮助拉尔夫搭建窝棚。他为小家伙们采摘他们够不着的野果，"把簇叶高处最好的摘下来"分给小孩子们。这一场景与《马可福音》第6章第35－44节所记载的耶稣给饥饿众生分食的场面十分相似。当岛上的孩子甚至拉尔夫都以猪崽子为取笑、嘲弄的对象时，西蒙像朋友一样保护着猪崽子。例如，杰克在点燃信号火堆时鄙视猪崽子只会"干坐着"而不干活，西蒙指出火堆是用猪崽子的眼镜点燃的，就算他贡献力量了；当杰克因擅离职守导致信号火堆熄灭而被拉尔夫指责时，杰克恼羞成怒，把火气撒到猪崽子身上，他一巴掌将猪崽子的眼镜打掉，这时也是好心的西蒙帮助看不清东西的猪崽子找到了眼镜。

当拉尔夫、杰克和西蒙第一次巡视小岛时，西蒙就显露出他对宗教中美的意象的发现能力和向往之情。他们在观察矮灌木丛时，西蒙通过自己的宗教联想，把它看作教堂里的"蜡烛"："像蜡烛、蜡烛矮树、蜡烛花蕾"②。而杰克和拉尔夫都从实用的角度否定了西蒙的比喻，拉尔夫认为花蕾不能点燃，杰克更是"鄙弃地说，'咱们又不能吃这些玩意儿'"。③

（4）殉道者原型：在基督教中，"殉道"指为了维护教义、宣扬真理和福音而牺牲生命，殉道是爱神的最高表现。在小说《蝇王》中，"西蒙担当了某种基督式的角色，一个为了传播大众没有认识到

---

① 顾明栋，译. 1998. 寓言在文学作品中的作用[C]//宋兆霖，主编. 1998. 诺贝尔文学奖文库·创作谈卷. 杭州：浙江文艺出版社，第363页。

② 威廉·戈尔丁. 2006. 蝇王[M]. 龚志成，译. 上海：上海译文出版社，第29页。

③ 威廉·戈尔丁. 2006. 蝇王[M]. 龚志成，译. 上海：上海译文出版社，第29页。

的真理而牺牲自己的殉难者"①。孩子们认为荒岛上存在野兽，对此心生恐惧，尤其是在夜晚来临时，小孩子们谈野兽而色变。但西蒙认为根本没有野兽存在，野兽只不过是人内心邪恶的外化。为了证明自己的判断，西蒙独自一人上山去探寻野兽的真相，结果发现野兽其实是飞机失事后带着降落伞的伞兵的尸体。当他跑下山去想要给大家通报这一真相时，却被处于迷狂状态的同伴们当作野兽活活打死。

有评论家说西蒙是"一个基督式的人物，……立志从邪恶中拯救大家，却因此钉死在十字架上"②。西蒙背负着人类的罪恶，以牺牲自己达到救赎他人的目的。西蒙之死的救赎意义与耶稣救赎的目的是一样的。在摆脱了文明和规则的束缚、人性恶爆发的荒岛上，西蒙作为殉道者，其死亡无法避免，他的死亡象征着荒岛上上帝的缺席。"西蒙就像一切先知一样，他试图唤醒人类，让陷入迷误中的人们明白世界和人类的本质与真相，从而挽救人类，但是他的思想并不能为丧失理性的人们所理解，西蒙的悲剧是先知先觉者的悲剧，也是人类无知和愚蠢的悲哀。"③

当西蒙的尸体漂入大海时，戈尔丁的描写赋予西蒙以神性。"潮水的大浪沿着岛屿向前推移，海水越涨越高。一条由充满好奇心的小生物组成的闪亮的边镶在西蒙尸体的周围；在星座稳定的光芒的照耀之下，它本身也是银光闪闪的；就这样，西蒙的尸体轻轻地飘向辽阔的大海。"④

除此之外，《教堂尖塔》中的潘格尔以及戈尔丁后期小说《黑暗昭昭》中的麦蒂都是殉道者的形象。在《教堂尖塔》中，教长乔斯林无视地基不稳的事实，不顾建筑工人们的劝阻，执意要在教堂顶

---

① 魏颖超. 2000. 威廉·戈尔丁笔下的基督式人物——西蒙与麦蒂[J]. 外国文学，第 1 期：第 86 页。

② Laurie DiMauro (ed.). 2000. Modern British Literature (vol.1)[M]. Detroit: St. James Press, p. 564.

③ 黄铁池，杨国华. 2006. 20 世纪外国文学名著文本阐析[M]. 北京：北京大学出版社，第 53 页。

④ 威廉·戈尔丁. 2006. 蝇王[M]. 龚志成，译. 上海：上海译文出版社，第 178 页。

上加建尖塔。为了驱走心中的恐怖与愤懑，建筑工人们将教堂执事潘格尔活活打死，然后将其尸体作为祭品填入为加固地基而挖的大坑里。《黑暗昭昭》中的麦蒂最后为了救出被苏菲绑架的小男孩，丧身于火海。为了能保护并从邪恶中拯救出无辜，麦蒂将自己毫无保留地作为"火焚的供祭"献了出来，这与耶稣在十字架上牺牲自己为众人赎罪极为相像。

　　5. 魔鬼原型——杰克与罗杰

　　古今中外的文学作品中，魔鬼原型代表着残暴和邪恶的力量，是非理性、反文明的象征。《蝇王》中的杰克是人性恶的集中代表，如第一章第一节中对杰克的分析所述，他反对文明，蔑视理性，有极强的权力欲，带头破坏规则和秩序，自立门户后推行专断独裁，崇尚暴力，在狩猎过程和杀死西蒙的迷狂仪式中表现出嗜血的原欲。

　　罗杰是杰克的帮凶，"是人类灵魂中隐藏的恶的象征"[1]。初登岛时他受文明、规则的制约，在跟小孩子们恶作剧时只敢往他们身边而不敢往他们身上扔石头，而且还是躲在树后偷偷扔。然而，当文明规则的制约随着时间的推移逐渐减弱，罗杰本性中偏向人性的成分也被兽性成分逐渐取代。是他推下巨石砸死猪崽子，轧碎象征民主、权威的海螺，也是他狰狞地削尖了木棒的两端，准备追杀拉尔夫，置其于死地。戈尔丁认为："在没有文明约束的荒岛社会，任何人都有可能变成像罗杰这样的野蛮人"[2]。杰克与罗杰的关系常被评论文章称为元凶和帮凶的关系。有评论认为，罗杰这个帮凶崇尚暴力、血腥，比元凶更凶狠。甚至有人假设，如果故事的结局不是路过的军舰把孩子们营救并带回文明世界，而是拉尔夫被杰克一伙捕杀，那么当文明、理性、科学、信仰的力量随西蒙、猪崽子和拉尔夫的死亡彻底消失时，接下来的残酷权力斗争很有可能会发生在杰克和罗杰之间。更为邪恶和暴力的罗杰很有可能取代杰克，那海岛也将陷入更黑暗的人间地狱。

---

　　① 申家仁，江溶. 1992. 世界文学名著诞生记[M]. 北京：中国青年出版社，第 124 页。
　　② 申家仁，江溶. 1992. 世界文学名著诞生记[M]. 北京：中国青年出版社，第 125 页。

6. 人物姓名

除了人物的原型意义，戈尔丁在设计人物姓名时也赋予其象征意义。

（1）西蒙（Simon）的名字来自耶稣的门徒之一西蒙·彼得（Simon Peter）。耶稣死后，西蒙·彼得被举为众使徒之首，后在罗马殉教。西蒙被戈尔丁称为"基督耶稣式的人物"（a Christ figure）①。还有评论认为，《蝇王》中的西蒙经由西蒙·彼得这个中介桥梁与《珊瑚岛》中的彼得金（Peterkin，名字中包含 Peter）联系在一起。

（2）马丁原名克里斯托弗·哈德利·马丁（Christopher Hadley Martin），绰号品彻（Pincher）。克里斯托弗（Christopher）在《圣经》中是"耶稣的信使"。但是小说中这个所谓的"圣者"是个极端自私贪婪的小人，处处不择手段抢占他人的利益满足自己的欲望，因此获得了一个绰号：品彻（Pincher）。Pincher 一词的原义是"钳子、夹子或者虾蟹的螯，盗窃者"。小说的结尾，戈尔丁将马丁幻化成一对龙虾的爪子，这个意象即取自马丁绰号"品彻"的本义，形象地揭示出马丁在将死时还贪婪地企图保全生命。另外，马丁还公然反抗上帝，几次对着"黑色的闪电"向上帝叫嚣，这种行为与他的名字克里斯托弗（Christopher）的本义形成了极大的反差。戈尔丁利用马丁原名和绰号之间形成的反讽，揭示出马丁在礁石上表现的鲁滨逊式的英雄行为实际上是其对生命的贪婪追求。

（3）艾薇（Evie）的姓名取自人类祖先夏娃，既暗示了艾薇的美丽单纯，又暗示着她像夏娃一样，引诱男主人公走向堕落。

（4）奥利弗（Oliver）的姓名中隐含着"生命"（live）、"爱"（love）、"邪恶"（evil）等词语，暗示着奥利弗在"金字塔"般等级森严的社会里，不断受到外界世俗观念的影响，一步步从单纯走向堕落。

（5）道利什小姐（Dawlish）的名字中含有"乏味"（dullish）之

---

① Keating James.1964. Interview with William Golding[C]//J. Keating & A. P. Ziegler Jr. (ed.). Lord of the Files, p. 192.

意，暗示出道利什·彭斯小姐在复杂冷漠的社会中形成的单纯幼稚、不谙世事的性格。道利什小姐出身上层社会，一心只关注音乐，与周围人交往甚少，对待爱情和男女相处之道更是单纯幼稚，因此被亨利一步步骗取爱情和财产。

（6）报业老板克莱默（Claymore）的名字由"泥土"（clay）和"多"（more）组成，暗指克莱默是物质富有、精神空虚的行尸走肉。

三、场景原型

1. 伊甸园

伊甸园意象是《圣经》中最主要的原型意象之一，原指上帝给人类祖先亚当、夏娃创建的乐园，后常被引申为远离纷繁复杂、尔虞我诈的人类社会的世外桃源。《蝇王》中的孤岛正是这样一个人间天堂般的伊甸园。孩子们初登荒岛时，岛上风景优美、气候宜人、物产丰饶，有足够的鲜果可以充饥，有足够的柴火可供取暖、给过往船只提供信号。这一伊甸园般的场所给因船只失事、落难荒岛的孩子们提供了极好的生存环境，让他们没有生存之虞，更为重要的是让在现实生活饱受战争之苦的孩子们找到了一块远离战争硝烟的净土。

2. 荒岛

荒岛指远离文明社会、远离现实生活，原始未开化的岛屿。"荒岛文学中的荒岛是虚实结合的产物，作为文学形象的虚构和其取材的实在性相结合，形成作品中的荒岛。……荒岛文学中的主人公……都来自活生生的现实世界，他们的言行规范、思维模式乃至主观情感都是社会性的。"[①]具有社会性的人在远离人类社会的原始荒岛上不受文明、规则制约，赤裸裸地展现人性，因此荒岛成为许多作家设计的人性实验场。

戈尔丁在《蝇王》中就设计了这样一个荒岛，以此作为展现人性恶的舞台。在这个与世隔绝、没有成年人的小岛上，孩子们很快

---

① 魏颖超. 2001. 英国荒岛文学[M]. 北京：外语教学与研究出版社，第9页。

就完成了从文明到野蛮、从理性到非理性的蜕变。戈尔丁通过荒岛这一载体，表明在文明、道德、理性失去规则制约的情况下，人性中恶的成分全面爆发的情形，侧面证明了文明、道德、理性的脆弱和无力。

《品彻·马丁》中马丁落难的礁石是荒岛的变形，比荒岛的环境更加极端。马丁在没有竞争对手的情况下向命运抗争，索取生存的权利，由此引出了他在现实生活中贪婪、卑鄙的行为。通过礁石上英雄般的顽强求生精神和生活中贪婪行径的强烈对比，突出表现了马丁贪婪的本性。

3. 地窖

从宗教层面考虑，地窖象征着地狱；从心理分析层面考虑，地窖象征着灵魂中的黑暗部分。

《品彻·马丁》中，马丁在虚构的礁石上为了生存与命运顽强抗争时，不时回忆起过去的生活。他想起了童年时期的地窖："它像那些黑夜，当时我是个孩子，睁着眼睛躺着，心想黑暗会永无休止。我无法再入睡，因为梦见地窖里的一切正从角落里出来。"[①]地窖是黑暗的象征，马丁对黑暗的恐惧其实就是对内心深处"恶"的恐惧。但人类恶的本性与生俱来，随理性发展而发展。黑暗的"地窖里的一切正从角落里出来"，将马丁包围，使其堕落。

"地窖"在《教堂尖塔》这部小说中也是一个极为重要的意象。乔斯林教长发现自己内心深处的混乱，"在那拱顶的地下室，我心灵的地窖"[②]里，他把自己看成"一座带着宽大地窖的房屋，老鼠就在里面生活"[③]。地窖在这里表明了乔斯林偏执、贪婪的特性，指向了其根深蒂固的罪恶。他原本是虔诚的教堂教长，以善的名义建造教堂的塔尖，但最终由于自己的一意孤行导致塔尖倒塌，而这种偏执正来自乔斯林自己心灵深处的黑暗"地窖"。

---

① 威廉·戈尔丁. 2000. 品彻·马丁[M]. 刘凯芳，译. 上海：上海译文出版社，第115页。
② 威廉·戈尔丁. 2001. 教堂尖塔[M]. 周欣，译. 上海：上海译文出版社，第191页。
③ 威廉·戈尔丁. 2001. 教堂尖塔[M]. 周欣，译. 上海：上海译文出版社，第73页。

4. 献祭

献祭是各种宗教中不可或缺的仪式和场景。在基督教中，耶稣死在十字架上，就是一种生命的"献祭"，其终极目的是"赎"回全人类的生命。

小说《蝇王》精心安排了这样的祭祀和牺牲品。首先是以杰克为首的打猎者，在猎杀了一头野猪后，将猪头割下，插在木棒的尖端，作为贡品献祭给野兽，以期摆脱内心对野兽的恐惧。这一人为"造神"并献祭的行为具有深刻的象征意义。摩西带领以色列人出埃及的过程中，百姓见摩西上西奈山，领上帝的律法和诫命迟迟没有下山，就开始产生异心。他们对上帝的信仰开始动摇，于是私自筹集金子铸成金牛犊开始筑坛膜拜。作为上帝的选民，他们违背了上帝"除了我以外，你不可有别的神"的诫命。杰克和他的猎人本属于基督教的唱诗班，他们向野兽献祭的行为，也是对基督教的背弃，将灵魂交给了"野兽"、邪恶以及内心的魔鬼。

另外的一次献祭发生在西蒙身上。在暴风雨来临的夜晚，孩子们为了驱散内心对黑暗、野兽的恐惧，跳起了模仿打猎的舞蹈，舞蹈很快演变成群体狂欢的行为。在迷狂的状态下，他们将前来告诉大家野兽真相的西蒙当成"野兽"活活打死，上演了一出原始宗教祭祀仪式。西蒙这个理性、虔诚的象征成为荒岛上第一个牺牲品。

5. 炼狱

《品彻·马丁》中的马丁在所乘军舰遇难落水后历尽千辛万苦爬上一块礁石，在礁石上克服各种困难顽强求生。但在故事结尾，读者却意外得知马丁在落水后不久就丧命了。所以礁石不过是马丁为贪婪的意志在临死时虚构出来的，用戈尔丁的话说："马丁在礁石上痛苦的经历是变形的炼狱中的经历"。

小说《自由堕落》中，萨米在监牢里回忆自己堕落的起点。监牢里深刻的自我剖析、对灵魂的拷问就象征着人在地狱中的忏悔。

小说《金字塔》中故事的发生地英国小镇斯城（Stilbourne）的名称与英文单词"stillborn"（死产的，死水）同音。戈尔丁通过这样巧妙的谐音设计，生动展现了斯城毫无生气、人与人之间没有真爱、人性扭曲的一个"死城"的画面。

四、意象原型

1. 野兽——内心恐惧的原因、人性恶的外化

"野兽"是小说《蝇王》中的主要意象，贯穿全文始终。小说的题目"蝇王"指孩子们献给野兽的祭品，小说的第五章、第六章更是专门以"兽从水中来""兽从空中来"为题。"野兽"的表层象征意义为孩子们内心对陌生环境，尤其是黑暗中的荒岛产生的恐惧；深层象征意义则为人性深处隐藏的恶。

"野兽"最早是由一个脸上有紫红胎记的小孩在拉尔夫、杰克和西蒙三人勘察了岛上情况，在集会中向大家汇报的时候提出的。本来孩子们被拉尔夫等三人关于岛上物产丰富、适于居住的描绘所鼓舞而欢欣不已，但这乐观的气氛却被岛上有野兽的话题所打破。这个小孩子说岛上有像蛇一样的小野兽从黑暗中来，"那东西来过又走了，后来又回来，要吃掉他"。① 在第五章"兽从水中来"中，一个叫菲尔的小孩提出黑夜里有"又大又吓人的东西"在树林里晃动，另一个叫帕西佛尔的小孩说兽从海里来。在第六章中，一具伞兵的尸体在夜晚从天而降被值班的双胞胎看到，极端恐惧的他们在向同伴描述时说："野兽是毛茸茸的。头的后面有东西飘来飘去——像是翅膀……真可怕，他那么直挺挺地坐起来。"② 拉尔夫一开始还耐心地向小孩子们解释："在这么大小的岛上不可能有小野兽、蛇样的东西。只有在大地方，要么像非洲、要么像印度，才找得到那种东西。"后来发现小孩子们对此仍表示疑惑，就武断地反复强调："我告诉你们没有野兽"③。而杰克则居高临下地将小孩子们称作"爱哭的娃娃和胆小鬼"，并且强硬地表示："至于那可怕的东西——你们得忍着点。……要是真有东西找上你们，那是活该！你们这些没用的哭

---

① 威廉·戈尔丁. 2006. 蝇王[M]. 龚志成，译. 上海：上海译文出版社，第36页。
② 威廉·戈尔丁. 2006. 蝇王[M]. 龚志成，译. 上海：上海译文出版社，第112页。
③ 威廉·戈尔丁. 2006. 蝇王[M]. 龚志成，译. 上海：上海译文出版社，第36-37页。

宝。"① 拉尔夫苍白无力的解释、杰克的威胁恐吓都不能平息孩子们心头对野兽的恐惧，而西蒙说出的真理——"大概野兽不过是咱们自己"也不被大家接受。

孩子们口中的野兽，尽管形态模样各不相同，但有一个共同点，就是都来自黑暗的夜晚，这暗示出孩子们内心深处对黑暗的恐惧。在陌生的环境中，人类对未知因素，对可能出现的不可控因素天然怀有一种恐惧，荒岛对于孩子们来说就是这种陌生的环境。在没有成年人保护的情况下，他们必然对荒岛，尤其是黑暗中的荒岛产生恐惧。这种内心的恐惧，在听觉、视觉产生的错觉的影响下，在孩子们的想象中具化成"蛇样的""毛茸茸的""有翅膀的"各种野兽形象。

因为急于消除内心的恐惧，孩子们迫切希望自己强大起来，但在远离文明世界的荒岛上，这种对自身强大力量的追求蜕化为对武力、杀戮的崇尚。由此，"野兽"这一意象由表层象征内心的恐惧演变为深层象征人性中固有的恶。西蒙在面对献给野兽的供品——"蝇王"时，因为内心的强烈冲突几近晕厥，在模糊的幻觉中，"蝇王"对他的警告可以说是对"野兽"意象最好的注脚。"别梦想野兽会是你们可以捕捉和杀死的东西……我就是你的一部分"②。人类将"野兽"视为他者，但在"这个他者符号的身上凝聚着他们不自觉的动机、欲望、行动心理习惯和价值取向"。为了消除内心对外部世界的恐惧，人们屈从于内心自私、野蛮、暴力、贪欲等恶的本性，导致了一系列的暴行和罪恶。

2. 蝇王——人性恶的外化

小说《蝇王》以"蝇王"为题，足以表明它是小说中的主要意象。"蝇王"实际上是杰克一伙猎杀了一头野猪后，将猪头割下来插在削尖的木棒上献给"野兽"的供品。血淋淋的猪头引来了"黑乎乎，闪闪发绿，不计其数"的苍蝇，因而得名"蝇王"。

① 威廉·戈尔丁.2006.蝇王[M].龚志成，译.上海：上海译文出版社，第91页。
② 威廉·戈尔丁.2006.蝇王[M].龚志成，译.上海：上海译文出版社，第166页。

戈尔丁最初给他的这部代表作起名为《内心的陌生人》(*Strangers from Within*)。在遭到 20 多家出版社退稿后，费伯（Faber & Faber）出版社慧眼识珠，打算推出这部小说。在出版前，编辑和戈尔丁多次协商小说的名字，以期吸引读者。小说先后起名为《噩梦之岛》(*Nightmare Island*)、《林中野兽》(*Beast in the Jungle*)、《一座岛屿的终结》(*To End an Island*)。最终，编辑阿兰·普林格尔（Allan Pringle）提议的题目——《蝇王》，得到了大家的一致认可而被采纳。

"蝇王"这个词出自《新约·马太福音》中提及的鬼王"别西卜"（Beelzebub）。按照希伯来文的原意，"Beelzebub"的形象有"万粪之王"（Lord of Dung）的含义。[1] 粪便所在之处苍蝇云集，因此，小说中的"蝇王"与"Beelzebub"在词义上紧密相连，也与西蒙口中"最肮脏的东西"相对应。随着基督教的演进，"别西卜"逐渐成了魔王"撒旦"的另外一个名称。在《失乐园》中，鬼王"别西卜"是一个地位仅次于撒旦的堕落天使，曾反抗过上帝。[2] 小说中的"蝇王"象征着人类内心潜藏的"恶"的外化。在这一象征意义上，"蝇王"与上文提到的"野兽"有异曲同工之处。在蝇王与西蒙的对话中，蝇王点明了这一象征意义："我是野兽……我就是你的一部分"。蝇王还威胁西蒙说："别梦想野兽会是你们可以捕捉和杀死的东西……我在警告你，我可要发火了。我们将要在这个岛上寻欢作乐……我们会要了你的小命。"[3] 这一威胁表明恶是人固有的本性，人性中的恶一旦爆发将不可控制。

3. 海螺——民主、秩序

《蝇王》中的海螺是民主、秩序、权力的象征，是孩子们身上保留的来自文明世界的文明印记。

小说第一章叫作"海螺之声"。一开场，在猪崽子的建议下，拉

---

① James Gindin. 1988. William Golding[M]. London: Macmillan Press, p. 29.

② Margaret Drabble. 1993. The Oxford Companion to English Literature[M]. Beijing: Foreign Language Teaching and Research Press, p. 79.

③ 威廉·戈尔丁. 2006. 蝇王[M]. 龚志成，译. 上海：上海译文出版社，第 166 页。

尔夫吹响海螺，因飞机失事，分散到岛上各处的孩子们听到螺号声聚集起来。在远离文明世界的荒岛上，分离的个体集合成整体，这是得以获救并重返文明世界的关键，而这一集合过程由海螺完成，足见其重要性。孩子们在第一次集会选举领袖时，也把持有海螺作为一个重要的标准：

> 猪崽子感到情况已经明摆在那里，头头非杰克莫属。然而，拉尔夫坐在那里，身上有着某种镇定自若的风度，与众不同：他有那样的身材，外貌也很吸引人；而最最说不清的，或许也是最强有力的，那就是海螺。他是吹过海螺的人，现正在平台上坐等着大家选他，膝盖上安安稳稳地搁着那碰不起的东西，他就是跟大家不同。①

在集会时，海螺最主要的作用是维持秩序。孩子们在第一次集会时，就定下这样的规则：凡是想要发言的人，必须先举手拿到海螺，只有拿着海螺的人才有发言的资格。"不能许多人同时发言，必须像在学校里那样来个'举手发言'"②。这样的话语权，虽显粗糙原始，但颇有文明世界中民主和平等的味道。比约姆·布伦斯（Bjom Bruns）在他对《蝇王》中权力象征的研究中，就为海螺打上了"议会制秩序的象征"（a symbol of parliamentary order）、"文明的工具"（a tool of civilization）、"民主力量"（democratic power）等标签。③

海螺虽然是"闪亮美丽"的，但有脆弱、易碎的一面。拉尔夫手中的海螺，其权威来自文明社会的理性，而一旦孩子们的理性丧失，海螺的威力也随之消失。随着孩子们内心恶的爆发，文明理性对人的约束作用逐渐减弱，象征着民主和秩序的海螺也逐渐失去了权威作用。孩子们在集会时开始不遵守"谁拿海螺谁发言"的规矩，

---

① 威廉·戈尔丁. 2006. 蝇王[M]. 龚志成，译. 上海：上海译文出版社，第19—20页。

② 威廉·戈尔丁. 2006. 蝇王[M]. 龚志成，译. 上海：上海译文出版社，第32页。

③ Bjom Bruns. 2008－2009. The Symbolism of Power in William Golding's Lord of the Flies[M]. Stockholm: Karlstads University Press.

随意打断别人的发言。最后海螺被罗杰推下的巨石"砸成无数白色的碎片，不复存在了"。[①] 作为有良知的知识分子，戈尔丁推崇民主制度，希望社会向着理性文明发展，但其所处的年代使他越来越感受到民主、文明的脆弱。因此"这个海螺的命运就成了岛上文明生活命运的象征"[②]。随着海螺的破碎，岛上的民主文明制度也彻底崩溃。

4. 眼镜——认知世界的途径、工具理性的实用逻辑

猪崽子是《蝇王》中科学和理性的象征，他与其他孩子的一个显著的不同之处就在于他有眼镜。当文明理性在岛上受到推崇，占上风时，眼镜是科学的象征，猪崽子靠它来认知外部世界。同时眼镜又与获救的希望紧密相连，孩子们在没有火种的情况下用眼镜点燃信号火堆，向过往船只发出求救信号。在这种情况下，眼镜既是认知世界的途径，又是实现功利目的的工具。但当孩子们内心的恶逐渐爆发、岛上的野蛮行径一步步升级时，猪崽子的眼镜被杰克一伙抢走，眼镜的唯一价值就是点火烤肉，工具理性的实用逻辑被推向了极致。

5. 尖塔——宗教荣耀、阴茎的象征、不可抑制的野心

从宗教层面分析，尖塔象征着"祈祷的图表、石制的启示录"。在乔斯林的眼里，建好的尖塔将是"石头的圣经，是用石头写成的启示录"[③]。

从弗洛伊德心理分析的层面考虑，尖塔是阴茎的象征，代表乔斯林处于宗教束缚下的性欲。乔斯林建造尖塔象征着他渴望突破教义对性欲的束缚。小说刚出版的时候，戈尔丁就明确表示作品中乔斯林建造尖塔的原动力是其性的冲动。"这就暗示了那种驱使乔斯林'建造'尖塔的无情的精神力量，是他强烈性欲的升华，这就如同或

① 威廉·戈尔丁. 2006. 蝇王[M]. 龚志成，译. 上海：上海译文出版社，第 212 页。
② 申家仁，江溶. 1992. 世界文学名著诞生记[M]. 北京：中国青年出版社，第 127 页.
③ 威廉·戈尔丁. 2001. 教堂尖塔[M]. 周欣，译. 上海：上海译文出版社，第 108 页。

者超越了对纯粹宗教信仰的表达。"① 尖塔"承载着乔斯林对古迪·潘格尔性欲的阳物的意象"②。小说结尾,乔斯林对古迪的欲望随着古迪的意外死亡而成为泡影,他苦心经营的尖塔也因为没有牢固的地基而最终倒塌。

从哲学层面分析,尖塔象征着既具创造性又具破坏性的人类意志,象征乔斯林基于人类中心主义而产生的征服自然的野心。

6. 火——文明之火、毁灭之火

黑夜中点燃的火给孩子们带来了光明和温暖,减轻了他们心中对黑暗的恐惧。孩子们还用火烤熟食物,点起信号火堆给外界发出求救信号。因此火是文明的象征,是希望的象征。

但火又具有毁灭的力量。初登岛的孩子们无意中引燃了一场森林大火,"火势中心的烈焰轻捷地跃过树木之间的间隙,然后摇曳而行,兀地一闪就点燃了一整排树木。……四分之一平方英里的一块森林发狂似的冒着浓烟烈焰,十分凶恶可怕。一阵阵毕毕剥剥的火声汇成了似乎要震撼山岳的擂鼓似的隆隆声"③。在那场大火之后,岛上一个脸上有紫斑的小孩不见了,这应该是葬身火海的第一个牺牲者。小说的结尾,杰克一伙点起大火想要逼出藏身于树林中的拉尔夫,这场大火险些将整个小岛付之一炬。可见由于理性的缺失,文明之火变成了毁灭之火。因此火既是文明力量的象征,又是破坏力量的象征,孩子们在岛上前后不同的生活时期里火的不同作用,是岛上文明程度强弱的标志。

7. 黑色意象——邪恶、堕落、厄运

为了表现人性中的黑暗、邪恶、非理性,戈尔丁在小说中还设置了大量的黑色意象。

在小说《蝇王》中,杰克带领的唱诗班在小说中出场时,远看

---

① John Carey. 2010. William Golding: The Man Who Wrote Lord of the Flies[M]. New York: Free Press, p. 272.

② Stephen J. Boyd. 1988. The Novels of William Golding [M]. New York: Harvester Wheatsheaf, p. 85.

③ 威廉·戈尔丁. 2006. 蝇王[M]. 龚志成,译. 上海:上海译文出版社,第46页。

去是"在海滩钻石般闪烁的烟霭中某种黑乎乎的东西正在摸索前来",等走近了才发现"他们的身体从喉咙到脚跟都裹在黑斗篷里"。①黑色的斗篷暗示着杰克一伙的邪恶。在杰克一伙杀死野猪、割下猪头作为献祭后,天气阴沉了下去。"水上、树上、岩石粉红的表面上,色彩都在暗淡下去,灰褐色的乌云低覆着。除了苍蝇闹哄哄地使蝇王变得更黑,使掏出的内脏看上去就像一堆闪闪发亮的煤块,一切都在沉寂下去。"②在这里,戈尔丁用黑色的乌云暗示岛上将要发生更大的人性悲剧,也同样象征孩子们身上的邪恶与堕落。在小说《继承者》的结尾,"图阿米凝视着遥远的水天相接处的一条黑线"③。这里的"黑线"象征着人类黑暗的未来。戈尔丁借此流露出他对人类生存状况的担忧和悲观,表现出他对现代文明、理性和道德的怀疑。

8. 花脸／面具——魔鬼、邪恶

在《蝇王》这部小说中,面具是内心邪恶的外在象征物,涂面具象征着自我的迷失、人性的堕落。起初,杰克用白泥、红土和黑色的木炭给自己涂花脸,只是"为了打猎。像在战争中那样。涂得使人眼花缭乱。尽量装扮成看上去是另一个模样"④。当他涂完花脸在水中看到自己的倒影时,连自己都感到惊讶:

> 杰克惊愕地看到,里面不再是他本人,而是一个可怕的陌生人。他把水一泼,跳将起来,兴奋地狂笑着。在池塘边上,他那强壮的身体顶着一个假面具,既使大家注目,又使大家畏惧。他开始跳起舞来,他那笑声变成了一种嗜血的狼嗥。……假面具成了一个独立的形象,杰克在面具后面躲着,摆脱了羞耻感和自我意识。⑤

---

① 威廉·戈尔丁. 2006. 蝇王[M]. 龚志成,译. 上海:上海译文出版社,第16页。
② 威廉·戈尔丁. 2006. 蝇王[M]. 龚志成,译. 上海:上海译文出版社,第168页。
③ William Golding. 1955. The Inheritors[M]. New York: Washington Square Press, p. 213.
④ 威廉·戈尔丁. 2006. 蝇王[M]. 龚志成,译. 上海:上海译文出版社,第67页。
⑤ 威廉·戈尔丁. 2006. 蝇王[M]. 龚志成,译. 上海:上海译文出版社,第68页。

由于隐藏在涂抹的面具之后，杰克的良心免受人类羞耻感与自我意识的鞭挞。

从第四章"花脸与长发"后，涂花脸／面具的意象频繁出现。杰克的整个队伍都像他一样涂了花脸，因此面具的象征意义加强了，更加具有了普遍性。戈尔丁使用了大量的转喻手法，将杰克的手下泛称为"野人""涂得五颜六色的一伙野蛮人""涂花脸的无名氏"，或者"涂花脸的一群"，等等。拉尔夫到达杰克的城堡时，吹响海螺，召开集会，但是出现在他面前的是一群野人，"他们涂得五颜六色"[1]。当他询问杰克的下落时，"一个涂着颜色的脸开了口，听上去是罗伯特的口音"[2]。在杰克的带领下，"一张张说不清是谁的恶魔似的面孔一窝蜂拥下了隘口"[3]，扑向拉尔夫，开始攻击他。拉尔夫面对的不再是那些一同落难荒岛的伙伴，而是一群残暴的魔鬼。

涂花脸导致的另一个严重后果是：人们在经历了一次成功的精神和心理逃脱，即通过戴面具或说谎掩盖之类的方式而推卸了对自己的言行应该承担的责任后，就会从心理上认为这是很正常的事，因而对此不以为然，逐渐生成类似心理和行为模式的可怕惯性。在《蝇王》这部小说中，起初孩子们对离开拉尔夫的文明阵营、加入杰克的打猎队伍还是有点犹豫的，他们对西蒙的死也是有内疚心理并有意逃避谈论的。但在短短的几个星期里，大多数的孩子就因为失去了文明和规则的约束，再加上杰克代表的越来越强大的无形控制力，而极其迅速地从文明堕落到野蛮，上演了一出出暴力血腥的悲剧。此时的面具象征了人类无意识中不道德的、无法控制的毁灭性力量。

① 威廉·戈尔丁. 2006. 蝇王[M]. 龚志成，译. 上海：上海译文出版社，第205页。
② 威廉·戈尔丁. 2006. 蝇王[M]. 龚志成，译. 上海：上海译文出版社，第206页。
③ 威廉·戈尔丁. 2006. 蝇王[M]. 龚志成，译. 上海：上海译文出版社，第212页。

第三节　反讽：对现实的戏谑

　　反讽（irony）是西方文论中重要的范畴之一。"反讽"一词最早源于古希腊戏剧中的喜剧角色，在柏拉图时期发展为一种修辞手段。德国浪漫主义文论兴起以后，反讽发展为一种更为宏观的文学创作原则，施莱格尔兄弟（August Schlegel and Friedrich Schlegel，德国文艺理论家、语言学家，德国早期浪漫派的代表人物）等人构建了浪漫反讽理论。20 世纪上半期新批评派赋予反讽以新的含义。在他们眼中，反讽不仅是诗歌语言的基本原则，是作家的创作原则和叙事策略，而且也是人们认识世界的哲学思考和人生态度。丹麦哲学家克尔凯郭尔（Soren Aabye Kierkegaard，1813－1855，丹麦宗教哲学心理学家、诗人、现代存在主义哲学的创始人）在《反讽概念》中，就从哲学角度来认识反讽："反讽在其明显的意义上不是针对这一个或那一个个别存在，而是针对某一时代和某一情势下的整个特定的现实……。它不是这一种或那一种现象，而是它视之为在反讽外观之下的整个存在。"[①]

　　反讽最基本的特征是对逆性，即言与意、表象与真实等的相互悖逆。"语境对于一个陈述语的明显的歪曲，我们称之为反讽。举一个最简单的例子，我们说'这个大好局面'；在某些语境中，这句话的意思恰巧与它的字面意义相反。"[②]反讽常借助语言、情境或是作品结构从反面对现实进行揭露、调侃和讽刺。反讽大多是含蓄的、意味深长的，作家一般不直接表明自己的好恶，而是利用语言、语境与现实之间的差距来形成戏谑的效果。因此，反讽"具有双重指涉功能，表层指涉（虚指）的含义悖谬迫使人们思索文本背后的深层指涉（实指）。深层指涉最终消解、颠覆表层故意设置的形式迷

---

　　① D. C. 米克. 1992. 论反讽[M]. 周发祥，译. 北京：昆仑出版社，第 100 页。

　　② 布鲁克斯. 1988. 反讽——一种结构原则[C]//中国社会科学院外国文学研究所外国文学研究资料丛书编辑委员会，编.1988. 新批评文集. 北京：中国社会科学出版社，第 335 页。

障。"①

按照普遍认同的分类标准，反讽分为言语反讽、情景反讽、结构反讽和模式反讽，无论何种反讽类型，都呈现出语义叠加和语义多重的特征，这样就大大增加了文本的语义层次。

反讽是隐藏在戈尔丁小说中的揭示人性之恶的手段。正如瑞典文学院院士拉尔斯·吉伦斯坦在诺贝尔文学奖颁奖辞中所说，戈尔丁的小说"揭示了最忧郁、最悲惨的主题，所反映的概念是原始的和多彩的，读者会感到一种叙事的乐趣和作者创造性的讽刺意识"②。戈尔丁在创作中比较注重各种反讽形式的结合，这些反讽的结合创造了一个强韧的张力场，极大地延展了小说的诠释空间，深化了小说的思想内涵。

一、言语反讽

言语反讽（verbal irony），也被称为"字面反讽"，是指作家或作品中人物在对人、事或物进行陈述评价时，表达的意思与其真实意图相反，也就是所谓的"说反话"。换言之，即说话者清楚地表达出一种态度或评价，但其中暗含着一种不同甚至相反的态度或评价，而这才是说话者真实的意图。"反讽者提出一个'虚假'断言，但他知道，可以指望听众在心里形成一个愤怒的或有趣的'反断言'与之对抗，而这一'反断言'及其所有强调的内容，正是反讽者的真意。"③

在《蝇王》中，杰克曾经充满自信地宣称，"咱们是英国人；英国人干哪样都干得最棒"④。但正是这群从文明国度里来的小绅士们，登岛不久就将文明、道德、规矩弃之脑后。他们血腥捕猎、追杀同伴的行径与野蛮人无异，与杰克口中文明的英国人形象形成了鲜明的对比。拉尔夫、猪崽子多次在谈话中表现出对成人权威的崇

---

① 陈振华. 2006. 中国新时期小说反讽叙事论[D]. 济南：山东师范大学，第9页。

② 王国荣. 1993. 诺贝尔文学奖获奖作品精华集成[M]. 上海：文汇出版社，第1288页。

③ D. C. 米克. 1992. 论反讽[M]. 周发祥，译. 北京：昆仑出版社，第93页。

④ 威廉·戈尔丁. 2006. 蝇王[M]. 龚志成，译. 上海：上海译文出版社，第44页。

拜。"大人懂事……他们不怕黑暗。他们聚会、喝茶、讨论。然后一切都会好的。"① 然而小说开始时正是成年人发动的核战争使得孩子们落难荒岛，结尾时看似是成年人将孩子们从荒岛上解救，但实际上却把他们带入了更为残酷的战争。"一切都会好的"这样美好的愿景在 20 世纪的精神荒原中极具讽刺意味。

《继承者》是对威尔斯所写的《世界史纲》的仿作。《继承者》扉页上引用的《世界史纲》中对尼安德特人的负面描写和推论，恰恰成为莫大的讽刺。这段文字将尼安德特人描述为"在各方面均比我们的近祖要低级得多的、丑陋的、令人作呕的动物，抑或为民间传说中的食人生番……也许是民间传说中妖魔鬼怪的起源"②。这与小说中所描写的天真朴实、善良友好的尼安德特人形成了强烈的反差。小说中，尼安德特人与自然和谐相处，人与人之间也充满友爱。反倒是更进化的"新人"无节制地向自然索取，人和人之间也是尔虞我诈的关系。在 19、20 世纪之交，以斯宾塞的实证主义为哲学基础、带有庸俗进化论色彩的改良主义观点对西方知识分子产生过很大的影响，威尔斯就是一个持改良主义主张的资产阶级知识分子。威尔斯看待尼安德特人和"新人"的观点，属于他对西方资本主义无穷进化的可能性持乐观幻想的思想体系的一部分。人们认为历史的进化过程是一种理性、文明的进化过程，然而，两次世界大战瓦解了人们对这一观点的信赖。在戈尔丁看来，人类的进化表面上看是进化了，但实质上却是倒退了，人类漫长的进化史并没有带来人性的进化。小说中的反讽充分展现了戈尔丁对人类文明书写史、对人性的怀疑态度，其悲观心情表露无遗。

在《金字塔》中，"爱"成为一个多次出现的字眼。在小说的扉页上，戈尔丁就引用了《普塔霍蒂普箴言》中的一句："治民之道，以爱为本；心有爱则生，无爱则死。"艾薇的金十字架项链上也刻着拉丁文"爱可战胜一切"。但在斯城这个英国社会的缩影里，却丝毫

---

① 威廉·戈尔丁. 2006. 蝇王[M]. 龚志成，译. 上海：上海译文出版社，第 104 页。

② 威尔斯. 2001. 世界史纲[M]. 吴文藻，谢冰心，费孝通，等译. 桂林：广西师范大学出版社，第 93 页。

找不到任何"爱"的温情。斯城各阶层之间壁垒森严，上层阶级与下层阶级隔着一条虽然看不见但时时存在的界线，前者看不起后者，后者对前者充满嫉妒的同时又千方百计向上爬，想要跻身于上层社会。人与人之间冷漠无情，要么是咬牙切齿地嫉妒，要么是幸灾乐祸地看热闹。纯洁真挚的爱情也充满了利用与玩弄。小说一开始，发生在艾薇那条刻有"爱可战胜一切"的金十字架项链上一波三折的故事可谓是对"爱"的强烈反讽。项链是艾薇在和罗伯特偷情时弄丢的。因为两者社会地位悬殊，罗伯特对艾薇的感情只是玩弄，并不是真爱；艾薇发现项链丢失后千方百计寻找，不是因为项链是她爱情的象征或是表明她对爱情的向往，而是怕被父亲发现而招来毒打；奥利弗意外得到项链后，以此为条件要挟艾薇与他苟合："艾薇要她的金十字架。我要艾薇"[1]。奥利弗对艾薇的感情只是占有和报复，也不是出于真爱。从始至终，刻有"爱"的字眼的十字架项链并没有与任何美好、纯真、无私的爱发生联系，反而成为对爱的嘲弄。"爱"被一步步解构，斯城中人与人之间的"无爱"被一幕幕展现，"爱"与"无爱"之间强烈的反差造成了反讽的效果。

在小说《教堂尖塔》中，搭建尖塔在乔斯林口中是一项神圣的职责。当建筑商罗杰·梅森劝说乔斯林因为地基不稳，尖塔不能修建过高时，乔斯林告诉罗杰："（地基）主会赐给我们的"[2]。他命令罗杰不要顾忌地基，一味加高尖塔高度，"你会看到我是怎样用意志将你推上去的，在这件事情上，这是主的意志"[3]。乔林斯在谈到自己能被上帝选中来完成这一伟大工程时表现出的虔诚和执着，让人心生敬佩："我是被选中的，从那以后，我就全身心投入……我奉献了我自己"[4]。"我跪拜我主，将我自己奉献给了这一壮举"。乔斯林把建造尖塔当作压倒一切的任务，为此他将教堂的日常事务弃之脑后，甚至中断了教堂的弥撒仪式。然而无视客观规律的执着就是偏

---

① 威廉·戈尔丁.2000. 金字塔[M]. 李国庆，译. 上海：上海译文出版社，第15页。

② 威廉·戈尔丁.2000. 教堂尖塔[M]. 周欣，译. 上海：上海译文出版社，第2页。

③ 威廉·戈尔丁.2000. 教堂尖塔[M]. 周欣，译. 上海：上海译文出版社，第32页。

④ 威廉·戈尔丁.2000. 教堂尖塔[M]. 周欣，译. 上海：上海译文出版社，第163页。

执，就是执迷不悟。主观的意志无法改变客观规律。在明知地基条件不符合要求的情况下，盲目地建造高达四百英尺的尖塔，最终的结果必然是塔倒人亡。乔斯林口中充满神圣色彩的"意志""奉献"随着尖塔的倾斜、倒塌表现出深刻的反讽意味。乔斯林也在临终前发出忏悔："我原以为我在从事一项伟大的工作，可是我所做的一切只带来了毁灭，滋生了仇恨。"①

在《品彻·马丁》中，马丁曾对着狂风暴雨呼喊："我是阿特拉斯！我是普罗米修斯！"②表现出顽强不屈的英雄气概。但从他对过去生活的回忆以及结尾的情节逆转中，"鲁滨逊"式的英雄与现实生活中贪婪、卑鄙的小人形成了极大的反差，马丁的英雄形象被彻底颠覆。

这些言语反讽的巧妙利用，使得言语的字面意义与作者的真实意图之间形成鲜明的反差。"理解词语反讽依赖于一些期待，它们使读者能够感觉出，语句字面意义所反映出的明显的逼真性，与他在文本阅读中所建构的反讽式的逼真性之间存在着不一致之处。"③

二、情景反讽

情景反讽（situational irony）主要是指在作品阅读的过程中，某一情节或整个故事的发展、结局与读者或小说人物的期望发生背离，愿望不仅未能实现，可能还导致了相反的结局。两者之间的反差与背道而驰表现出作品情理的悖谬性，从而实现讽刺的效果。情景反讽有两种特殊的表现形式。其一是命运反讽（irony of fate），这种反讽从悲观厌世或宿命论中发展演变而来。处在这种情景中的人物受命运之神的摆弄，不管付出何种努力和代价，都无法达到自己期待的目标。背道而驰的结局与人物的满怀期待和不懈努力构成了极大的讽刺。其二是戏剧性反讽（dramatic irony），这类反讽的特点在于

---

① 威廉·戈尔丁. 2000. 教堂尖塔[M]. 周欣，译. 上海：上海译文出版社，第189页。

② 威廉·戈尔丁. 2000. 品彻·马丁[M]. 刘凯芳，译. 上海：上海译文出版社，第173页。

③ Culler, Jonathan. 1975. Structuralist Poetics: Structuralism, Linguistics and the Study of Literature[M]. London: Routledge, pp. 154-155.

小说的某个人物由于视野局限，浑然不知其他人物和读者所了解的实情，从而表现出不合时宜的言行举止。情景反讽常使小说人物陷入自相矛盾的两难窘境，期待与现实之间的巨大反差表现出作者对现实的无情嘲讽与批判。

《蝇王》中的很多情节体现出情景反讽的特点，小说中男孩子们的形象与传统文学中儿童形象的反差、专人看管的信号火堆和追杀同伴的毁灭之火对获救产生的讽刺作用、结尾处孩子们被成人搭救是真正获救还是陷入更大危机的疑问都极具讽刺意味。

《蝇王》中的主人公都是 6－12 岁的儿童。在《圣经》中儿童被视为善的象征。据《马太福音》记载，门徒问耶稣在天国里谁最大，耶稣就叫了一个孩子站在他们中间，并且告诫其门徒："你们若不回转，变成小孩子的样式，断不得进天国"。还说："让小孩子到我这里来，不要禁止他们，因为在天国的，正是这样的人"。① 这样，儿童的天真纯洁就被神圣化了，这种思想在西方社会具有很大的影响力。至少从启蒙运动以来，人们就普遍认为儿童是纯真的，丧失天真是因为后天受到社会的影响。意大利教育家蒙台梭利（Maria Montessori，1870－1952）就认为儿童是成人之父，代表着真、善、美。但戈尔丁却在《蝇王》中对这一观点进行了反讽。他特意在《蝇王》中设置了荒岛这个与世隔绝的世外桃源，这里没有腐朽堕落的成人世界的影响，孩子们也不用为生存展开残酷的竞争。初登荒岛时，孩子们怀着"英国人干哪样都干得最棒"的自信，想要建立一个民主文明的小社会，可这愿望不但没有实现，反而朝着相反的方向发展：拉尔夫（理性的化身）制定的一系列文明规则很快就被孩子们抛到脑后，随意破坏。大部分孩子在杰克的带领下很快蜕变成涂花脸的野蛮人，尤其是杰克和他手下的大孩子们，他们本身是唱诗班的成员，承担着传播基督教"爱"的责任，但是他们一出场就在阳光明媚的小岛上带来了"黑暗"的意象。随着人性中固有的恶的爆发，他们变成一群嗜血的野蛮人。正是这些本应虔诚、善良的

---

① 中国基督教三自爱国运动委员会，中国基督教协会. 2000. 圣经[M]. 第 43 页。

小教徒们残忍地杀死了西蒙（善良的化身）和猪崽子（科学的象征），最后还纵火烧岛，要将拉尔夫置于死地。拉尔夫和猪崽子是理性、民主和科学的象征，但是在一个雷雨交加的夜晚，他们也没能抵制住烤猪肉的诱惑，没能控制住内心对野兽的恐惧，参与了杰克一伙的疯狂舞蹈，参与了杀死西蒙的行动。小岛没有成为民主文明的天堂，反而变为黑暗的人间地狱。戈尔丁在《蝇王》中设计的儿童形象与传统西方文学中纯洁、善良的儿童形象形成了鲜明的反差，深刻地折射出人性中的恶。

拉尔夫从一开始就强调点燃信号火堆对于获救的重要性："火堆是岛上最重要的事情"，"应该宁死也不让火灭掉"①。他被孩子们选为头领后，开会宣布了一系列规定，努力想要建造一个民主、文明的小社会。规定中很重要的一条就是"咱们得专门派人看管火堆。要是哪一天有船经过那儿，如果咱们有个点燃的信号，他们就会来带咱们走"②。杰克自告奋勇为唱诗班的孩子们争取到了看管火堆的职责。此时，火堆象征着获救的希望。可好景不长，杰克带领手下擅离职守去打猎，火堆因无人看管而熄灭，导致一艘过路的船只没有看到信号而离开，孩子们失去了获救的机会。拉尔夫为此责备杰克，杰克表面认错，实则心生不满，由此埋下了岛上文明小社会分裂的伏笔。此后，随着权力欲望的不断膨胀，杰克带领大部分孩子从拉尔夫手下分裂出来，整日沉迷于打猎。信号火堆彻底熄灭，获救的希望也随之破灭。但颇具反讽意味的是，在故事结尾，杰克一伙为了逼出藏身于树林中的拉尔夫竟点燃了整个荒岛，而正是这场大火歪打正着，引来了过路的船只，使孩子们获救。通过"火"这一意象的功能转变，戈尔丁给读者展现了火与获救之间颇具讽刺意味的关系：专门为获救点燃的信号火堆因意外熄灭没能引起过往船只的注意，但偏偏是为了追杀同伴点燃的杀人之火意外引来了过路船只，使孩子们获救。

---

① 威廉·戈尔丁. 2006. 蝇王[M]. 龚志成，译. 上海：上海译文出版社，第88页。
② 威廉·戈尔丁. 2006. 蝇王[M]. 龚志成，译. 上海：上海译文出版社，第44页。

孩子们渴望重新回到文明世界，而他们最终的得救也极具反讽意味，因为他们刚刚结束岛上儿童间的战争，又将被带到大规模、更加残酷的成人战争中。"那么谁会来拯救这些成年人和他们的巡洋舰呢？"完全失去理性的孩子们，最终由于一场自己放的大火拯救了自己，这已经是莫大的讽刺了，结尾处拯救他们的又是来自世界大战中的军人。小岛上远离文明的儿童陷入邪恶之中，而身处文明的成人世界同样笼罩在邪恶之中。这样的结局就是一个永无止境的轮回，人类就如同西绪弗斯（Sisyphus）一样永远无法摆脱宿命。在《蝇王》的结局中，最后真正使孩子们得救的，并不是拉尔夫代表的理性和猪崽子代表的科学，抑或是西蒙代表的爱，而是代表战争的巡洋舰的"偶然到来"。至此，启蒙思想中至高无上的"理性" 被小小的"偶然"置换，其中的反讽意味是明显的。

《蝇王》中的这些反讽对人性本善、文明的力量无比强大的传统乐观观念进行了有力的否定，表达了人性本恶、恶战胜善、世界到处有恶的思想。

在《自由堕落》中，萨米被纳粹分子逮捕，在狭小的牢房里开始探索自己堕落的原因。他通过第一人称自白式的倒叙回忆自己的前半生，想要找寻自己是何时受内心私欲的指引，一步步开始了"自由堕落"。但正当他对自己幼年的堕落行为感到悔恨的时候，纳粹却释放了他。萨米的获救是因为忏悔而得到的吗？戈尔丁给了我们一个反讽式的结尾。萨米不是被上帝或作为上帝化身的人间使者救赎的，而是被那些背弃了上帝、作恶多端的纳粹分子释放的。

《教堂尖塔》中教长乔斯林的一生充满了反讽：他教长一职的取得并不是靠个人能力和资历，而是国王与其姨妈私通后作为赏赐的回报。将神圣的教职作为通奸的馈赠，这无疑是对上帝的极大亵渎。身居教会高职，乔斯林却没有管理教堂事务的能力，后来为了建造尖塔甚至停止了弥撒仪式。受所谓"圣象"的指引，为了所谓的上帝的荣光，乔斯林执意要在不稳的地基上建造四百英尺的高塔，其实是为了自己的虚荣。最终地基承受不住尖塔的压力，尖塔倾斜倒塌，乔斯林本人也在狂热、忏悔、恐惧的煎熬中瘫痪而亡。乔斯林

与小说中其他人物的关系也富有戏剧性的反讽：乔斯林的姨妈在与
国王私通后为他求得教长的职位，但他却鄙视、痛恨自己的姨妈；
曾是乔斯林导师和告解牧师的安塞尔姆与乔斯林有着亦师亦友的关
系，因反对他建塔就被赶出教堂；受乔斯林威逼利诱不断违背建筑
规律的建筑师罗杰在乔斯林最后向他忏悔时反倒送他一阵痛打。戈
尔丁用充满反讽的情节操纵着这个人物的命运，让他给读者留下既
可悲又可恨的印象。

三、结构反讽

结构反讽（structural irony）主要靠小说的结构安排形成反讽，
指的是"设置对立或背离的结构图式或段落与段落之间的反差，以
此凸显故事深层的反讽意蕴"①。体现结构反讽的文学作品"包含一
种内在的特征，即创造或促使一种贯穿于整部作品的不一致
（discrepancy）出现"②。

在《蝇王》中，故事的大部分情节以孩子的视角展开。初登荒
岛时，孩子们的言行举止还符合儿童天真纯洁、涉世未深的特点，
让人不由联想起巴兰坦笔下的《珊瑚岛》。但后来孩子们身上体现出
来的对权力的渴望及争夺、群体中的森严等级、对自然的肆意破坏、
对同伴的血腥残杀，比起成人来也有过之而无不及，让人不禁怀疑
这一切是否是 10 来岁孩子的所作所为。岛上发生的故事不再是像
《珊瑚岛》《金银岛》一般的儿童探险经历，而是 20 世纪成人世界争
权夺力、自相残杀的寓言表达。结尾处，孩子们点燃的山火引起了
过路船只的注意，小说的视角转到了前来搭救的军官身上。在军官
的眼中，孩子们是"挺着胀鼓鼓肚子的褐色的小野蛮人"。曾经的领
袖拉尔夫是个"该好好洗洗，剪剪头发，擦擦鼻子，多上点软膏"
的小孩。野蛮地杀死野猪、后来又残忍地杀死同伴的杰克，在成年

---

① 陈振华. 2006. 中国新时期小说反讽叙事论[D]. 济南：山东师范大学，第 66 页。
② Murfin, Ross and Supryia. M. Ray. 2003. Irony[C]//The Bedford Glossary of Critical and Literary Terms (2nd ed). Boston: Bedford/St. Martin's, p. 225.

军官眼中也不过是个"腰里系着一副破碎眼镜的红头发小男孩"[①]。岛上由于人性恶爆发导致的悲剧在成年军官看来只是孩子们的游戏："在闹着玩吧……弄得更像真的一样，像珊瑚岛那样"[②]。成人的视角将读者又拉回孩子们的儿童身份上，让人不禁感慨孩子们的所作所为与他们的年龄和身份形成的极大反差。视角的转换使小说的反讽效果得到了空前的强化，凸显了"人性恶"爆发带来的严重后果，深刻表达了戈尔丁对人性的思考和探究。

在《品彻·马丁》中，小说大部分篇幅展现的都是马丁面对困境毫不妥协、顽强抗争的"鲁滨逊"式的英雄行为。尽管其中夹杂的马丁的回忆展现出他贪婪、自私的另一面，但瑕不掩瑜，读者还是被马丁坚强的意志和顽强的精神深深打动。但结局处戈尔丁笔锋一转，通过前来营救的海军军官之口，说明马丁在军舰失事时就已经溺水而亡，甚至连防水靴都没来得及脱掉，之前小说中展示的马丁顽强求生的故事只不过是他垂死挣扎时产生的幻觉。使得马丁在生存困境中表现出如此英雄行为的本质，恰恰也是使他成为生活中无恶不作的恶棍的本质，即为贪婪。在结构设计上，情节的顺势发展与意外结局的强烈悖逆使得反讽意义顿生。出人意料的结局给读者的阅读心理带来极大的落差，在这种落差中，读者能够深刻体会到反讽的意味。

在《继承者》中，前十一章主要是以尼安德特人，尤其是洛克的视角展开叙述。其中，前四章，读者在尼安德特人的讲述中，感受到他们原始、简单但充满温情的生活。随后的第五章至第十一章，读者了解了尼安德特人眼中的"新人"的野蛮疯狂举动以及"新人"对他们的迫害。"新人"是经过尼安德特人头脑加工过的形象，由于后者不发达的智力和不成熟的心智而被涂上了野蛮、神秘的色彩。在这一部分中，读者"将自己投入一个陌生自我的审美情感……与

---

① 威廉·戈尔丁. 2006. 蝇王[M]. 龚志成, 译. 上海：上海译文出版社, 第234页。
② 威廉·戈尔丁. 2006. 蝇王[M]. 龚志成, 译. 上海：上海译文出版社, 第234-235页。

受难的主人公休戚相关"[①]。他们认同尼安德特人拥有的原始文明，认为他们具有超过"新人"的道德情操和自然哲理观念。在第十一章的后半部分，叙述视角转为第三人称客观视角，读者开始以旁观者的身份思考前面文字的叙述立场。最后一章通过"新人"部落成员图阿米正面描述"新人"对尼安德特人的态度。在"新人"的眼中，尼安德特人是怪物和妖魔。出于恐惧，出于保全自我的自私心理，他们对尼安德特人表示友好的行为视而不见，反而要将他们赶尽杀绝。在这一部分中，读者又感受到"新人"的恐惧与忧虑。这种叙述结构中的视角转换先是引导读者不自觉地认同尼安德特人的心理视域，在一定程度上被他们那简单原始的认知能力所同化。然后又突然转入"新人"的视角，与"新人"感同身受，理解他们的苦衷。同样的对象在双重视角的叙述中必然唤起反差强烈的情感认知。

通过对尼安德特人和"新人"这两个人类发展史上先后出现的部落的特点及他们之间冲突的反讽式刻画，戈尔丁辩证地提出了关于继承和被继承中"进化"与"倒退"的问题，对文明继承的内涵进行了深刻的反思，质疑了现代人类理性和文明道德的进步。

---

① 汉斯·罗伯特·耀斯. 1997. 审美经验与文学阐释学[M]. 上海：上海译文出版社，第262页。

第四章 悲观意识的成因

第一节 哲学影响："人性恶"的哲学命题

西方哲学界有着"人性恶"的思想渊源和传统。从古希腊时期开始，"人性恶"这一哲学命题在西方哲学与思想界就一直占有主导地位，哲学家、思想家们从哲理层面深入探究人性的本源，得出了人性本恶的结论。此外，基督教原罪观念的核心内容提出人生而有罪，恶随人降生而伴随人一生，这一观念也对西方人的思想成长、对"人性恶"哲学命题的形成产生了极大的影响。戈尔丁的小说在很大程度上承袭了西方哲学这一传统，有关"人性恶"的主题几乎贯穿于他所有的小说。

柏拉图早年认为人性是善良的，但到了晚年他的思想发生了转变，提出了人性总是贪婪自私的观点，主张在人性尚不能向善的情况下，只好暂时采用法治。亚里士多德则坚定地认为人性是贪婪自私的，必须用法治加以约束，西方的法治思想就建立在人性恶的基础之上。亚里士多德在《政治学》中指出，人类在其完满时，是最优良的动物。但是如果违背法律和正义，他就是一切动物中最恶劣的。意大利神学家、哲学家和文学家但丁在其代表作《神曲》中，将人类的罪恶分成七大类：骄、妒、怒、惰、贪吃、贪财、贪色。意大利政治思想家和历史学家马基雅维里（Niccolò Machiavelli，1469－1527）认为，人类愚不可及，总有填不满的欲望、膨胀的野心；总是受利害关系的左右，趋利避害，自私自利。他的国家学说以性恶论为基础，认为人是自私的，追求权力、名誉、财富是人的本性，因此人与人之间经常发生激烈斗争，为防止人类无休止的争斗，国家应运而生，颁布刑律，约束邪恶，建立秩序。德裔美国政治哲学家列奥·施特劳斯（Leo Strauss，1899－1973）称马基雅维里为"罪恶的导师"，莎士比亚则称其为"凶残的马基雅维里"。17 世纪哲学家托马斯·霍布斯认为，人是凶恶的动物，在原始状态下人对人像狼一样。人在本质上是自私的。[①] 18 世纪哲学家、史学家戴维·休谟认为"自私和人性不可分离"，他把人性解释为"追求财富、权力、享受以及对贫困和卑贱的厌恶和逃避"[②]。德国著名哲学家叔本华说："事实上，在每个人的内心都藏着一头野兽，只等待机会去咆哮狂怒，想把痛苦加在别人身上，或者说，如果别人对他有所妨碍的话，还要杀害别人。一切战争和战斗欲望，都是由此而来"[③]。尼采则以古希腊神话中日神精神和酒神精神为基础来探究人性。日神阿波罗代表人的理性，而酒神狄俄尼索斯则代表人的非理性。尼采认为人身上同时存在着这两种力量，当人过分张扬了人性中酒神所代表的非理性力量，人性中的种种罪恶就会无法控制，导致严重的后果。黑格尔说："人们以为，当他们说人性是善的这句话的时候，他们就说出了一种很伟大的思想；但是他们忘记了，当人们说人性是恶的这句话时，是说出了一种伟大得多的思想。"[④] 19 世纪的俄罗斯作家陀思妥耶夫斯基（1821－1881）发现了人之恶的本性，他认为这正是原罪的来源。在陀思妥耶夫斯基看来："人始终处在意志与理智的冲突之中，理智往往无能为力，而人的意志（即本能、性本能、作恶本能）却支配了一切"[⑤]。英国现代著名历史学家汤因比（Arnold Joseph Toynbee，1889—1975）对人性的分析更为一针见血："对人类社会来说，自从文明发祥以来，除细菌和病毒以外，

① 索利. 1992. 英国哲学史[M]. 段德智，译. 济南：山东人民出版社，第 67 页。

② 戴维·休谟. 1996. 人性的断裂[M]. 冯援，译. 北京：光明日报出版社，第 2 页。

③ 叔本华. 2003. 叔本华人生哲学[M]. 李成铭，等译. 北京：九州出版社，第 97 页。

④ 马克思，恩格斯. 1972. 马克思恩格斯选集（第三—四卷）[M]. 北京：人民出版社，第 233 页。

⑤ 何云波. 1997. 陀思妥耶夫斯基与俄罗斯文化精神[M]. 长沙：湖南教育出版社，第 38 页。

屠杀人类的最可怕的敌人，不是别的，正是人自身。"英国现代作家劳伦斯（David Herbert Lawrence，1885－1930）也曾这样自我反思人性："我有一个陌生、鬼鬼祟祟的自我，他像一头被关在理想之窗外的狼在嚎叫。你看到黑暗中那双红赤赤的眼睛了吗？这就是将要成型的自我。"

出身于知识分子家庭，受过良好的教育，戈尔丁深受西方哲学史上这些有关"人性恶"的哲学命题的影响，他对人性的探索正是植根于这一深厚的哲学土壤。柏拉图和亚里士多德都表示过这样一种看法：人是动物中的佼佼者，也可能是动物中最野蛮的，关键在于能否用文明去克服人的兽性。戈尔丁基本上同意这种看法，但他更强调"人心的黑暗"和"文明的脆弱"。戈尔丁认为："外部强加于人的制度与秩序都是暂时的，而人的非理性和破坏欲望却是永恒的"[①]。

第二节 文学溯源：古希腊悲剧和荒岛文学

对人性的探索是西方文学的传统。从古希腊神话开始，一直到20世纪兴起的后现代主义文学，对人性的探索、对人性恶的呈现一直是西方文学著作中重要的主题之一。从古希腊时期开始，文学作品中的人物身上就出现了善恶并存的状态。由于对自然、对自身的认识还处于原始阶段，古希腊文学家们将强大的自然力量和神秘的命运视为人性恶的根源。到了对人性压抑的中世纪，很多作家主张应该消灭人性中的恶，绝不允许善恶共存。古罗马帝国时期天主教思想家奥古斯丁（Aurelius Augustinus，354—430）在《忏悔录》（Confessiones）中说："我的天主，有人以意志的两面性为借口，主张我们有两个灵魂，一善一恶，同时并存。让这些人和一切信口雌

---

① Frederick R. Karl. 1962. The Metaphysical Novels of William Golding[J]. A Reader's Guide to the Contemporary English Novel. Farrar, Straus, p. 258.

黄、妖言惑众的人，一起在你面前毁灭。"①从文艺复兴到浪漫主义再到现实主义文学，人的形象从中世纪神的附属中解脱出来，成为大写的人。作家们对人性的探索更为深入，在作品里展现出人性中善与恶、文明与野蛮、理性与非理性并存的状态，而且作家们大都呼吁人类应该以道德、理性为手段，克制人性中的恶，弃恶扬善。但到了 19 世纪末期，残酷的现实击碎了人们对美好、善良的追求和向往，传统理性主义体系开始崩塌，现代主义作家以非理性哲学为指导，借作品展示人内心深处善恶交锋的状态，重新挖掘人的生存状态和对人性的终极拷问。

戈尔丁出身于知识分子家庭，自幼喜爱阅读。古希腊悲剧、存在主义思潮、荒岛文学等西方深厚的文学传统都对他的文学创作产生了极大的影响。

古希腊和古埃及的文化是西方文化的重要源头。戈尔丁从这两种文化源头中汲取了不同的营养：埃及文化激发了小说家对于神秘、黑暗的无尽想象，希腊文化则激发了他对理智、光明的渴望。

埃及对于戈尔丁来说象征着神秘的世界，可以激发人的探知欲和想象。在收入随笔集《活动靶》（*A Moving Target*，1982）的作品《我内心深处的埃及》（"Egypt from My Inside"）中，戈尔丁提到，他自幼就对古老神秘的埃及文明感兴趣，甚至早在 7 岁的时候就想写一部以埃及为主题的戏剧。为此他还打算学习象形文字，以便让戏剧中的角色可以说地道的埃及语。戈尔丁认为埃及文明表现出的神秘性与埃及人民的无理性、实用主义以及对模糊甚至矛盾信仰的接受能力有直接的关系。埃及文化的影响使戈尔丁的小说中充满了探险、神秘的色彩。

希腊对于戈尔丁来说则象征着逻辑、理性的世界，象征着理智和光明。戈尔丁从古希腊文化中汲取了丰富的营养，他曾将思考、希腊经典文学、航海和考古学列为自己的爱好。他也曾谈到希腊文学对他文学创作的影响："要是我真有什么文学源头的话——我不

---

① 奥古斯丁. 1963. 忏悔录[M]. 周士良，译. 北京：商务印书馆，第 153 页。

明白为什么一定要有——但要是我真的有的话，我将列出诸如欧里庇德斯（Euripides）、索福克勒斯（Sophocles），也许还有希罗多德（Herodotus）这样大名鼎鼎的人物。"[①]

"二战"后，残酷的社会现实使戈尔丁开始质疑文明、理性的作用，痛苦地思索造成一切社会弊端的根源。戈尔丁将对人性的思索置于曾给人类带来无限光明的希腊文明这一深厚的背景中。他基本上不阅读同时代人的作品，伯纳德·迪克（Bernard Dick）教授曾说："戈尔丁是个异数，一个热爱希腊文学、喜欢划船的前中学教师。一个不欠同代作家任何东西的小说家。"戈尔丁自学了希腊文，在"二战"后长达 15 年的时间里潜心阅读希腊古典著作。他曾这样表述他对古典希腊作品的喜爱："除了古典希腊作品外，其他书籍我一概不读，那样做并非势利，也非高兴之举，实在是因为那里是精华之所在。"[②]在对人性的思考和探索中，人性恶的本源与人类文明的发展这对此消彼长的矛盾长期萦绕于戈尔丁的心头，他的这一困惑最终似乎从希腊悲剧和希腊神话中找到了解决的切入口和契合点。古希腊文学尤其是悲剧，以神话寓言的形式表达了人类个体悲剧命运的不可抗拒性，戈尔丁对这种寓言性的悲剧精神产生了共鸣。戈尔丁曾谈到希腊文学给他带来的创作灵感："我非常欣赏古希腊的文学，因为它只探究那些人类行为和生活的本质问题，所以具有永恒的意义。至于我，当我只为自己写作，而不是为读者大众，我所写的也往往仅限于这些有关人类的根本问题。"对希腊文学尤其是悲剧的多年浸淫，使戈尔丁形成了自己独特的创作风格，他采用寓言和神话的形式表达对人类本性及生存状态的隐喻，在同时代的现实主义回潮和实验主义兴起的浪潮中表现出鲜明的特色。

在古希腊剧作家中，欧里庇得斯和埃斯库罗斯（Aeschylus）对戈尔丁的影响最大。戈尔丁曾在一次访谈中谈到欧里庇得斯对他的重要影响。他说："古希腊戏剧是我写作的范本。我觉得欧里庇得斯

---

① 威廉·戈尔丁. 2006. 蝇王[M]. 龚志成，译. 上海：上海译文出版社，序第 8 页。

② Douglas M. Davis. 1963. A Conversation with Golding[J]. The New Republic (5), p. 4.

是希腊戏剧大师中最伟大，虽然也是最不完美的一位。埃斯库罗斯和索福克勒斯的作品更为严谨流畅，然而欧里庇得斯却以他的缺陷完全超越了他们。他是在狂乱之中写就那些神奇的诗篇，绘制出不可思议的图景的。……他所描绘的那些深沉的人类困境至今仍令我们束手无策。我一直感到我们之间存在着一种亲缘关系。"戈尔丁许多小说的结构仿照了埃斯库罗斯的悲剧结构，即"冲突、痛苦、揭示"，《蝇王》中文明与野蛮的冲突、《品彻·马丁》中英雄形象与恶棍形象的冲突、《继承者》中进化与落后的冲突、《教堂尖塔》中客观规律与宗教迷狂的冲突，都表现出人类生存的痛苦困境，揭示出人性恶是造成这种痛苦的根源。

荒岛文学或称荒岛小说（desert island fiction）对戈尔丁代表作《蝇王》的创作产生了极大的影响，这部小说就是戏仿巴兰坦的荒岛小说《珊瑚岛》写成的，在继承、发扬荒岛文学传统的基础上颠覆了传统的模式。

> 荒岛小说是表现荒岛生活的一种小说形式。在这种小说中，故事的场景往往发生在荒凉、遥远而尚未开化的岛上。这种小说独特的艺术魅力在于，荒岛远离真实和现实生活，而且借助于主观想象，荒岛保持着尚未受损的原始状态。这种小说风行的心理根源是直接借助于存在于大多数人之中的历险意识和猎奇本能。①

荒岛小说在场景设置、人物设计、情节安排等方面都有其独特的模式。在场景设置上，荒岛与世隔绝，远离人类文明社会，流落荒岛的主人公往往要面对严酷的自然，甚至是岛上的野蛮人种。在人物的设计上，落难荒岛的主人公不管是成年人还是儿童，经历了在荒岛上与自然、命运的抗争后，都会实现某种意义的成长。在情节安排上，荒岛小说都以"落难—抗争—回归"模式展开故事。主人

---

① 余江涛、张瑞德，编译.1989. 西方文学术语辞典[M]. 郑州：黄河文艺出版社，第123页。

公因为某种不可控的原因流落荒岛，在孤立无援的情况下，与严酷的自然、苦难的命运展开抗争，或是表现人类征服自然的伟大气概、文明战胜野蛮的乐观精神，或是表现人性在没有文明理性束缚下的堕落，流露出对人类生存现状的悲观情绪。但不管故事向何种方向发展，最后主人公都会意外获救，以成长了的状态回归以前的生活环境。

就创作思想而言，这类作品中一般都是使人物的活动范围脱离现实社会的复杂环境，将生活缩小到易于把握和处理的程度，从而开辟出一块任凭自己发挥的天地，以使作者去自由探索人类在与社会相隔离、没有文明道德规范约束的情况下可能出现的生存模式和本性流露。①

17世纪初期莎士比亚创作的《暴风雨》(The Tempest，1611) 是英国荒岛文学的开山之作。它吸收了文艺复兴时期的人文主义思潮，故事中善与恶相较量，最后善战胜了恶，从而讴歌了人性，肯定了人的精神。普洛斯彼罗的荒岛是莎士比亚精心设计的人类善恶较量的舞台，是表达主题的一种手段。普洛斯彼罗和贡柴罗等人是善的代表，而阿隆佐、西巴斯辛、安东尼奥和斯丹法诺等人物都是以恶的形象出现。善恶斗争到作品结束时已见分晓，作者用贡柴罗——一位善良的大臣的一段独白对此进行了概括："在一次航行中，克拉莉贝在突尼斯获得了她的丈夫，她的兄弟腓迪南又在他迷失的岛上找到了一位妻子，普洛斯彼罗在一座荒岛上收回了他的公国。而我们大家呢，在每个人迷失了本性的时候，重新找着了各人自己。"②

笛福的《鲁滨逊漂流记》出版于1719年。当时资本主义正处于发展的上升阶段，"冒险、奋斗、开拓、进取是这一时代的主旋律，

---

① 程家才. 2006. 荒岛小说《鲁滨逊漂流记》与《蝇王》之比较[J]. 铜陵学院学报，第6期：第89页。

② 莎士比亚. 1947. 暴风雨[M]. 梁实秋，译. 北京：商务印书馆，第87页。

挑战自然、征服自然就是这一时代的主流思想"①。另外，18 世纪的启蒙运动和人道主义思潮对中世纪的神权思想进行了反拨，将人作为大写的人，热情讴歌人的伟大力量。《鲁滨逊漂流记》采用了当时风靡一时的纪实性航海回忆录的文学体裁。鲁滨逊遭遇海难流落到荒岛上以后，没有怨天尤人、感叹命运的不公，也没有意志消沉、坐以待毙，而是运用自己的聪明才智，发扬勤劳肯干的精神，在荒岛上修建住所、种植粮食、驯养家畜、制造器具，把荒岛改造成了世外桃源。除了物质上极大丰富，改变了荒岛上从前的荒芜景象，他还在岛上驯服了一个野蛮人，取名"星期五"，用文明和宗教的力量将其教化，使其完成了从野蛮向文明的进化，成为鲁滨逊忠实的仆人。笛福笔下的鲁滨逊是资本主义原始积累时期新兴资产阶级的代表，他身上既有创业者冒险开拓、勇于创新的品格，又有实干家意志坚定、求实苦干的精神，再加上拥有智慧、勇敢、乐观向上的个性，他成功地把一个荒无人烟的孤岛变成了富足的世外桃源。笛福在小说的序言中这样概括鲁滨逊的优秀品质："在最悲惨的痛苦中可取得战无不胜的耐力，在最令人沮丧的环境中的不屈不挠的适应性和无畏的决心"。笛福通过鲁滨逊的故事，为我们再现了英国资本主义原始积累阶段新兴资产阶级追求物质及个人奋斗的精神面貌，生动地表现出新兴资产阶级积极乐观的文明精神。有评论家曾给予这部小说很高的评价："人们如果要重新抓住资产阶级在它年轻的、革命的上升时期的旺盛而又自信的精神，那么最好的导引无过于笛福与《鲁滨孙飘流记》（即《鲁滨逊漂流记》）。"②

巴兰坦的《珊瑚岛》出版于 1857 年，当时正值英国工业资产阶级对内走向全面统治、对外进行殖民掠夺的时期。英国社会相对稳定，无论在工业、商业，还是在殖民扩张和殖民剥削方面都处于高峰时期。这个时期的英国文学作品中，善在大多数情况下都是占上风的，而恶往往是由愚昧无知或道德沦丧造成的，人们普遍认为只

① 高继海. 2006. 英国小说名家名著评析[M]. 北京：中国社会科学出版社，第 244 页。
② 伊恩·P·瓦特. 1992. 小说的兴起[M]. 高原，董红钧，译. 北京：生活·读书·新知三联书店，第 35 页。

要用文明和理性对人们的行为加以约束，对人们的道德进行教化，"恶"就可以被消除。《珊瑚岛》讲述了三个少年海上遇险后流落到一座珊瑚岛上求生的故事。孩子们在岛上和睦相处、友爱互助，凭借从文明社会带来的道德、理性克服了种种困难，智胜了海盗，用基督教感化了野蛮的当地土著，在岛上建立起一个小型文明社会。《珊瑚岛》在一定程度上反映了作者对资本主义文明的自信和自傲，认为文明的制度虽然有其特定的缺陷，但仍然是克服人间罪恶的有效工具。《珊瑚岛》中也出现了和《蝇王》中一样的"猎杀野猪"的情节。但在《珊瑚岛》中，猎杀野猪对于孩子们来说只是为了满足基本的生存需要，而不是满足无止境的屠杀取乐的欲望，所以当他们的食物足够的时候，即使猎物送上门来，他们也不会猎杀。"在树林里，又发现了几群野猪，但是一只也没有杀，我们目前的食物已经足够了"。"我打定主意不再杀猪了，因为如果彼得金得手的话，眼下两头猪对我们来讲已经太多了"①。人类善良的本性和文明社会教化的强大力量，在作品中得到淋漓尽致的彰显。小说的主题继承了《鲁滨逊飘流记》以来的理想主义，重复叙说着资本主义社会的文明、理性、善良和基督教的信仰可以战胜人类的野蛮、邪恶和非理性的思想。巴兰坦以维多利亚时代的乐观精神竭力表现善战胜恶、文明征服野蛮的传统格局，是对人类文明进步的一种肯定，表达了他对人性善的信心。

史蒂文森出版于 1883 年的《金银岛》，以主人公吉姆·霍金斯等人深入荒岛演绎出的一幕幕险象百出的喜剧，续写了"善有善报、恶有恶报"的荒岛文学传统。

传统的荒岛文学以歌颂人类的理性智慧为要旨，或倡导人性善的伦理哲学，或以"人定胜天"的喜剧情节收尾，表现理想主义、人性善、感化的力量及乐观的精神。

戈尔丁的《蝇王》也以荒岛为背景，讲述了孩子们落难荒岛后

---

① 罗伯特·迈克尔·巴兰坦.1997. 珊瑚岛[M]. 沈忆文，沈忆辉，译. 北京：中国对外翻译出版公司，第 152 页。

的生存故事。但这座荒岛已经不是传统荒岛文学中具有真实性的场景。戈尔丁笔下的荒岛是一个丧失了实在性的神话世界，又是英国甚至整个人类社会的缩影。小说展现了伊甸园变地狱、孩子们互相残杀、从天真的孩童变成嗜血的野蛮人的人类悲剧图景。戈尔丁用《蝇王》颠覆了传统荒岛小说中"善终将战胜恶""文明终将战胜野蛮""理性终将战胜非理性"，最终荒岛变为人间天堂的主题，用惨痛的事实呼吁人类正视自身本性中无时不在的"恶"，以此表现对人性、对人类前途深沉的哲学思索和忧患意识。

除此之外，西方盛行的存在主义思潮也影响了戈尔丁的创作。存在主义哲学的观点反映在文学上，于"二战"后形成了存在主义文学。存在主义认为个人的价值高于一切，个人与社会是永远分离、对立的。在这个荒诞的世界里，人是被遗弃的、孤独的，客观事物和社会总是在与人作对，时时威胁着"自我"。萨特在他的剧本《禁闭》中有一句存在主义的名言："他人即地狱"。在"二战"后开始进行文学创作的戈尔丁受非理性主义和存在主义思潮的影响，其创作的小说存在着鲜明的存在主义色彩，着重表现社会环境的荒诞，人的恐惧、孤独、厌恶、被遗弃感。

第三节 历史语境：20 世纪的精神荒原

戈尔丁生活在 20 世纪，创作生涯始于"二战"后。他生活的时代是人类信仰陷入全面危机、传统价值体系全面崩溃的时代。科学技术的日益发展使"工具理性"战胜"价值理性"进入畸形发展阶段。受工具理性的奴役和控制，人由社会生产中占主导地位的主体沦为被支配利用的客体。两次惨绝人寰的世界大战给世界带来了毁灭性的灾难，给人们的思想造成了严重的创伤。所有这一切使启蒙时代倡导的理性、文明的绝对权威受到质疑，人类对世界和自身生存的认识面临着全面的危机。

20 世纪是科技飞速发展并取得辉煌成果的世纪，也是人类为自己的无知和贪婪承担后果的世纪。20世纪的两次世界大战和若干国家的极权主义实践，摧毁了科学的进步必然将人类引向"自由和繁荣之路"的伟大神话。科技在工业和军事上的应用造成了大规模杀伤性武器的诞生，这些本该用来创造人类文明辉煌的技术却被用于人与人的互相残杀。20世纪，人们常常用来形容科学的词语是"双刃剑"——"它既可以成为引导人们进入天堂的神灯，也可成为毁灭人类的潘多拉匣子"①。爱因斯坦就曾经忧郁地提出原子释放出来的能量会改变除我们思想方式以外的一切这一事实。从此，科学的成果可以毁灭全人类的阴影始终笼罩在人类的头上。

现象学大师胡塞尔（Edmund Husserl，1859－1938，德国哲学家、20世纪现象学学派创始人）在晚年深深地意识到欧洲科学专制和人性危机的严重性，他忧心忡忡地表示："在19世纪后半叶，现代人让自己的整个世界观受到实证科学支配，并迷惑于实证科学所造就的'繁荣'。这种独特现象意味着，现代人漫不经心地抹去了那些对于真正的人来说至关重要的问题。只见事实的科学造成了只见事实的人。"②

科学是具有工具理性和价值理性两方面特性的。西方的一些社会批评理论家如霍克海默（Max Horkheimer，1895－1973，德国哲学家）、马尔库塞（Herbert Marcuse，1898－1979，德国哲学家、社会学家）和海德格尔（Martin Heidegger，1889－1976，德国哲学家、20世纪存在主义哲学的创始人）等人指出自启蒙运动以来，随着科学技术的飞速发展，工具理性与价值理性之间平等的关系，和谐统一、共同发展的局面被打破，无法促进人性以及社会的健康全面发展。20世纪的西方人大幅度地开发科学的工具理性，而忽略了价值理性。工具理性膨胀和价值理性失语的结果，导致了人性的工具化、贫乏化、碎片化以及主体性的丧失，导致了人类实践活动的畸形发展，比如对自然的过度利用、拜物教的盛行、人的物化状态加重，

---

① 赵林. 2004. 西方文化概论[M]. 北京：高等教育出版社，第245页。
② 赵林. 2004. 西方文化概论[M]. 北京：高等教育出版社，第263页。

等等。

西方人在 17、18 世纪经历过理性主义的顶峰之后，却在 20 世纪体会到了理性至上带来的恶果，从而对文化的进步性产生怀疑，引发了 20 世纪整个西方社会的精神危机。"人们对科学与理性的怀疑，对传统道德文化的失望，对大规模现代战争的恐惧，对经济危机的担忧，对现代社会中人的异化的焦虑，等等，使西方人的精神世界陷于危机与混乱之中。"①对错、善恶、正邪这些价值体系中的基本要素变得模糊不清，支撑人类生存的整个价值体系崩溃了。人类对世界和自身生存的认识面临着全面的危机，越来越多地表现出恐惧与厌烦的情绪。伴随着理性信仰的终结，是后现代"非理性"思潮的纷至沓来，这些后现代思潮构成了戈尔丁悲观主义的客观基础。

"事实上，'二战'的恐怖所暴露出来的人性邪恶对知识人心灵的荡击，是对自由主义人性的冲击，是巨大而持久的。……因这巨大而持久的冲击，50 年来人们不得不比以往任何时候都更加深刻地反思自己的存在处境，探究自己的道德状况。……人性似乎远远恶于战前人们的理解。现代自由主义传统中的道德观能否有效地抵制人性中的邪恶，现在成了一个十分突出的问题。"② 所以"二战"结束后，在西方人中，尤其是西方知识分子中弥漫着浓厚的悲观气氛，戈尔丁就是其中的一位。1957 年，法国作家加缪在瑞典接受诺贝尔文学奖时曾说过，威廉·戈尔丁这批作家：

> 在第一次世界大战时期来到这个世界上，在希特勒上台和第一次革命浪潮初起时正值青春年少，在西班牙内战、第二次世界大战、欧洲遍布酷刑、拷打和集中营的时代，完成了他们的教育。正是这些人，在今天，必须在一个面临核武器威胁的世界里生儿育女、从事创作。对于这样一些人，没人能强求他

---

① 蒋承勇. 2005. 西方文学"人"的母题研究[M]. 北京：人民出版社，第 412 页。
② 阮炜. 1998. 社会语境中的文本——二战后英国小说研究[M]. 北京：社会科学文献出版社，第 8 页。

们成为乐观主义者。①

但戈尔丁的悲观不是单纯的消极，他希图通过展现人性恶，促使人类深刻认识并反思自我本性，弃恶扬善，改良社会。戈尔丁用充满道德和宗教内涵的寓言、意义丰富的象征和隐喻，对 20 世纪生活在精神荒原上的人类的生存现状进行普遍的关照，触及了人性的本原。

第四节　个人经历："二战"体验与任教生涯

理查德·斯沃认为，悲剧意识是与生俱来的，可以由个人经历诱发而出。②戈尔丁自己曾说过他天生是一个乐观者，但理智的判断使他变成了一个悲观者，因此他被某些西方评论家冠以"世界上头号厌世主义者"的头衔。③

一、"二战"体验

有评论者在评论"二战"对人们造成的影响时指出：

> 战争改变了人们的生活方式，冲击着传统的道德准则，把人类推到一种绝望的境界。战争使人类产生不安全感和焦虑，使人类看破红尘，耽于享乐。战争使人类感到人性的恶以及自身的脆弱，遍野陈尸引起人类的贬值感。战争摧毁了宗教虔诚、逼着人类从存在主义的角度去反思。战争向我们索取的惨重代价与其意义太不相称，这就使悲剧变得荒诞滑稽，抹去了喜怒

---

① 程三贤，编选. 2006. 给诺贝尔一个理由（第 1 辑）：诺贝尔文学奖获奖演说精选[M]. 北京：中国广播电视出版社，第 136 页。

② Richard Sewall. 1965. The Tragic Form[C]//Tragedy: Plays, Theory, and Criticism, New York: Harcourt, Brace & World Inc, p. 54.

③ 建钢，宋喜，编译. 1993. 诺贝尔文学奖颁奖奖获奖演说全集（1901-1991）[M]. 北京：中国广播电视出版社，第 691 页。

哀乐的分明界线。一句话，人类制造了战争，战争改变了人类，也使人类重新认识了自己。①

"二战"爆发后，戈尔丁加入了英国海军，成为一名研究炸弹的海军士兵，在一次执行任务时负伤入院。伤愈后，他被送往苏格兰的水雷兵学校学习，后来又被指派在一艘鱼雷舰上服役，期间多次执行过危险的任务，几次与死神擦肩而过。在五年的海军生涯中，他参加过大西洋护航战役、1944 年诺曼底登陆和击沉德国"俾斯麦号"巡洋舰的战斗，战后升任皇家海军少校。在战争中目睹了人类非理性的极端状态后，戈尔丁开始更加成熟地思考人类境遇和人性本质等问题："我们从第二次世界大战中得到了一些启示。这场战争不同于欧洲历史上所经历过的任何其他战争，它给予我们的启迪不是关于战争本身，或国家政治，或民族主义的弊端，而是有关人的本性。"②更主要的是，戈尔丁改变了"二战"前对人性乐观的立场，他认为邪恶产生于人的内心深处："我们这代人对人的发现的基本点是人的劣性在于人的本身，而不仅仅在于社会的压力。"③

"二战"前的戈尔丁是一个"理想主义者"，相信文明、理性的力量，相信人性的完美。他曾说战前他的：

> 脑子里充满了他们（我们）这一代人，特别是在欧洲的同龄人所共有的一种简单幼稚的信念：认为人类可以发展到完美无瑕的阶段。只要消除社会上的某些不平等因素，对社会问题采取一些切实可行的措施，他们（我们）就可以在地球上创造一个人间天堂。④

---

① 潘利峰. 2009. 沉重的反思——评欧华恩《战争·人性·生态——美国二战小说研究》[J]. 湖南科技学院学报，第 1 期：第 244 页。

② William Golding. 1962. The Lord of the Flies[M]. New York: Coward-McCann, p. 180.

③ James Gindin. 1988. William Golding[M]. London: Macmillan Press, p. 15.

④ William Golding. 1962. The Lord of the Flies[M]. New York: Coward-McCann, p. 180.

他相信"作为社会一分子的人是可以完善的"①。但是亲身经历了战争后，"战争改变了我的看法。战争教给我和我的同辈人的东西完全是另一回事"②。在他的随笔集《灼热之门》中，戈尔丁写道：

> 我发现人可以对人做出多么可怕的事来……这些事并非出自新几内亚岛上猎头生番之手，也不是亚马孙河流域某个原始部落所为。这都是由那些受过教育的人，那些医生、律师们，那些有着文明传统的人极有技巧而又极为残酷地施予他们的同类身上的。……我必须说，任何人如果经历了这些岁月还居然不懂得人类制造邪恶正如蜜蜂酿制蜂蜜一样，那他必然是瞎子或疯子……我认定人类已经病入膏肓……我当时力所能及的事就是探索人的病态究竟和他陷于其间的国际灾难之间有何关系。③

参战时目睹的血腥残暴场面，给戈尔丁的心灵造成了极大的震撼，他对现实的思考由对社会因素的探究转向了对人自身普遍人性的拷问。深刻认识到人类本性中固有的邪恶因素后，戈尔丁对文明、理性、秩序产生了怀疑，对人类前途表示出悲观和绝望。

二、任教生涯

戈尔丁在专职从事写作之前做了 19 年中学教师。教书给了他时间和机会能够近距离观察世人眼中"纯洁无瑕"的孩子们。在戈尔丁任教的公立学校，他观察到高年级的学生常常恃强凌弱、以大欺小，虐待低年级的学生并以此为乐，他们强迫低年级学生为他们服务，稍有不从就拳打脚踢。同龄的孩子之间也经常为了满足自身

---

① William Golding. 1965. The Hot Gates, and Other Occasional Pieces[M]. London: Faber & Faber, p. 87.

② Douglas M. Davis. 1963. A Conversation with Golding[J]. The New Republic (5), p. 4.

③ William Golding. 1965. The Hot Gates, and Other Occasional Pieces[M]. London: Faber & Faber, p. 87.

利益而做出撒谎、打架等不文明的举动。戈尔丁经过观察后发现，孩子们远不如大人们所认为的那样纯洁善良，如果没有教师的管理和规章制度的约束，孩子们会做出更多让人难以想象的野蛮行径来。戈尔丁由此意识到，人的天性中潜伏着不可克服的邪恶意识，它与生俱来，只是囿于文明的限制，没有显露。一旦在缺乏约束的情况下，这种邪恶意识就会不断膨胀，最终产生巨大的破坏力。儿童身上所表现出来的野性行为使戈尔丁认真思索人类悲剧的根源，并据此得出结论：人的本性是邪恶的，而作家的责任就在于"追溯出人类病态的本性"①。

戈尔丁在回忆《蝇王》的创作经历时，也谈及他的任教经历对创作的影响：

> 人是一种堕落的生物，人受原罪的制约，人的本性是有罪的，人的处境是危险的。我接受这种神学理论，并承认其陈旧性，然而陈旧的东西却是真的。……而且当一种自明之理成为人们狂热地笃信的信念时，它就远不是陈词滥调了。我在周围寻觅某种阐明上述论点的方便形式，结果在儿童的游戏中找到了，我当时的环境十分适宜做这件事，因为我那时在给孩子们教书……能十分准确地理解他们，了解他们。我决定采用小男孩流落到荒岛上这个常见的文学形式。②

三、宗教信仰

许多评论家认为，戈尔丁是一位宗教作家，虽然他本人的经历与宗教涉缘甚浅，且他的家庭也没有什么宗教背景。然而，如果读过戈尔丁的作品，我们就会发现，在他的小说中，基督教典故及象

---

① 王宁，主编.1987. 诺贝尔文学奖获奖作家谈创作[M]. 北京：北京大学出版社，第531页。

② 顾明栋，译.1998. 寓言在文学作品中的作用[C]//宋兆霖，主编. 诺贝尔文学奖文库·创作谈卷. 杭州：浙江文艺出版社，第368页。

征原型比比皆是。

1911 年，戈尔丁出生于一个并无宗教氛围的家庭。他的父亲亚历克·戈尔丁（Alec Golding）是无神论者，深信自然科学、理性主义和人道主义可以促使人类进步。他的母亲米尔德里德（Mildred）是热衷于鼓吹妇女参政的女权主义者。尽管如此，受过良好教育的戈尔丁，其思想深受英国新教传统文化的影响。他多次在接受采访时证实了他对上帝的信仰，他接受新教的大部分基本信条，尤其对"原罪说"深信不疑。记者戴维曾在一次访谈中采访过戈尔丁：

> 我问他信不信上帝，因为他的小说充满了罪恶感。"信，信！"他说。他的父亲是一个教师，出身于激烈反对英国国教的家庭，是一个狂热的无神论者。他的母亲也不信奉英国国教。他的父亲在晚年改变了立场，成了一个不可知论的信奉者。随着年事日高，戈尔丁的思想也发生了变化。[①]

"二战"后，戈尔丁因参战目睹了战争的残酷而在思想上发生了深刻的变化，开始否定他父亲向他灌输的"可以信赖的科学人道主义"。戈尔丁觉得，宗教"原罪"思想似乎比科学理性原则更符合客观现实。为戈尔丁作传的作家约翰·凯瑞说过："戈尔丁在'二战'前完全不信仰宗教。他说过他在牛津的时候，嘲讽宗教信仰等任何超自然的信仰。实际上他说过，他是在战争期间体验到了宗教信仰的震撼。我在传记中引用了他的措辞：'宗教信仰的震撼'（religious convulsion）。所以从那时起他开始感受到宗教并非可以随意嘲讽的，而是严肃的。他在 1945 年和 1946 年间在华兹华斯主教学校（Bishop Wordsworth's School）教过的男孩子也形容他对宗教非常虔诚，会一连几小时做祷告，独自无声地祷告。在战前他完全不是这样的。他在那个题为《信仰和创造力》（'Belief and Creativity'）的讲座中的

---

① 迈克尔·戴维. 1984. 戈尔丁访问记[N]. 观察家报，1983-10-9. 转引自文化译丛，第 1 期：第 21-22 页。

确说过'我信仰上帝'。那是他不断重写、最喜欢做的讲座。"

原罪论是基督教的基本信条，对西方人的人性观产生了极大的影响。《圣经·创世纪》中描写了人类的始祖亚当和夏娃因未能抵制诱惑偷食了禁果，惹怒上帝而被赶出伊甸园的故事。原罪论认为由于人类始祖悖逆上帝而堕落，作为亚当和夏娃后代的人类，是罔顾了上帝的意志而背负着罪恶的人，生来便带有犯罪的倾向。原罪从人类始祖那里传承下来，是一种以自我为中心、有犯罪倾向和性情的人性，主要包括：傲慢（pride）、嫉妒（envy）、暴怒（wrath）、懒惰（sloth）、贪婪（greed）、暴食（gluttony）和淫欲（lust）七宗罪。原罪存在于人心的隐秘之处，一旦遭遇某种外力的引诱，人就会丧失理智，显露出罪性。奥古斯丁在《忏悔录》中说："我是在罪业中生成的，我在胚胎中就有了罪，我的天主，何时何地你的仆人曾是无罪的？"[1]

到文艺复兴时期，"原罪"的观念又被马丁·路德（Martin Luther，1483－1546，16 世纪欧洲宗教改革倡导者）、加尔文（John Calvin，1509－1564，法国宗教改革家、神学家）等新教领袖强化了。他们认为，人是完全堕落的，倘若不被管束，那么在凶暴残忍方面，人会远胜过所有凶禽猛兽。马丁·路德深受奥古斯丁的影响，坚持认为人性本恶，人天生就带有罪恶，人类所有情感、欲望和意愿都是邪恶的。路德说："我们所有的人生来就是有罪的，在罪恶中被怀孕和被产生出来，罪恶把我们从头到尾地浸渍了……"[2] 加尔文认为人类的全部本性就好像是一粒罪恶的种子。人身上的每样东西——理智与意志、心灵与肉体，都为贪欲玷污和浸透。[3]戈尔丁深受以上原罪说的影响。他认为人类"在罪恶中诞生，或早或迟又必将陷入罪恶的泥坑"[4]。

---

① 奥古斯丁. 1963. 忏悔录[M]. 周士良，译. 北京：商务印书馆，第 11 页。

② 姜晶花.2012. 人性：善恶之间的困惑[M]. 广州：广东教育出版社，第 481 页。

③ 姜晶花.2012. 人性：善恶之间的困惑[M]. 广州：广东教育出版社，第 488-489 页。

④ John Carey. 2010. The Man who Wrote The Lord of Flies[M]. London: Faber & Faber, p. 132.

神学家戴维·安德森称，戈尔丁的小说具有神学倾向，还有的评论者称其为"加尔文主义者"①。戈尔丁就此回答说："就我的作品看，这种说法并没有显得过于严厉……我并非加尔文主义者，但是我愿意相信我的创作能力、性格和经验决定了我的作品中可以推导出加尔文主义。"②戈尔丁称自己为"并不合格的虔敬者"，即并非严格意义上的基督徒，不遵行或奉守宗教戒律和仪式。但纵观戈尔丁的小说，我们无时无刻不感觉到作家对宗教尤其是对他那个时代人们的宗教观的关注。他写小说的主旨不是为了宣扬基督教的教义，而是借宗教来描写人类生存现状，尤其是人类背弃上帝后的结局，表达自己对人性的认识。戈尔丁在小说中所表达的人性观，既来自基督教的"原罪"说，又与基督教的末世论结合起来，探讨在世界的末日，人类的邪恶本性怎样导致人类终极的堕落与毁灭。

戈尔丁早期小说的主题多与基督教教义有关。《蝇王》和《继承者》都描写了人类因原罪失去纯真而被逐离伊甸园的故事。《品彻·马丁》描述了一颗极端自私的灵魂如何在死后依然奋力对抗神意，拒绝被上帝毁灭的故事。《自由堕落》中的萨米在监狱中陷入了深深的忏悔，寻找自己何时因"背弃了上帝"而堕落。《教堂尖塔》的故事背景与基督教有很大联系，表现出宗教偏执导致的严重后果。在戈尔丁的后期力作《黑暗昭昭》中，具有宗教意味的象征性更加突出。小说中大量借用了《圣经》中的典故，把现代社会比作撒旦眼中的地狱，是一个"看得见的黑暗"的社会。

戈尔丁早期小说中的人物也有宗教渊源。在他的第一部小说《蝇王》中，戈尔丁创作了西蒙这个在后来的小说中一直以各种变体存在的人物形象。《品彻·马丁》中的纳撒尼尔、《黑暗昭昭》中的麦蒂等人物身上都有基督教的影子。从这些人物形象身上，我们可以

① 加尔文主义（Calvinism），是 16 世纪法国宗教改革家、神学家约翰·加尔文毕生的许多主张和实践及其教派其他人的主张和实践的统称，在不同的讨论中有不同的意义。在现代的神学论述习惯中，加尔文主义常指"救赎预定论"跟"救恩独作说"。

② Biles, Jack I. 1970. Talk: Conversations with William Golding[M]. New York: Harcourt Brace Jovanovich, Inc., p. 86.

看出基督教对戈尔丁的影响，也可以看出戈尔丁在寻找人类救赎的某种尝试。耶稣是在十字架上牺牲自己为众人赎罪的，戈尔丁也期盼人类世界中存在一个能拯救人于水火的上帝。进入工业文明以来，人们过分关注工具理性，忽视价值理性，弃神的行为导致了精神的荒芜状态。"我们缩小了上帝的世界，与这种缩小相对应的是人在世界中闪耀着所有的荣耀。"①

---

① William Golding. 1982. A Moving Target[M]. New York: Farrar, Straus, Girous, p. 192.

第五章　悲观意识下隐含的希望——救赎

　　戈尔丁的早期小说往往将故事设置在与世隔绝的场景中，抽离开文明、道德、规则、理性等社会因素，让小说中的人物赤裸裸地表现人性恶。他笔下的世界，不论是远古、当代还是未来，不论是虚构的荒岛还是现实的社会，在人类罪恶本性的主宰下，都笼罩在黑暗中，充满了悲观、绝望的色彩。许多评论家因此认为戈尔丁对人性和人类的未来充满了悲观意识，称他为"悲观主义者"。但戈尔丁本人却并不认同这一称呼。他在许多场合指出研究者和读者过分关注，甚至夸大了他小说中的人性恶主题。尽管他对人性中固有的恶及人类的未来充满悲观意识，但他仍然"对人类面带微笑"。为了更好地表明他对"乐观"和"悲观"的辩证看法，戈尔丁称自己为"世界性的悲观主义者"（universal pessimist），但又是"宇宙性的乐观主义者"（cosmic optimist）。他对这两个让人费解的称谓给出的解释是：

　　　　我的意思是说，考虑到科学家们通过制定一套规则构建一个世界，并且规定这样的一个世界必将是可复制而且完全相似的，那么我就是个悲观主义者，拜伏在伟大的熵神（the great god Entropy）面前。但是当我考量科学家由于职业素养而不得不忽视的精神领域时，我又是一个乐观主义者。①

————————————

① 毛信德，等译. 1991. 诺贝尔文学奖颁奖演说集[M]. 南昌：百花洲文艺出版社，第701页。

戈尔丁的代表作《蝇王》面世以后,以其对人性恶的深刻挖掘及独树一帜的寓言化风格深受读者好评,被译为30多种文字风靡世界,在英美许多大学被列为必读书目。美国的《时代》(*Time*)周刊曾将《蝇王》与塞林格的《麦田里的守望者》一起列为美国大学里影响最大的小说。戈尔丁辞去教职专心从事写作后,曾受邀在多所大学访学,举办讲座。他在一次访谈中提到经常有大学生询问他对人类未来的看法:"其中问得最多的问题就是'人类还有救吗?',我很诚实地回答说'是的'。……我认为正义最终必将会战胜邪恶。我不知道具体用什么方法来实现,但我就是坚定不移地相信这一点。"① 1983年,瑞典文学院在授予戈尔丁诺贝尔文学奖的颁奖词中,强调了他在作品中为减轻、消除社会悲观情绪所做的尝试:"威廉·戈尔丁的长短篇小说并不只是阴沉的道德说教和关于邪恶、奸诈、毁灭力量的黑色神话,它们也是丰富多彩的冒险故事。在这些小说中有一种活力,事实上,它突破了那些悲剧性的、厌世的、令人恐怖的东西。"②作为一个有社会责任感的作家,戈尔丁的悲观不是消极和不作为,也不是单纯的愤世嫉俗,他从自身的经历以及对所处社会环境的体认出发,将对人类的悲观意识诉诸笔端,设计出一个个不同的故事来表现人性恶。戈尔丁认为人类对自我"恶"的本性有着"惊人的无知",所以他在小说中通过设计不同的背景、不同的人物、不同的情节来展现不同形式的人性恶,他希望人类能够正视自身贪婪、残酷、嫉妒等"恶"的本性,能够深刻认识自身的不完美,从而"引起疗救的注意"。

戈尔丁对人性恶浓墨重彩的描写绝不只是为了揭示和批判,他在揭示的同时也在积极地探索重建人性之路。诺贝尔文学奖的颁奖词这样总结他的作品对此所做的努力:"他的寓言是悲壮的和哀婉的,但绝不是压抑的和消沉的。这是一种比人类实际生活本身更为

---

① Bruce Lambert. 1994. William Golding[C]// James P. Draper. Contemporary Literary Criticism LXXXI. Detroit: Gale Research, p. 317.

② 宋兆霖,主编. 1998. 诺贝尔文学奖文库:授奖词与受奖演说卷[M]. 杭州:浙江文艺出版社,第172页。

强有力的生活。"① 戈尔丁在荣获诺贝尔文学奖后的答谢辞中这样表达他对人类的希望:"人类需要更多的人性,更多的关怀,更多的爱。有些人希望用某种政治体制来创造这一切,而另一些人则希望用爱来创造这样一种体制。我的信念是:人类的前途在于这两者之间。"②戈尔丁希望将两者结合,在人与人中间爱的坚固基础上创造一种相对完善的体制,这样人类就有可能摆脱黑暗,走向光明的前途。

第一节 救赎之路的探寻

面对在人性恶的深渊里越陷越深的人类,戈尔丁表现出深切的悲观意识。但他的悲观意识不是单纯的消极和抱怨,作为有社会责任感和担当的作家,他在创作中一直努力为人类探寻救赎之路,希望能将人类从人性的黑暗中解救出来。

在戈尔丁早期的小说中,他为人类探寻救赎之路的方式主要表现为两个方面。一方面是通过设计不同的背景、人物和情节来展现人性恶的普遍性和必然性,从而让人警醒,认识到救赎自我、救赎社会的必要性。《蝇王》中荒岛上的孩子们从文明走向野蛮的堕落,《继承者》中展现的文明进化、继承的悖论,《品彻·马丁》中一人身上同时并存的鲁滨逊似的英雄形象和贪婪自私的恶棍形象所形成的反讽,《自由堕落》中萨米背弃上帝后的堕落,《教堂尖塔》中人性受宗教影响表现出的偏执和扭曲,《金字塔》中社会等级的森严以及人与人之间尔虞我诈的冷漠关系,都赤裸裸地暴露出人性中的恶,让人能够深刻地认识到自身的不完美,从而对人类需要救赎产生迫切的要求。另一方面,戈尔丁也在作品中积极探索将人类从人性恶

① 建刚,宋喜编译.1993.诺贝尔文学奖颁奖获奖演说全集(1901-1991)[M].北京:中国广播电视出版社,第696页。

② 建刚,宋喜编译.1993.诺贝尔文学奖颁奖获奖演说全集(1901-1991)[M].北京:中国广播电视出版社,第709页。

的黑暗中拯救出来的道路，为人类的未来展现希望。《蝇王》中西蒙殉道者的形象和结尾处拉尔夫为人性堕落的悲泣、《品彻·马丁》中善良的纳特、《自由堕落》中萨米的忏悔、《教堂尖塔》中乔斯林死前的感叹，都为处于黑暗生存状况中的人类展现出一丝希望之光。

在《蝇王》中出场的一群10来岁的孩子中，西蒙是一个与众不同的形象。戈尔丁塑造这样一个形象的目的在于为身陷邪恶的人类寻找一条出路。在戈尔丁的笔下，以杰克为首最终堕落成野蛮人的大部分孩子象征着人性的黑暗，是人性恶的代表，而拉尔夫和猪崽子虽然处在杰克一伙的对立面，象征着理性、文明和科学的力量，但他们身上也存在着一些人性弱点，那么只有西蒙代表了人性善，代表了人类道德未来发展的希望。

在孩子们中，西蒙最早认识到人性中潜藏的邪恶。当孩子们认为荒岛上存在野兽，岛上因此人心惶惶、谈兽色变时，只有西蒙对野兽的存在表示怀疑。他朦胧地感觉到，野兽就是深藏在内心的人性恶的外化表现，因此他指出"大概野兽不过是咱们自己"。当他爬上山顶发现了野兽的真相并与"蝇王"进行了有关人性的对话后，他急切地跑下山要将这一真相告诉伙伴们，希望能够以此让他们认识到黑暗的恐惧不是来自野兽，而是源于自身的人性。而且西蒙是小说中唯一一个没有参与过杰克一伙打猎、杀猪、吃猪肉行为的孩子。岛上的大部分孩子登岛后没多久，就因为欲望的爆发而将集体制定的文明规则抛到脑后，加入了杰克的团队进行血腥残暴的狩猎，就连理性的象征拉尔夫和科学的象征猪崽子也因抵制不住吃肉的诱惑，向杰克讨食猪肉并加入了疯狂的狩猎舞蹈。而同样是孩子的西蒙却克制住自己的欲望，始终保持着文明理性的人性状态。同时，西蒙还充满责任感、富有爱心。在其他孩子将集会时分配的职责抛到脑后，只顾打猎狂欢时，只有西蒙不辞辛劳地帮助拉尔夫搭建窝棚。他不像罗杰、杰克等人那样以强凌弱，捉弄、欺负小孩子，而是竭尽所能帮助、保护弱小。本应纯洁、善良的孩子在荒岛上上演的人性恶悲剧让人不禁惊叹人性的黑暗，而西蒙这一形象的存在为小说浓重的人性恶的黑暗背景添上了一道微弱的亮色。因此在西蒙这一形象的塑造中，戈尔丁隐含着救赎主题，寄寓着他对人类未来的希望。诚如一位英国学者所说："西蒙能够结束人类那不人道的历史，能够使自己自由，也能够使他人自由。它在更深的层次上表明，只要能认识到人是邪恶的，人就能自由地重整旗鼓，再站起来。"虽然西蒙身体虚弱、经常晕厥的事实反复昭示着这一希望的微小渺茫，虽然西蒙最后被伙伴们当作野兽打死象征着这一希望的破灭，但这毕竟是对人性充满悲观意识的戈尔丁给予人类的一丝希望微光。

《品彻·马丁》中的纳特是和马丁在一艘军舰上服役的战友，他的真诚善良与马丁的邪恶自私形成了鲜明的对比。纳特"从来不会掩饰自己内心的感情，对别人总是真诚相待，不计报酬地爱着别人，因此尽管不追求，总是获得人们的好感"[①]。他的善良使他最终在与马丁竞争追求玛丽的过程中取胜，赢得了玛丽的芳心。

《自由堕落》中，萨米被捕入狱后，在牢房里忏悔自己堕落的人性。他通过回忆自己从幼年到入狱的人生轨迹，探寻自己堕落的原因，表现出一种强烈的反省与忏悔意识，呈现出"堕落与赎罪的宗教内涵"[②]。在基督教救赎论中，忏悔与拯救是紧密相连的二元结构。只有当人们经过痛苦的反思和忏悔，深刻认识到自身的罪行或内心的邪恶时，才能获得拯救。因此忏悔是从罪到义的必经之路，是人类获得救赎的必要条件。戈尔丁通过萨米的故事，为人类指出了获得救赎的希望之路。

一提到《教堂尖塔》中的乔斯林，读者和评论家们往往批判他不顾客观规律的偏执个性和受到压抑而扭曲的性欲，但另一方面，人们也常常感叹于他对信仰的执着和忠诚。在随笔集《活动靶》中，戈尔丁在谈到乔斯林这个人物时，也阐述了他身上表现出的积极意义："假如读者和批评家不明白神学，不明白创作的精巧之处，不明白失败与牺牲，不明白一个人是如何为那些降临到他生活中的美的神秘、光辉、火焰和感情的迸发所着迷，那么这部小说说到底就是

---

① 威廉·戈尔丁. 2000. 品彻·马丁[M]. 刘凯芳，译. 上海：上海译文出版社，第87页。
② 张和龙. 2004. 战后英国小说[M]. 上海：上海外语教学出版社，第73页。

失败的。"① 评论家博伊德认为小说结尾乔斯林看到的由尖塔幻化成的"苹果树",指的正是伊甸园的"知善恶树"。虽然人类始祖偷吃禁果为人类带来了死亡和无尽的辛劳痛苦,但同时也带来了让人类得以救赎的基督,让人们感受到上帝的力量与爱。乔斯林尽管尝尽了自身和他人的邪恶所带来的苦楚,但也"成功使人类的希望之光得以闪现"②。

戈尔丁在与约翰·凯瑞的一次访谈中提到,原罪是可以消除的,那就是用爱。③ 所以"爱"是戈尔丁为人类指出的一条摆脱人性黑暗的救赎之路。在小说《金字塔》的扉页,戈尔丁引用了《普塔霍蒂普箴言》中"心有爱则生,无爱则死"的语句。这句话既揭示了斯城社会堕落的原因——人与人之间缺乏真爱、尔虞我诈,又是戈尔丁为人类指出的获得救赎的途径——人心中充满爱,就能够弃恶扬善。经历过"二战"后,尽管戈尔丁对人性充满了悲观意识,把人类制造邪恶看成像"蜜蜂酿蜜"一样自然而然的过程,但他并没有对人性彻底失望,他希望能够用爱来唤醒堕落的人类,使人类改变对自己本性"惊人的无知"的状况,深刻认识人性中恶的成分。同时,他也希望人们在爱的基础上重建文明和理性。

另外,在小说《金字塔》中,戈尔丁还创作了艾弗林这个"启蒙者"形象。艾弗林是斯城歌剧社为了排演歌剧从伦敦请来的导演。作为一名斯城社会生活的旁观者,艾弗林以自己对人性的敏锐洞察力,在排练中对斯城不同社会阶层之间等级森严、尔虞我诈的状况有准确而深入的认识。为了使歌剧能够顺利上演,艾弗林不断地克制自己的情绪,调解演员们之间因为争名夺利而引发的冲突。艾弗林还充当了奥利弗的"启蒙者"。正是借助艾弗林的启发引导,奥利弗才清晰地认识到自己所迷恋的伊莫锦并非一位完美的天使,而是

① William Golding. 1982. A Moving Target[M]. New York: Farrar, Straus, Girous, p. 167.

② Stephen J. Boyd. 1988. The Novels of William Golding [M]. New York: Harvester Wheatsheaf, p. 86.

③ William Golding & John Carey. 1985. William Golding Talk to John Carey[C]// John Carey. 1986. William Golding: The Man and His Books: A Tribute to His 75th Birthday. London: Faber and Faber, pp. 171-189.

一个"愚蠢、麻木而又虚荣的女人……傲慢无礼"①。如梦方醒的奥利弗开始认识到斯城社会的种种邪恶，开始反思、审视自己的生活。他彻悟道："正是它——一切事情都是——邪恶。一切。没有真理，没有诚实。"②在充满谎言的现实中，充当"启蒙者"的艾弗林为奥利弗，也为读者揭示了人间的邪恶，从而使他们能够在迷途中认清自我，产生救赎的需要。

另外，从叙事结构的设计上，戈尔丁也隐喻出救赎的思想。弗莱认为，在整个圣经故事中存在着一个 U 型叙事结构，即"背叛之后落入灾难和奴役，随之是悔悟，然后通过解救上升到差不多相当于上一次开始下降的高度"③。戈尔丁的早期小说中往往呈现出不完整的圣经叙事结构原型，他一般只描述 U 型结构的左半边，即只描写人性堕落的过程，而在 U 型结构的右半边留下空白，没有显示出人类获得救赎的完美结局。但这一空白暗示出人类堕落到最低极点后将要沿着上升路径获得救赎的可能性，逆向指明了人类获得救赎的道路，为人类预示了获救的光明和希望。

第二节　救赎之路的意义

戈尔丁在其小说中深刻地挖掘了人性的本质和人性的黑暗，他的小说令人震撼地揭开了人类隐秘的疮疤。欲望、贪婪、自私、野蛮……人性中的每一个黑暗面都活生生地摆在了我们面前。读过他的小说，我们不由深深地感到："他的作品震撼了我们，一种不由得为自己同类感到的悲哀与痛苦深深地浸入了我们的骨髓"④。

虽然戈尔丁对人类前途持悲观态度，但他真诚地希望人类能从

① 威廉·戈尔丁. 2000. 金字塔[M]. 李国庆，译. 上海：上海译文出版社，第 138 页。
② 威廉·戈尔丁. 2000. 金字塔[M]. 李国庆，译. 上海：上海译文出版社，第 139-140 页。
③ 诺思洛普·弗莱. 1997. 伟大的代码——圣经与文学[M]. 郝振益，等译. 北京：北京大学出版社，第 220 页。
④ Pritchett, V. S. 1958, Coral Island[J]. New Statesman, Aug 22, p. 146.

罪恶的现实社会中自我拯救。现代人处于焦躁与绝望之中，戈尔丁希望通过作品引导人们在狂躁不安中重整理想的社会秩序，重建人类家园。他在小说中强调现代文明是很脆弱的，文明史需要反向的深思。人类社会的缺陷主要出于人性缺陷，然而人类对此缺乏应有的自觉。现代人不能认识自己的本性是很危险的，因为这样他们就不能有意识地抑制本性中的黑暗面。所以戈尔丁要让自己的作品正视人自身的残酷和贪欲的可悲事实，揭露人对自己本性的惊人无知。"一部分有良知和尊严的作家、艺术家、哲学家、神学家一直没有停止对人类这一危险境遇的大声疾呼，目的是让人类回到正确的生存道路上来，正如旧约的先知以西结在《以西结书》三十三章所呼吁的一样：'你们转回，转回吧，离开恶道，何必死亡呢？'……英国作家戈尔丁在《蝇王》中探查的人性恶所能达到的限度，就是为了给我们提出一个警戒。"[①]

戈尔丁认为，人类对自身清醒的认识是救赎所必须的。人类需要彻底认清自己恶的一面，在经历灵魂的黑暗之后，才有趋向至善、获得拯救的可能性。人类的邪恶在被直面和认清后具有促使人向至善攀升转化的可能性。因为经历灵魂的黑暗往往是人类获得救赎的一个必经的过程，所以揭示人性之恶和追求人类的精神赎救之间就获得了相互转化的辩证意义。

艾略特在《四个四重奏》的开头引用了赫拉克利特的话："向上的道路和向下的道路是同一条路。"[②]赫拉克利特在解释火与万物转化时认为，"火—水—土"的"向下的道路"与"土—水—火"的"向上的道路"，其实是同一条路，因为这两条道路可以说是周而复始，成为一个圆周。这种学说虽然带有循环论的色彩，但是这一哲学观点却点明了在这种黑暗和光明的对立冲突中，存在着相互转化的可能性，因而具有原始朴素的辩证法的意义。这一哲学的思索同样可以运用在伦理道德领域探索人性善恶转化的问题。艾略特在其《四

---

① 谢有顺. 1997. 写作与存在的尊严[J]. 小说评论，第 6 期：第 6 页。

② 艾略特. 1999. 四个四重奏[M]. 裘小龙，译. 沈阳：沈阳出版社，第 175 页。

个四重奏》中就赋予了上述观点以新的意义：趋向至善和上帝荣光的"向上的道路"与直面人性的邪恶和经历灵魂的黑暗的"向下的道路"，都指向了与上帝之道沟通、获得灵魂拯救的道路。也就是说，遁入黑暗的"向下的道路"和通向光明的"向上的道路"是相通的，灵魂的暗夜孕育着灵魂获得拯救的可能性。

在一次谈话中，戈尔丁说，"现代人的主要责任是正视自己的本来面目……"，而作家的使命则是"使人们了解他们自己的本性"。因此，人性恶和赎救主题的显隐不同及二者体现的内在悖论，并不意味着戈尔丁思想上的模糊性，而是内在地彰显着其思想的深刻性，因为在揭示人性恶主题及其隐含的赎救主题的对立冲突中，人性恶的主题也暗示了人类的邪恶在被直面和认清之后，也具有让人向至善攀升转化的可能性，经历、认清灵魂的黑暗也因此成为人类获得赎救的一个必经的过程。

戈尔丁作为一位有社会道德的作家，一直试图从人性的缺陷中寻找社会陷落的原因。因为他确信："社会形态取决于个人的道德品质，而不在于任何政治制度，无论这个制度看上去多么合理或受人尊敬"①。作为一个严肃作家，他的使命就是要医治"人对自我本性的惊人无知"，促使人类正视"人自身残酷和贪欲的可悲事实，从而防止兽性泛滥的悲剧"。

戈尔丁曾经想通过《蝇王》"复制一部袖珍版的人类发展史"②，那么最终堕落成"野兽"的杰克代表着尚未完全进化的人，拉尔夫是还有着种种人性缺陷的现代人，而西蒙则代表着人类道德未来可能的发展状况，是作者笔下理想的人。戈尔丁塑造了这样一个影射基督圣人的西蒙形象，他为人类播散慈爱、恩泽并愿意为拯救众生而牺牲，他的出现为世人展示邪恶人性最终将被揭示的真相，而人类只有对内心的邪恶正视并反省，才有趋于至善的可能。戈尔丁在小说中设置的西蒙这个形象，并不只是布道者对上帝充满赞颂的爱，

① 魏颖超.1999.论威廉·戈尔丁笔下的人性[J].走向21世纪的探索，第12期：第137页。

② 威廉·戈尔丁.2006.蝇王[M].龚志成，译.上海：上海译文出版社，序第10页。

而是要借西蒙向读者表明人类需要彻底认清自己本性中邪恶的一面，只有在经历黑暗灵魂的洗礼后，才有可能获得拯救，趋向至善的理想人性状态。

戈尔丁还借西蒙和"蝇王"的对话表现出对人类的警告。西蒙一心想要做的事情是弄清"野兽"的事实真相，因为他朦胧地意识到"野兽"就是"我们自己"。他独自进入森林探寻究竟，在回来的途中遇见那个被杰克他们插在木桩上的猪头，那上面已经爬满了黑糊糊的苍蝇，这就是"蝇王"。突然间，那猪头开始对杰克说起话来：

> "你独自一人到这儿来干什么？难道你不怕我？"西蒙战栗着。"没人会帮你的忙，只有我。而我是野兽。"……"别梦想野兽是你们可以捕捉和杀死的东西！"猪头说道。有一阵子，森林和其他模模糊糊的地方回响起一阵滑稽的笑声。"你心中有数，是不是？我就是你的一部分？"……"我在警告你，我可要发火了。"①

在这次对话中，戈尔丁借用了德国大文豪歌德的诗剧《浮士德》中一个著名观点，也就是"恶"的存在是有价值的，恶是上帝的一种特意安排，是生活的激素和调料，是人可能反观自身和反省自我的重要原因。歌德的这一创见强调"恶"并不仅是"善"的对立面，而且是相互依存和相互印证的一对人类特有的语词抽象概念。

英国学者伊恩·格勒格和马克·金克德—威克斯说，西蒙"能够结束人类那'不人道'的历史，他能够是自由的，也能够使他人自由……他在更深层次上表明，只要能够认识到人是邪恶的这一事实……只要能够摆脱邪恶，人们就能自由地重整旗鼓，再站起来"②。中国学者阮炜认为："悟道的西蒙虽未能成功地传道于《蝇王》的剧中人世界，却明白无误地传道于《蝇王》的读者世界。西蒙虽未能

---

① 威廉·戈尔丁. 2006. 蝇王[M]. 龚志成，译. 上海：上海译文出版社，第166页。
② 转引自阮炜. 2001. 二十世纪英国小说评论[M]. 北京：中国社会科学出版社，第138页。

拯救荒岛上的儿童，他的启示却是旨在拯救现实中的人。"①

　　即使最疯狂的杰克在初登岛时，面对被藤萝枝条绊住的小野猪时都觉得下不去手。于是，当小猪飞快逃去之后，他"还高举着刀子"，因为"孩子们很清楚他为啥没下手，因为没有一刀刺进活物的那种狠劲；因为受不住喷涌而出的那股鲜血"②。但随着故事情节的发展，杰克变成了嗜血的野蛮人，不单单杀猪，还要将拉尔夫置于死地。所以法国著名存在主义哲学家、作家加缪在其小说《鼠疫》中说："事实上，世界上是没有任何事物比一个孩子的痛苦和由这种痛苦所带来的恐怖更重要的，是没有任何事物比寻找引起这种痛苦的原因更重要的。"③

　　戈尔丁在《蝇王》中故意设计的黑暗结局所带给读者的强烈警告意味明白无误地显露出来——没有自知之明，没有自省，人类自身的邪恶无疑将会如一条无疆的河流，恣意肆虐，泛滥成灾。所以在小说结尾处拉尔夫为"天真无邪的丧失"而发出的伤心哭泣并不意味着向邪恶低头，而是意味着他开始认识到了人性的黑暗面，同时也传达了来自作者的警告：只有尽快行动起来，人类才能从邪恶中得到救赎，回到最初的、我们记忆中曾有过的童年时的纯真与快乐。

　　因此戈尔丁小说中的人性恶展现不是为了批判而批判，揭露恶、批判恶，只是为了能够达到最终的善。无论善的力量在他的小说中是如何微弱，无论他的小说让人读起来是多么绝望，戈尔丁始终在探寻通向善良的道路。这也是人们将戈尔丁的小说称为"寓言"的原因——寓言常以讽刺或劝诫的方式，通过故事来说明道理，从而使人获得教益。戈尔丁在他的小说中探讨人性的善恶，通过对邪恶的彻底刻画而让人得知善良的珍贵。正如他在随笔集《灼热之门》

① 转引自阮炜.2001.二十世纪英国小说评论[M].北京：中国社会科学出版社，第138页。

② 威廉·戈尔丁.2006.蝇王[M].龚志成，译.上海：上海译文出版社，第30页。

③ 加缪.1999.加缪文集[M].郭宏安，译.南京：译林出版社，第407页。

中说的："寓言家就是一个道德家"①，文学作品应该引导人向善。《华盛顿邮报》曾经这样评价戈尔丁："他不仅是一位寓言编写家，同时他更是一位道德家"②。

戈尔丁的成就不在于发动了这场关于人的本性的讨论，而在于发现了一种完全现代的方式去探讨人类的行为以及人类内心深处的隐秘，通过阐述丑恶的根源，唤醒人们正视人性中固有的"恶"，呼唤人性的净化，克制直至根除人性中的恶，以达到人类的和谐友爱，并推动社会进步。戈尔丁曾这样表达他对人类未来的希望："我想善终将战胜邪恶。虽然我还不知道该如何去做，但，总之，我对此坚信不已。"③ 对人性恶的揭示并不是对人性的否定，也不是对人类的绝望，而是对人性以及人类的警示，让我们每个人都开始反思人之所以为人的各种属性和潜在的本性。

第三节　救赎之路的困境

戈尔丁的大部分小说都以寓言化的手段集中体现了"人性恶"的主题，他也一直在探索能够把人性从黑暗之中拯救出来的道路。戈尔丁希望通过强调人性中丑恶的一面肆虐所造的恶果，引起人们对人性的深刻反思，从而防止兽性泛滥的悲剧，引导人们弃恶从善。但"二战"后人们的信仰缺失、精神异化、道德沦丧等人性危机，使得戈尔丁的救赎之路在黑暗的世界中显得极其模糊。

在戈尔丁的代表作《蝇王》中，西蒙掌握着真理，是道德的典范，是承载基督教文化的代表，然而他却脆弱不堪，动辄脸色苍白。在杰克与拉尔夫的矛盾加深时，他无能为力。而且西蒙也不善于在

---

① William Golding. 1965. The Hot Gates, and Other Occasional Pieces[M]. Harcourt: Brace & World, Inc., p. 142.

② 转引自沈美华. 2006. 论戈尔丁对人类境况的悲剧性意识[D]. 上海：华东师范大学，第16页。

③ Karl, F. R, 2005. A Reader's Guide to the Contemporary English Novels[M]. Beijing: Foreign Language Teaching and Research Press, p. 68.

公众面前讲话，在岛上有机会发言的时候却什么都说不出来，拿着海螺的手发抖，说话支支吾吾，招来大家的嘲笑。"西蒙的努力全线崩溃，这哄笑声残酷地鞭打他，他手足无措地畏缩到自己的位子上"[①]。一个如此脆弱的人物却承载了基督教教化的使命，这反映出岛上信仰的薄弱。从西蒙悲惨的结局我们可以看出这个人物的殉道者原型——为了大众探究真理，却不被大众理解，以至献出生命。正如福克纳所言："如果耶稣复生，现实的人们还会把他绑缚在十字架上"[②]。西蒙的殉道并没能挽救流落荒岛的男孩们，他们仍然不可救药地走向毁灭。西蒙并未能像基督一样用自己的死带给孩子们对野兽恐惧的解脱，正相反，西蒙死了，此后再也无人知道事情的真相，孩子们再也不知道"真理"是什么、野兽是否存在，只能一味恐惧下去，这说明了基督教对孩子们教化的失败，信仰的缺失是造成一切恶果的根源。

　　除了西蒙外，小说中另外一个正面人物拉尔夫的身上也有人性的种种弱点。在面对恐惧和死亡的成人仪式般的考验时，拉尔夫犹豫不决，最终还是屈从于本能，想要在杰克的部落获得群体的安全感，在狂舞队伍中释放恐惧和放纵的冲动。拉尔夫在篝火旁对猪崽子承认："我害怕。……要是在你要淹死的时候有人扔给你一根绳子。要是大夫叫你吃这个药否则就要死掉——你就会抓住绳子，也会吃药，是不是？"[③]他解释着自己做出选择的理由，野兽带来的恐惧考验在他看来像是面对死亡，难以自己消逝缓解。这种面对考验的退缩导致了屈从内心的放纵和恐惧，最终他和猪崽子都参与到谋杀西蒙的行动中。

　　小说结尾时，杰克燃起火要烧死拉尔夫，毁掉整个小岛，英国军舰和军人的出现使岛上的孩子得救了。这一安排看似改变了小岛被烧、孩子们被焚的悲剧结局，而实际上军舰和军人的出现只是一个苍白无力的救赎，这种救赎并没有真正挽救孩子，那艘"漂亮的

---

① 威廉·戈尔丁. 2006. 蝇王[M]. 龚志成，译. 上海：上海译文出版社，第 99 页。

② Meriwether James B. 1968. Lion in the Garden[M]. New York: Random House, p. 250.

③ 威廉·戈尔丁. 2006. 蝇王[M]. 龚志成，译. 上海：上海译文出版社，第 190 页。

巡洋舰"只是在文明包裹之下的杀人机器。当军官得知有两名孩子被打死时，只是轻轻地吹了一声口哨，两条人命根本不能引起习惯于尸横遍野的军官的内心触动。正如戈尔丁自己在采访中所说："军官在许多方面和那些变成猎人的男孩子没有什么差别。他也是堕落的。他也在猎杀。只是他真的不知道自己是这样的。"[1] 所以具有反讽意义的是，当初正是成人世界的战争使得孩子们流落到荒岛，从而演绎了一出由文明沦落到野蛮的悲剧。如今解救他们的又是一艘成人世界的军舰。军舰虽然是现代文明和科技的产物，但它的作用同样是用来杀人的。它的杀伤力与野蛮人的爪牙棍棒相比，有过之而无不及。可以预想，刚刚结束孤岛杀戮的孩子们将被军舰运送回成人世界，参与现代战争这一更大规模、更加野蛮的屠杀，从而最终成为人类野蛮和兽性的牺牲品。"既然落荒于自然，儿童的邪恶本性会从'潘多拉的匣子'中释放出来，而返回文明社会，更会身遭成人社会邪恶人性的包围和污染，那么《蝇王》对戈尔丁以及所有儿童人性恶论者来说，就只能是一部展示悲观和绝望的走投无路的作品。"[2]

正如戈尔丁本人所概括的那样：

这个主题的意图要追根溯源，从社会的缺陷追溯到人类本性的缺陷。整部作品是象征性的，除了最后那个拯救孩子的场面。如同小岛上的儿童的象征世界一样，成人世界也笼罩在同样的罪恶之中。军官制止了猎人行动，准备用同样无情地追逐敌人的军舰把孩子们带走。那么，谁来拯救军官和他的巡洋舰呢？[3]

[1] Dick, Bernard F. 1965. The Novelist Is a Displaced Person. An Interview with William Golding[J]. College English Vol . 26, (6), p. 481.

[2] 朱自强.1996. 儿童文学的人性观[J]. 东北师范大学学报（哲学社会科学版），第6期：第65页。

[3] James R. Baker. 1988. Critical Essays on William Golding[M]. Boston: G. K Hall & Go. p. 21.

因此，戈尔丁在《蝇王》的结尾处引出一位来自成人世界的"解救神"，反而更加剧了小说的悲剧气息，显示出戈尔丁的悲观意识以及对人性、对当今世界人类的生存境况以及人类前途的担忧。

但如果军舰不出现，小说的结尾也改变不了悲惨的结局：军舰不出现，整个小岛连同孩子将葬身火海；军舰出现，则是失去人性的文明机器把孩子们送到另一个残酷的战场。"上帝死了"，一切都毫无意义。文中写道："在这里，树木受到潮湿热空气的侵袭，得不到更多的土壤供它们长成材，因此早早地就落地枯死了"[①]。"艾里克注视着木材上的跑来跑去的小虫子，它们发狂似的想要逃避被烧死的命运，可是怎么也无法逃掉"[②]。整个社会不也像树木和小虫子一样，无论怎样努力都注定是一场悲剧吗？孤岛上的儿童世界是成人世界的缩影，也是人类社会的缩影，正如没有人能拯救这些儿童一样，世界上没有任何力量能够将人类从他们的相互杀戮中解救出来。

在小说《蝇王》的末尾，海军军官和军舰的出现只是暂时制止了孩子们的追杀，但他们并没有真正得救。他们将在军舰上目睹更大规模的杀戮，他们对于成人所给予的希望、对于返回成人世界的渴盼将会完全消解在炮火声中。这是戈尔丁对《圣经》中天堂、失落、悔罪、拯救这一 U 型叙事结构的巧妙化用。在《蝇王》中，我们只目睹了天堂和失落，而没有看到悔罪和拯救。《圣经》的 U 型叙事结构在《蝇王》中完成了一半之后戛然而止，这缺少的一笔即为一种发人深省的启示，成为戈尔丁对人类命运和前途尚无答案的思索。

在《自由堕落》中，萨米在经历了一次精神炼狱的旅途后，尽管意识到了理性的局限，却无法找到出路。

在《金字塔》结尾，奥利弗彻底懂得了"人类社会生存的法则"，看清了邪恶的社会现实，也认清了邪恶的自己，所以他义无反顾地

---

① 威廉·戈尔丁. 2006. 蝇王[M]. 龚志成，译. 上海：上海译文出版社，第 220 页。

② 威廉·戈尔丁. 2006. 蝇王[M]. 龚志成，译. 上海：上海译文出版社，第 221 页。

上路了。看到如此的收场，读者未免感到些许失望。因为它似乎缺少了其他几部小说"圆满"的结局。无论是《蝇王》中拯救孩子的海军军官、《黑暗昭昭》中与黑暗势力斗争的麦蒂，还是《自由堕落》中最终自我忏悔的萨米……戈尔丁似乎总会在小说的结尾给出希望，即使这希望看来是那么渺茫。然而《金字塔》却没有这样的结局，看透一切的奥利弗不是幡然醒悟，而是继续走上这条不归路。这样设计，才更显现了戈尔丁的无助与无奈。因为这才是现实的本来面目。

戈尔丁在作品中给予人类的救世道路是模糊的，甚至具有某种宗教神秘主义色彩，然而这种救赎模式并不是现实的某种宗教或道德模式的衍生。戈尔丁小说中的主人公无论是西蒙、麦蒂还是洛克、艾弗林，在他们的身上似乎都有着某种不可控的神秘力量在操控着他们。戈尔丁没有明确解释这种神秘不可知的宇宙力量是什么，它既不是基督教中说的无所不在的上帝，也不是古希腊悲剧所说的命运，也不是埃及神话中的灵异，更不是史前神秘主义因无知而来的泛神崇拜。但是就广义而言，这种模糊性也未尝不是一种救赎方式。不可否认，在人类物质文明高度发达的社会中，这种神秘的救赎力量显得特别苍白无助，劳而无功。但是在理性信仰倒塌的残酷现实中，理智的救赎反而成为一种没有生命力的挣扎。其实，戈尔丁指出的具有神秘色彩的救世之路也是他的无奈之举，现实世界的残酷无法给予人类答案，所以他不得不诉诸神秘的力量。

结　语

　　戈尔丁创作的前期，即创作中的第一个"黄金十年"，处于 20 世纪 50 年代至 60 年代，正值第二次世界大战之后。人们经历过残酷血腥的战争，面对战后满目疮痍的世界，开始用质疑批判的眼光审视高度发展的物质文明下人类精神的"荒原"，开始认真思考人性的本质。在这种特殊的社会背景下，现实主义传统于 20 世纪 50 年代开始在英国回归，涌现出了一批现实主义小说。这些现实主义小说家以冷静、客观的眼光观察现实生活，用平实的语言、真实的素材体现现实主义小说"模仿现实、记述历史"的功能，从剖析人物命运和社会环境的相互关系中揭示种种社会罪恶和弊病产生的根源。"运动派"诗歌①和"愤怒的青年"小说就是这一现实主义传统回归浪潮中比较突出的代表。

　　这一回归浪潮中出现的作品大多是继承 19 世纪批判现实主义的传统，只是内容上有所创新，紧贴"二战"后的社会现实，艺术形式上并没有新的突破。在"二战"后欧美文坛新潮迭起的背景下，有些评论家认为这种保守、陈旧的创作模式已难以反映当时英国面对的新现实。正如德国戏剧家、诗人贝尔托·布莱希特（Bertolt Brecht，1898－1956）所言，现实主义"方法已干枯穷匮，激情已荡然无存。出现的新问题要用新方法解决。现实在变化，欲反映变化

---

　　① "运动派"是 20 世纪 50 年代英国诗坛上有重要影响的诗歌创作派别。他们的诗歌崇尚日常、平凡、真实、细致。菲利普·拉金是"运动派诗歌"的代表人物。

的现实，反映模式也需随之而变"①。"50年代那种充满自信的地方主义和现实主义，在一个动荡不安的国际环境中，在资本主义经济复苏和欧洲一体化的气氛中开始崩溃了，实验主义势头加强了，英国小说的重心转移了，和国际潮流合拍的后现代主义成了英国小说的主流。"②20世纪60年代，英国文坛上出现了实验主义小说。这一时期的实验主义已经不是以前的实验主义，而是带有了明显的后现代主义色彩。实验主义小说家对小说的题材内容、形式结构和写作技巧进行了各种各样的探索实验，他们侧重于小说的虚构功能，不再用线性时间顺序安排故事情节，不再注重思维的逻辑性、语言的清晰性，而是注重形式结构的标新立异，注重深入挖掘人物内心世界，展现潜意识活动。约翰·福尔斯（John Fowles，1926－2005，英国当代小说家）是英国实验主义小说的代表。

　　戈尔丁的创作正处于这样一个复杂多变的历史时期，但他仿佛是一个与当时文学大气候格格不入的"异类"。他既不像现实主义作家那样拘泥于具体生活细节的描写，用现实主义的表现手法赤裸裸地展现社会弊端，尖刻地抨击社会制度；也不像先锋派作家那样以牺牲故事情节的逻辑性和语言的清晰性为代价，过分注重小说形式结构的标新立异。戈尔丁虽然也对小说形式进行了一定的探索，但与那些走极端革新道路的实验派作家相比，他的探索很有节制。戈尔丁独辟蹊径，用充满个性的题材、风格和形式，为当时的英国文坛注入了一股新鲜的力量。从内容题材方面看，戈尔丁的小说以两次世界大战引发的人们对于人性的思索与挖掘为契机，承袭西方哲学、伦理学、文学传统中的"人性恶"观点，将产生各种社会弊端、出现人性异化的根源归结到"人性恶"这一抽象的本质，深入挖掘隐藏在人性中的黑暗和丑恶。评论家詹姆斯·济丁这样评论戈尔丁的创作主题："与其说它与任何社会的、政治的、解释的引申联系有

---

① Brecht, Bertolt. 1977. Against Georg Lukacs[C]//Aesthetics and Politics. London: New Left Books, p. 82.

② 瞿世镜. 1998. 当代英国小说的现实主义与实验主义[J]. 外国文学动态，第 4 期：第185-192 页。

关，不如说更是因为他描绘了人类中某种坚硬的、很难说清的、永恒的、本质的东西"①。从艺术形式上看，戈尔丁的小说以寓言化作为其主要叙述技巧和艺术手法，将传统神话寓言与 20 世纪现实主义小说的写作手法融为一体，采用寓言隐喻的形式阐释人性的黑暗。戈尔丁将《蝇王》的背景设置在未来的核战争中，他抽离了社会、文明、道德的影响，描写了与世隔绝的荒岛上一群十几岁的男孩从文明走向野蛮、从理性走向非理性的闹剧。等到创作《继承者》时，戈尔丁又将眼光投向了远古，以先进但野蛮残暴的"新人"取代落后但善良单纯的尼安德特人的故事，讽喻了所谓的文明进化、继承的悖论。《品彻·马丁》的背景又转向茫茫大海中一块孤零零的礁石，出场人物也只有马丁一人。马丁在海上顽强求生的经历穿插着他对过去生活的回忆片段，推动着故事情节的发展，但结尾的巧妙设计却颠覆了读者心中鲁滨逊似的英雄形象，马丁顽强自救的经历其实是他死后的灵魂对生命的顽固追求，这种追求根源于马丁极端贪婪自私的邪恶本性。《自由堕落》用人物自白的倒叙手法，展现了萨米在黑暗狭窄的纳粹牢房里对自己堕落根源的苦苦追寻和忏悔。《教堂尖塔》的故事发生在中世纪，通过教长乔斯林建造一座不可能完成的尖塔的故事，揭示出宗教影响下人性的偏执、扭曲和窒息。《金字塔》是戈尔丁小说中比较偏重现实主义的小说。它通过描写英国小镇斯城的社会众生相，反映出社会等级的森严以及人与人之间尔虞我诈的冷漠关系。这些小说都反映了戈尔丁对抽象人性的道德探索，充满了关注理念的隐喻性表达。戈尔丁在小说中表现出的对人性本质的探寻和挖掘，对人类境况的关注和担忧，深度和广度都是空前的。

　　戈尔丁的早期小说要么发生在未来，要么发生在远古，要么发生在荒岛，要么发生在牢房，背景的设置都远离现实生活。他在创作时有意抽离具体的社会历史条件和文化背景，在时间上和空间上孤立地设置小说背景，因此其早期小说被称为"公式化的社会小

---

① James Gindin. 1988. William Golding[M]. London: Macmillan Press, p. 97.

说"①。戈尔丁在其早期小说中将人性恶看成一种先验的、超历史、超阶级的抽象东西，将其提升到一种本体论的高度。但有的评论家认为"人性恶"作为道德上的概念，需要放到具体的历史背景中加以分析，而戈尔丁创作的寓言无视造成 20 世纪西方文明危机的社会、政治、经济、历史因素，没有从社会制度、生产关系中寻找世间罪恶的根源，只是在抽象的人性中探讨"人类生存的关键问题"，用先验的意识来解释社会的存在，这样就有其局限性。

戈尔丁本人也意识到这样的问题，他在 1967 年创作的小说《金字塔》一改其前五部小说在探索人性时惯用的寓言风格，具有较强的现实主义色彩。故事发生的地点是戈尔丁仿照他自己家乡设计的一个普通英国小镇，出场的人物都是生活中随处可见的普通人，讲述的故事也是英国人的现实生活。戈尔丁本人也将《金字塔》称为他在探索人性的道路上"为了向前迈进一大步而后退的一小步"②。此后，戈尔丁进入了长达 10 多年的创作停滞期，基本上没有作品问世，直到 1979 年创作出《黑暗昭昭》又重新引起读者和评论界的注意。随后，他以平均两年一部的创作速度相继完成了被并称为《到世界的尽头》的"航海三部曲"、《纸人》、遗作《巧舌》及两部随笔集。戈尔丁的后期小说仍然致力于思考、探索人性，致力于关注人类发展的本质问题，其关注的强度与深度较前期作品毫不逊色。但这一时期的戈尔丁的小说不再像他早期小说中那样把恶看成是先验的、超历史的人性本质，而是把人性的形成看作一个复杂的过程，而这个过程的价值走向完全是自我的抉择。因此戈尔丁从单纯强调人性恶转而突出"人性就存在于有能力做出价值判断"这一更为中肯的观点。同时戈尔丁的后期小说在取材上与当代社会现实紧密联系，把人性置于社会的大环境中加以考察，着力挖掘复杂社会历史环境下复杂的人性。这些小说反映了"二战"后英国社会存在的一

---

① Raymond Williams. 1961. The Long Revolution[M]. New York: Harper & Row Publishers, p. 281.

② Ian Gregor & Mark Kinkead-Weeks. 2002. William Golding: A Critical Study [M]. London: Faber & Faber, p. 221.

系列顽疾：人们精神空虚、信仰缺失、道德沦丧。《黑暗昭昭》表现了科学理性观盛行条件下人们信仰的失落，揭示了人类生存的困顿与尴尬。《纸人》反映了文学界的浅薄与浮躁以及文化产业的种种弊端。"航海三部曲"则表现了深不可测的人性，表现出作家对社会阶级、道德责任、宗教信仰等问题的深入思考。在后期小说中，戈尔丁前期小说中惯用的寓言式隐喻结构退场了，宗教意味的象征性更为突出。其作品创作从早期的神话书写转为后期的历史书写，从抽象的神话寓言转向具体的现实小说，从对伦理方面的探讨转为对等级世俗观念的揭露。

　　另外在艺术手法上，戈尔丁在后期的小说创作中应用了喜剧模式。有评论家说，戈尔丁"在《金字塔》和随后的小说中对喜剧和闹剧形式更加重视，这与逃避面对暴力和极权产生的悲观主义有密切的联系"[①]。戈尔丁在小说创作中尽力使幽默与严肃、荒谬与理性、世俗与高雅有机结合在一起，所以喜剧模式的运用并没有使他探索人性的深度丧失。戈尔丁还将一些文学新元素融入其后期小说，如《黑暗昭昭》带有明显的元小说因素及对《圣经》的戏仿，"航海三部曲"中对两个文本的并置使用，加上大量文学典故的运用，使小说的后现代倾向越发明显。实验与写实既对立又统一，构成了戈尔丁后期创作艺术的主要特色。

　　"二战"后，出于对文明道德的失望和对科学理性的怀疑，西方人陷入了精神恐慌和信仰危机，对世界产生了浓厚的悲观气氛。戈尔丁的创作正是扎根于"二战"后复杂的社会现实。他在 20 世纪五六十年代和七八十年代出现的两次创作高峰，都将笔触伸向了"人性恶"的本质，作品中"一再重现的主题就是人类生而有之的邪恶"，但"结构上和笔调上非常不同"[②]，这使得他的作品展现出丰富的、多层次的蕴涵。正是这样的多样化风格和深刻、丰富的蕴涵，使得戈尔丁在 20 世纪的英国乃至世界文坛卓尔不群，独树一帜。

────────────────

① Paul Crawford. 2002. Politics and History in William Golding: the World Turned Upside Down[M]. Columbia and London: University of Missouri Press, p. 130.

② Adams R. 1984. Double exposure[J]. New York Times Book Review, April 1, p. 449.

附录：威廉·戈尔丁创作年表

一、诗歌

1934 年，《诗集》（*Poems*）

二、戏剧

1958 《黄铜蝴蝶》（*The Brass Butterfly*）

三、小说

1954 《蝇王》（*Lord of the Flies*）

1955 《继承者》（*The Inheritors*）

1956 《品彻·马丁》（*Pincher Martin*）

1959 《自由堕落》（*Free Fall*）

1964 《教堂尖塔》（*The Spire*）

1967 《金字塔》（*The Pyramid*）

1971 《蝎神》（*The Scorpion God*）（注：小说集）

1979 《黑暗昭昭》（*Darkness Visible*）

1980 《航行祭典》（*Rites of Passage*）

1984 《纸人》（*The Paper Men*）

　　　"航海三部曲"《到世界的尽头》（*To the Ends of the Earth*）

1987 《近距离》（*Close Quarters*）

1989 《甲板下的火焰》（*Fire Down Below*）

1995 《巧舌》（*The Double Tongue*）（注：遗作）

四、随笔集

1965　《灼热之门》（*The Hot Gates*）
1982　《活动靶》（*A Moving Target*）
1985　《埃及纪行》（*An Egyptian Journal*）

参考文献

一、文学作品

1. William Golding. 1954. *Lord of the Flies*. London: Faber & Faber.

2. William Golding. 1955. *The Inheritors*. London: Faber & Faber.

3. William Golding. 1956. *Pincher Martin*. London: Faber & Faber.

4. William Golding. 1959. *Free Fall*. London: Faber & Faber.

5. William Golding. 1965. *The Spire*. New York: Harcourt.

6. William Golding. 1965. The Hot Gates, and Other Occasional Pieces. London: Faber & Faber.

7. William Golding. 1967. *The Pyramid*. London: Faber & Faber.

8. William Golding. 1979. *Darkness Visible*. Toronto, New York, London: Bantam Books.

9. William Golding. 1980. *Rites of Passage*. London: Faber & Faber.

10. William Golding. 1982. *A Moving Target*. New York: Farrar, Straus and Giroux.

11. William Golding. 1984. *The Paper Men*. London: Faber & Faber.

12. [英]笛福，1978，《鲁宾逊漂流记》，方原，译，北京：人民文学出版社。

13. [英]罗伯特·迈克尔·巴兰坦，2002，《珊瑚岛》，沈忆文、沈忆辉，译，北京：中国对外翻译出版公司。

14. [英]莎士比亚，1947，《暴风雨》，梁实秋，译，北京：商务印书馆。

15. [英]威尔斯，2001，《世界史纲》，吴文藻，谢冰心，费孝通，等译，桂林：广西师范大学出版社。

16. [英]威廉·戈尔丁，1992，《获诺贝尔文学奖作家丛书〈蝇王·金字塔〉》，刘硕良，主编，梁义华、周仪、左自鸣，译，桂林：漓江出版社。

17. [英]威廉·戈尔丁，2000，《金字塔》，李国庆，译，上海：上海译文出版社。

18. [英]威廉·戈尔丁，2000，《品彻·马丁》，刘凯芳，译，上海：上海译文出版社。

19. [英]威廉·戈尔丁，2001，《教堂尖塔》，周欣，译，上海：上海译文出版社。

20. [英]威廉·戈尔丁，2006，《蝇王》，龚志成，译，上海：上海译文出版社。

二、研究专著

1. Alastair Niven. 1989. *William Golding: Lord of the Flies.* London: Longman York Press.

2. Arnold Johnston. 1980. *Of Earth and Darkness: The Novels of William Golding.* Columbia and London: University of Missouri Press.

3. Bernard F. Dick. 1987. *William Golding*, Boston: Twayne Publishers.

4. Bernards Oldsey & Weintraub Stanley. 1965. *The Art of William Golding*, New York: Harcourt, Brace & World.

5. Bjom Bruns. 2008—2009. *The Symbolism of Power in William Golding's Lord of the Flies*, Karlstads University.

6. Frederick R. Karl. 2005. *A Reader's Guide to the*

Contemporary English Novels, Beijing: Foreign Language Teaching and Research Press.

7. Howard S. Babb. 1970. *The Novels of William Golding*, Columbus: Ohio State University Press.

8. Ian Gregor & Mark Kinkead-Weeks. 2002. *William Golding: A Critical Study*, London: Faber & Faber.

9. Jack Biles & Robert O. Evans. 1978. *William Golding: Some Critical Considerations*, Lexington, KY: The University Press of Kentucky.

10. Jack Biles. 1970. *Talk: Conversation with William Golding*, New York: Harcourt Brace Jovanovich.

11. James Gindin. 1988. *William Golding*, New York: St. Martins Press.

12. James R. Baker. 1988. *Critical Essays on William Golding*. Boston: G. K. Hall & Co.

13. James R. Baker. ed. 1964. *William Golding's Lord of the Flies*. New York: G. P. Putnam's Sons.

14. John Carey. 1986. *William Golding: The Man and His Books: A Tribute to His 75th Birthday*, London: Faber and Faber.

15. John Carey. 2010. *The Man who Wrote The Lord of Flies*, London: Faber & Faber.

16. John Haffenden. 1985. *Novelists in Interview*, London: Methune & Co.Ltd.

17. L. Hodson. 1969. *William Golding*. Edinburgh: Oliver and Boyd Ltd.

18. L. L. Dickson. 1990. *The Modern Allegories of William Golding*, Tampa: University of South Florida Press.

19. Margaret Drabble. 1993. *The Oxford Companion to English Literature*, Beijing: Foreign Language Teaching and Research Press.

20. Malcolm Bradbury. 2012. *The Modern British Novel, 1878-*

2001, Beijing: Foreign Language Teaching and Research Press.

21. Nicola Dicken-Fuller. 1990. *William Golding's Use of Symbolism*, England: The Book Guild Ltd.

22. Norman Page, ed. 1985. *William Golding: Novels. 1954-1967,* Hampshire: Macmillan.

23. Paul Crawford. 2002. *Politics and History in William Golding.* Columbia: University of Missouri Press.

24. Philip Redpath. 1986. *William Golding: A Structural Reading of His Fiction*, London: Rowman & Littlefield.

25. Patrick Reilly. 1992. *Lord of the Flies: Fathers and Sons.* New York: Twayne Publishers.

26. R. A. Gekoski & P. A. Grogan. 1994. *William Golding's Bibliography 1934-1993,* London: Andre Deutsch.

27. Stephen J. Boyd. 1988. *The Novels of William Golding*, New York: Harvester Wheatsheaf.

28. Virginia Tiger. 2003. *The Unmoved Target*, New York: Marion Boyars.

29. Virginia Tiger. 1974. *William Golding: The Dark Fields of Discovery*, London: Calder & Boyars.

30. V. V. Subbarao. 1987. *William Golding: a Study*, New York: Envoy Press.

31. [美]艾布拉姆斯，1987,《简明外国文学词典》，曾忠禄，等译，长沙：湖南人民出版社。

32. [英]艾略特，1999,《四个四重奏》，裘小龙，译，沈阳：沈阳出版社。

33. [古罗马]奥古斯丁，1963,《忏悔录》，周士良，译，北京：商务印书馆。

34. [英]查尔斯·查德威克，1989,《象征主义》，郭洋生，译，石家庄：花山文艺出版社。

35. 陈荣富，2004,《文化的演进——宗教礼仪研究》，哈尔滨：

黑龙江人民出版社。

36. [法]茨维坦·托多罗夫，2004，《象征理论》，王国卿，译，北京：商务印书馆。

37. [英]戴维·休谟，1996，《人性的断裂》，冯援，译，北京：光明日报出版社。

38. [英]戴维·休谟，1996，《人性论》，关文运，译，北京：商务印书馆。

39. [法]蒂费纳·萨莫瓦约，2003，《互文性研究》，邵炜，译，天津：天津人民出版社。

40. [德]恩格斯，1971，《反杜林论》，北京：人民出版社。

41. 冯玉珍，1993 ，《理性的悲哀与欢乐——理性非理性批判》，北京：人民出版社。

42. [英]弗雷泽，2006，《金枝》，徐育新，等译，北京：新世界出版社。

43. 高继海，主编，2006，《英国小说名家名著评析》，北京：中国社会科学出版社。

44. 龚翰熊，1987，《西方现代文学思潮》，成都：四川大学出版社。

45. [日]宫城音弥，1988，《人性剖析》，杨禾，译，广州：广州文化出版社。

46. [德]豪斯特·特雷彻，1985，《第二次世界大战以来的英国文学》，秦小孟，译，上海：上海外语教育出版社。

47. 侯维瑞、李维屏，2005，《英国小说史》，南京：译林出版社。

48. 黄铁池，杨国华，2006，《20 世纪外国文学名著文本阐析》，北京：北京大学出版社。

49. [英]霍布斯，2009，《利维坦》，黎思复、黎廷弼，译，北京：商务印书馆。

50. 吉敏，云峰，2005，《圣经文学二十讲》，重庆：重庆出版社。

51. [法]加缪，1999，《加缪文集》，郭宏安，译，南京：译林出版社。

52. [德]伽达默尔，1988，《科学时代的理性》，薛华，等译，北京：国际文化出版公司。

53. 建刚、宋喜，编译，1993，《诺贝尔文学奖颁奖获奖演说全集（1901—1991）》，北京：中国广播电视出版社。

54. 蒋承勇，2005，《西方文学"人"的母题研究》，北京：人民出版社。

55. 蒋承勇，等，2006，《英国小说发展史》，杭州：浙江大学出版社。

56. 姜晶花，2012，《人性：善恶之间的困惑》，广州：广东教育出版社。

57. [俄]库恩，2002，《古希腊的传说和神话》，佩芳、秋枫，译，北京：三联出版社。

58. 李维屏，2003，《英国小说艺术史》，上海：上海外语教育出版社。

59. [法]列维·斯特劳斯，1989，《结构人类学：巫术、宗教、艺术、神话》，陆晓禾，等译，北京：文化艺术出版社。

60. 刘良贵，2008，《人性与导向》，香港：新华人民出版社。

61. 刘小枫，1998，《现代性社会理论绪论》，上海：上海三联书店。

62. 陆建德，主编，1997，《现代主义之后：写实与实验》，北京：中国社会科学出版社。

63. [美]马斯洛，2005，《马斯洛人本哲学解读》，刘烨，译，北京：中国电影出版社。

64. 毛信德、朱隽，1995，《诺贝尔文学奖获奖作家散文精品》，南昌：百花洲文艺出版社。

65. [德]尼采，2001，《善恶的彼岸》，朱泱，译，北京：团结出版社。

66. [加]诺思洛普·弗莱，1997，《伟大的代码——圣经与文学》，郝振益，等译，北京：北京大学出版社。

67. [加]诺思罗普·弗莱，2006，《批评的解剖》，陈慧、袁宪军，吴伟仁，译，天津：百花文艺出版社。

68. 瞿世镜、任一鸣，2008，《当代英国小说史》，上海：上海译文出版社。

69. [瑞士]荣格，1987，《现代灵魂的自我拯救》，黄奇铭，译，北京：工人出版社。

70. 阮炜，2001，《二十世纪英国小说评论》，北京：中国社会科学出版社。

71. 申家仁、江溶，1992，《世界文学名著诞生记》，北京：中国青年出版社。

72. [德]叔本华，2003，《叔本华人生哲学》，李成铭，等译，北京：九州出版社。

73. 宋兆霖，主编，1998，《诺贝尔文学奖文库》，杭州：浙江文艺出版社。

74. [英]索利，1992，《英国哲学史》，段德智，译，济南：山东人民出版社。

75. 王宁、顾明栋，1987，《诺贝尔文学奖获奖作者谈创作》，北京：北京大学出版社。

76. 王守仁、何宁，2006，《20世纪英国文学史》，北京：北京大学出版社。

77. 王向峰，1987，《文艺美学词典》，沈阳：辽宁大学出版社。

78. 王佐良、周钰良，主编，1994，《英国二十世纪文学史》，北京：外语教学与研究出版社。

79. 魏颖超，2001，《英国荒岛文学》，北京：外语教学与研究出版社。

80. [美]威廉·巴雷特，1992，《非理性的人》，段德智，译，上海：上海译文出版社。

81. 吴晓群，2000，《古代希腊仪式文化研究》，上海：上海社会科学院出版社。

82. [俄]叶·莫·梅列金斯基，1990，《神话的诗学》，魏庆征，译，北京：商务印书馆。

83. 叶舒宪，1987，《神话—原型批评》，西安：陕西师范大学出版社。

84. [美]伊恩·瓦特，1992，《小说的兴起》，高原、董红钧，译，上海：三联书店。

85. 余江涛、张瑞德，编译，1989，《西方文学术语辞典》，郑州：黄河文艺出版社。

86. 赵林，2004，《西方文化概论》，北京：高等教育出版社。

87. 张和龙，2004，《战后英国小说》，上海：上海外语教育出版社。

88. 张中载，1996，《当代英国文学论文集》，北京：外语教学与研究出版社。

89. 张中载，主编，2001，《二十世纪英国文学（小说研究)》，开封：河南大学出版社。

90. 周晓亮，1996，《休谟及其人性哲学》，北京：社会科学文献出版社。

91. 周伟驰，2005，《奥古斯丁的基督教思想》，北京市：中国社会科学出版社。

92. 朱立元，主编，1997，《当代西方文艺理论》，上海：华东师范大学出版社。

93. 中国基督教三自爱国运动委员会，2000，《圣经》，中国基督教协会。

94. 朴海宇，译，2008，《希腊神话故事》，呼和浩特：内蒙古人民出版社。

95. 中国社会科学院外国文学研究所外国文学研究资料丛书编辑委员会，编，1988，《新批评文集》，北京：中国社会科学出版社。

96. [英] 霍德（T. F. Hoad），编，2000，《牛津英语词源词典》，上海：上海外语教育出版社。

三、研究文章

1. Douglas M. Davis. 1963. "A Conversation with Golding", *New Public*，(5)：4.

2. John Peter. 1957. "The Fables of William Golding", *Kenyon Review*，(3)：577-592.

3. 方菊华，2008，神话原型观照下的《蝇王》圣经元素解读，《牡丹江大学学报》，(9)：66-69。

4. 洪峥，2002，反讽及其在《蝇王》中的运用初探，《外语研究》，(4)：54-56。

5. 胡蕾，2000，狄奥尼索斯的报复——《蝇王》之神话原型分析与重释，《山东外语教学》，(2)：50-54。

6. 江晓明，1984，《蝇王》与戈尔丁的小说艺术，《外国文学》，(7)：86-93。

7. 李霞，2004，自然乌托邦的破灭——戈尔丁《蝇王》新论，《外语研究》，(3)：70-72。

8. 李玉花，1999，泯灭的童心、泯灭的人性——读戈尔丁的《蝇王》，《外国文学研究》，(1)：83-87。

9. 鲁承毅，1985，人性黑暗的悲剧——简析戈尔丁小说《蝇王》，《当代外国文学》，(4)：172-175。

10. 潘绍中，1999，讽喻·意境·蕴涵——评威廉·戈尔丁小说的解读及其意义，《外国文学》，(5)：3-11。

11. 裘小龙，1985，传统神话的否定——评戈尔丁的一组小说，《外国文学研究》，(2)：25-35。

12. 陶家俊，1998，论《蝇王》的叙述结构和主题意义，《四川外语学院学报》，(3)：46-52。

13. 王卫新，2003，中国的《蝇王》研究：回顾与前瞻，《外语研究》，(4)：51-54。

14. 王卫新，2005，从叙述学角度谈品彻·马丁的二度死亡，《解放军外国语学院学报》，(2)：81-85。

15. 王秀银，2002，现代寓言的背后——评威廉·戈尔丁的希腊情结，《三峡大学学报（人文社会科学版）》，（1）：59-61。

16. 威廉·戈尔丁，1999，活动靶——1976年5月16日在法国英国研究学会鲁昂分会的演讲，迎红、立涛，译，《外国文学》，（5）：19-25。

17. 魏颖超，2000，论英国作家威廉·戈尔丁的宗教观，《兰州大学学报（社会科学版）》，（S1）：120-122。

18. 魏颖超，2000，威廉·戈尔丁笔下的基督式人物——西蒙与麦蒂，《外国文学》，（1）：87-89。

19. 肖霞，2005，欲望的尖塔之下——解析戈尔丁《塔尖》中的反讽技巧，《徐州教育学院学报》，（6）：105-106

20. 谢有顺，1997，小说的可能性之十四——写作与存在的尊严，《小说评论》，（6）：4-7。

21. 徐明，2000，一部匠心独运的现代寓言——评威廉·戈尔丁的小说《蝇王》，《东北师大学报（哲学社会科学版）》，（3）：75-79。

22. 行远，1994，《蝇王》的主题、人物和结构特征，《北京师范大学学报（社会科学版）》，（5）：63-67。

23. 于海青，1996，"情所独钟"处——从《蝇王》中的杀猪"幕间剧"说开去，《国外文学》，（4）：32-37。

24. 张鄂民，1999，半个世纪的呼唤——谈威廉·戈尔丁小说作品的主题，《当代外国文学》，（3）：133-138。

25. 张中载，1995，《蝇王》出版四十周年重读《蝇王》，《外国文学》，（1）：81-86。